U0643824

THE
BLACK-EYED BLONDE

Benjamin Black

黑眼睛的
金发女郎

[爱尔兰]本杰明·布莱克 著
沈亦文 译

上海译文出版社

献给约瑟夫·艾萨克和露比·艾伦

1

那是一个夏日的星期二下午，在那样的日子里，你会怀疑地球是否都停转了。我书桌上的电话好像知道有人在看着它。在我办公室灰蒙蒙的窗子底下，大街上的车流缓缓移动着，这座美好城市里的正派公民们，零零星星地漫步在人行道上，大多数绅士都戴着帽子，漫无目的地溜达着。我正注视着一名女子，她站在卡汉加和好莱坞大道的拐角处，等着红灯变绿。她长着一双修长的美腿，上身穿着一件装有垫肩的奶油色修身外套，下身是一条深蓝色窄裙。她也戴着一顶帽子，一件小巧玲珑的饰品，小得如同一只鸟儿落在秀发的一侧，快乐地栖息在那里。她不断地左顾右盼——她一定是从小就这么品行端正——接着穿过沐浴在阳光下的大街，步伐优雅地踏在自己的影子上。

至今这仍是个淡季。我已经充当了一个星期的保镖，保护一个坐私人飞机从纽约飞来的家伙。他的下巴发青，手上绑着一条黄金腕带，小指上戴着一枚戒指，上面镶的红宝石大得像颗小红莓。他自称是个生意人，而我决定相信他的话。他总是显得忧心忡忡，很会出汗，但没出什么事，我也拿到了报酬。接着，司法长官办公室的伯尼·奥尔兹介绍我认识了一位娇小可爱的老妇人，其亡夫生前收藏了一批珍贵的钱币，被她吸毒成瘾的儿子给偷了。我把东西找了回来，肌肉受了点小伤，好在情况并不严重。其中一枚钱币上刻有亚历山大大帝的头像，另有一枚上面是埃及艳后克里奥帕特拉的侧面像，她长着一只大鼻子——他们怎么会觉得她是个美人呢？

一阵嗡嗡的声音传来，说明外面的门开了，我听见一个女人穿过候客室，在我办公室门前停了一会儿。高跟鞋噔噔地踏在木地板上，这声音总能令我怦然心动。我正要叫她进来——用我那身为侦探、值得信赖的深沉嗓音——她已经走了进来，连门也没敲。

比起我刚才隔窗看到的模样，她本人显得更为高挑，高而纤瘦，长着宽宽的肩膀和扁扁的臀部。应该说，是我喜欢的类型。她戴的帽子还配有面纱，一块带有圆点的黑色缎子一直垂到鼻尖——秀美的鼻尖，配上一个尤为秀气的鼻子，显得贵气十足，宽度和长度都恰到好处，和埃及艳后彪悍的大鼻子完全不同。她戴着一副长筒手套，淡淡的奶油色和她的外套很相衬，手套的材质是某种昂贵的皮革，取材自一种珍稀动物，它们成天在阿尔卑斯山的峭壁间灵巧地跳来跳去。她露出好看的笑容，目前看来还算友善，嘴稍稍有点歪，透出一种不屑但迷人的表情。她长着一头金发，眼珠是黑色的，如同一泓山间的湖水，黑暗而深邃，眼尾优美而细长。黑眼睛的金发女郎——这样的搭配并不常见。我试着忍住不要看向她的美腿。显然，掌管星期二下午的神灵认为我应该得到一点儿鼓励。

“我的名字是卡文迪什。”她说。

我请她坐下。如果早知道她要见的人是我，我一定会好好梳理头发，在耳垂后面涂上一点香水。但现在她只能面对不加修饰的我了。她似乎并不反感眼前的这个人。我指着书桌前的一张椅子，她坐了下来，把手套逐一从手指上摘下，用那对黑眼睛沉着地打量着我。

“有什么需要我帮忙的，卡文迪什小姐？”我问道。

“夫人。”

“抱歉——卡文迪什夫人。”

“有个朋友对我说起了你。”

“喔，是吗？我希望不是坏话。”

桌上放着一盒我专为客人准备的骆驼牌香烟，我请她来一根，她却打开了她那只高级手提包，掏出一个银色的盒子，用拇指将盖子弹开。寿百年黑俄罗斯[①]——不然呢？我划了根火柴，隔着桌子递过去，她凑过来，低下头，垂着睫毛，指尖轻快地碰了下我的手背。我很喜欢她的珍珠粉色指甲油，但没有说出口。她坐回椅子上，两腿在蓝色的窄裙下交叉，再次向我投来冷冷的目光，审视着我。她不慌不忙地琢磨着我是个什么样的人。

“我要你帮我找个人。”她说。

“好。是什么人？”

“一个叫彼德逊的男人——尼可·彼德逊。”

“你的朋友？”

“他曾经是我的情人。”

如果她以为我会大惊失色，那么我令她失望了。“曾经？”我说。

“是的。他失踪了，相当诡异，连再见都没说。”

“何时发生的？”

“两个月前。”

她为什么拖了这么久才来找我？我决定还是别问了，至少现在不该问。那对冷峻的眼睛穿过透明的黑色网纱看着我，让我有种奇怪的感觉。像是有人透过一道秘密的窗口在监视我；观察着，同时揣度着。

“你说他失踪了，”我说，“你的意思是不再联系你，还是整个人

① 日本烟草公司所属英国加莱赫公司的产品。

完全消失了？”

“两者都是，看起来就是这样。”

我等着她说下去，但她只是微微往后靠了靠，再一次露出微笑。这个笑容，仿佛许久以前她用火柴点起的火苗，接着任由火焰闷烧燃尽。她的上嘴唇挺可爱的，很显眼，像是婴儿的嘴唇，显得软软的，稍微有点肿，像是最近常常和人亲吻，但也不是对孩子的那种吻。她一定是察觉到面纱令我感到不自在，于是伸手把它掀了开来。没有了面纱的遮挡，那对眼睛愈加妩媚动人，呈现出海豹皮一般的黑色光泽，我的喉头不由得一阵发堵。

“那么，对我说说他的情况，”我说，“你的那位彼德逊先生。”

“长得很高，像你一样，人黑黑的。很帅，是那种柔美型的。留着滑稽的小胡子，像唐·阿米奇[①]那种胡子。穿着相当考究，或者说以前很考究，那时候他穿什么由我说了算。”

她从包里翻出一只短小的黑檀木烟嘴，装在了黑俄罗斯上。她的手指相当灵巧；纤细但有力。

“他是干什么的？”我问道。

她冷冷地瞥了我一眼。“你是指谋生的方式？”她思考着该怎么回答这个问题。“他见各种人。”她说。

这一次靠回椅子上的是我。“什么意思？”我问道。

“就像我说的那样，几乎每一次见到他，他总是急急忙忙地要走。‘我要去见见这个人，有个人我要去见一见。’”她模仿得惟妙惟肖；对于这个彼德逊先生，我开始有点谱了。听起来，他不像是她会喜欢的类型。

“这么说来，是个大忙人。”我说。

---

① 1908—1993，八十年代获得过奥斯卡最佳男配角奖的好莱坞男星。

“我不得不说，他的生意往往无果而终。总之，他所谓的成果，你我都不会称之为成果。如果你去问他，他会告诉你，他是个明星的经纪人。他曾经急着要见的那些人，往往和某个摄影棚有关。”

她不断地转换着时态，这挺有意思。总之，我觉得对她而言，这个叫彼德逊的家伙更像是过去时。那她又为什么希望能找到他？

“他是从事拍电影这一行的吗？”我问道。

“我不会说是‘从事’。更像是游走在这一行的边缘。比如捧红曼迪·罗杰斯有他一定的功劳。”

“指名道姓不太好吧？”

“刚出道的小明星——天真无邪的小姑娘，尼可会这么说。想想看，要是珍·哈露[1]毫无演戏的天分会是什么样。”

“珍·哈露有天分吗？”

对此，她微微一笑。“尼可执着地认为他的那些丑小鸭都是天鹅。”

我拿出烟斗填满烟丝。我突然想到，我所使用的混合烟丝中含有卡文迪什牌的烟草。我还是别把这个可爱的巧合告诉她了，可以想象，她的反应准会是不屑地抽抽嘴角，敷衍地笑笑。

“认识他多久了，你的那位彼德逊先生？”

“时间不长。”

“不长是多久？”

她耸耸肩，右边的肩膀只是微微抬了一下。“一年？”她自问道，“让我想想。我们邂逅的时候是夏天。也许是八月。”

“在什么地方？我是说你们相遇的地方。”

“卡维拉俱乐部。你知道吗？在帕利塞德。有马球场，游泳池，

---

① 1911—1937，美国女电影演员。由于尿毒症和肾功能衰竭，昏倒在片场死去。

许许多多光鲜亮丽的人物。那种地方装有电控大门，不会让你这种私家侦探踏进半步。”后半句话她其实并没有说，但在我听来就是这个意思。

“你丈夫认识这个人吗？知道你和彼德逊的事情吗？”

“我真的说不准。”

“说不准还是不想说？”

“说不准。”她低头看了看铺在膝盖上的奶油色手套。“我和卡文迪什先生有种——怎么说呢，有种默契。”

“什么默契？”

“你这是明知故问，马洛先生。我敢肯定，你很清楚我说的是什么样的默契。我丈夫喜欢打马球的小马驹和端鸡尾酒的女招待，至于哪个在先并不重要。”

“那你呢？”

“我的爱好广泛。主要是音乐。卡文迪什先生对音乐有两种反应，要看他当时的心情和清醒程度。要不是让他觉得恶心，就是引得他放声大笑。他的笑声并不动听。”

我从桌子边站起来，拿着烟斗立到窗前，漫无目的地望着窗外。马路对面的一间办公室里，有位身穿格子衬衫的秘书，戴着录音机上的耳机，俯身敲着打字机。有好几次我在街上和她擦肩而过。美丽的小脸蛋，羞答答的微笑；应该是那种和母亲同住、星期天烤块肉饼当午餐的女孩子。这是一个寂寞的小城。

“你最后一次见到彼德逊先生是什么时候？”我问道，眼睛却依然凝视着忙于工作的雷明顿小姐。身后一点动静也没有，于是我转过身。显然，卡文迪什夫人不准备同别人的后脑勺对话。“别管我，”我说，“我常常站在这扇窗子前，思考世间万物和人生的意义。”

我走回去再次坐下，把烟斗搁在烟灰缸里，双手紧握，十指相扣，把下巴靠在指关节上，向她表明我有多么专心。她决定接受我这番真诚的举动，相信我愿意洗耳恭听。她说："让我告诉你我最后一次见到他是什么时候——大约一个月前。"

"在哪里？"

"在卡维拉，是碰巧遇见的。那是个星期天的下午。我丈夫正热火朝天地打着第一回合。那是——"

"马球比赛的一个回合①。我知道。"

她俯身把几缕烟灰掸落在我的烟斗边上。一缕淡淡的香水味隔着桌子飘了过来。闻起来像香奈尔五号，但那时，或者说直到那时，所有香水在我看来都是一个味道：香奈尔五号。

"彼德逊先生有没有暗示过他要潜逃到什么地方去？"我问道。

"潜逃？这个词用得太奇怪了。"

"显然不如'失踪'来的戏剧化，那是你的说法。"

她微微一笑，干巴巴地点了点头，承认我说的没错。"他没什么反常的地方，"她说，"稍稍有点心不在焉，也许吧，有点紧张，甚至是——虽然现在回过头来想想，似乎是这样。"我很喜欢她说话的样子；这让我联想到庄严的学府中爬满常春藤的外墙，和用铜版字体写在羊皮纸上的信托基金条款。"当然他并没有明显地暗示他会"——又是微微一笑——"潜逃到哪里。"

我沉思了一会儿，让她看到我在思考。"告诉我，"我说，"你是什么时候意识到他不见了？我是说，你是什么时候确信他"——现在轮到我微笑了——"失踪了？"

"我打了好几通电话给他，却毫无音讯。随后我去了他的住处。送奶服务没有取消，门廊上堆满了报纸。这不是他的作风。从某种意

① 上文中用到的马球比赛的术语，chukker。

义上说，他是个小心谨慎的人。”

“你去找过警察吗？”

她瞪大了眼睛。“警察？”她说，我以为她会笑出声来。“这么做绝对不行。尼可面对警察可是相当腼腆，他不会感激我找警察来对付他。”

“怎么个腼腆法？”我问道，“他是不是隐藏了什么秘密？”

“我们都有秘密，不是吗，马洛先生？”她又瞪了瞪那对迷人的眼睛。

“看情况了。”

“什么情况？”

“很多情况。”

这样下去徒劳无益，圈子越绕越大。“让我来问你，卡文迪什夫人，”我说，“你能想到彼德逊先生会出什么事？”

她又一次不易察觉地耸了耸肩。“我不知道该怎么想。所以才来找你。”

我点点头——希望显得善解人意——接着拿起烟斗，摆弄了一会儿，把残留的烟丝按实什么的。烟斗正好是个现成的道具，如果你想让自己看上去善于思考，又富有才智。“我可以问问吗，”我说，“你为什么拖了这么久才来找我？”

“很久吗？我一直以为他会给我消息，我的电话总有一天会响起，得知他从墨西哥或是某个地方打来。”

“为什么他会在墨西哥？”

“不然就是法国，蔚蓝海岸。或是某个更奇怪的地方——或许是莫斯科，也许上海，我不知道。尼可很喜欢旅行。这很符合他不安分的性格。”她往前坐了坐，稍稍显得有点不耐烦。“你会接下这个案子吗，马洛先生？”

“我会尽力的，”我说，“但别把它称为案子好吗，至少现在还不算。”

“你的收费标准是？”

“和往常一样。”

“我并不知道往常的标准是什么。”

我不是真的以为她会知道。“一百美元定金，我开始调查后，每天二十五美元，外加调查的支出。”

“那需要多长时间，你做调查？”

“那也要看情况。”

她沉默了一会儿，随后，眼里再次流露出那种审视的态度，使得我不自在地挪了一下。“你还没有询问我本人的情况。”她说。

“我会设法调查清楚。”

“那么，我来帮你省点事。我婚前姓兰格利什。你听说过兰格利什香料公司吗？”

“当然，”我说，“那家制造香水的公司。”

“多罗西亚·兰格利什是我的母亲。她是个寡妇，带着我从爱尔兰过来，并且在这里，洛杉矶开创了事业。如果你听说过她，那么你一定知道她有多么成功。我为她工作——或者说和她一起奋斗，她更喜欢这种说法。结果就是我很有钱。我要你帮我找到尼可·彼德逊。他是个可怜人，但他属于我。你要多少钱只管开口。”

我考虑着再一次弄弄烟斗，但转念一想，做第二遍似乎是欲盖弥彰。于是我平静地看了她一眼，眼里不带任何情绪。“我说过，卡文迪什夫人——一百块定金，一天二十五块，外加支出的费用。按照我的风格，每个案子都是特殊的案子。”

她莞尔一笑，抿起嘴唇。“我以为你不会把它称为案子，就目前而言。”

我决定不再反驳她。我拉开一个抽屉，翻出一份标准的合同，用指尖把它推到桌子对面给她。“拿上这个，仔细看一看，如果你同意上面的条款，签个名拿回来给我。同时，把彼德逊先生的地址和电话告诉我。还有你认为对我有用的任何信息。”

她注视了合同好一会儿，像是在考虑是接受它，还是把它摔在我脸上。最后，她拿起合同，小心翼翼地折好，放进包里。“他在西好莱坞有个住处，靠近海湾城大道。”她说。她再次打开皮包，掏出一本小巧的皮革面笔记本，和一支细细的金色铅笔。她在笔记本上简单地写了点东西，然后把这页纸撕下，递给我。“纳比尔街，”她说，“找起来得留点神，不然会走过头。尼可偏好僻静的住所。”

“因为他为人腼腆。”我说。

她站了起来，而我还坐着。我又闻到了她的香水味。这么说来不是香奈儿，而是兰格利什，我很愿意尽我所能去弄清楚它的名称和型号。“我也需要你的联系方式。”我说。

她指着我手里的那张纸。“我把我的电话写在上面了。有需要可以随时联系我。”

我看了看她写的地址：海洋高阁444号。如果就我一个人，我没准会吹个口哨。只有精英人士才能够住在那种地方，海边幽静的街道上。

“我还不知道你叫什么，”我说，“我是说你的名字。”

不知为何，她的双颊因这句话微微泛红，她低下头，随即又抬起。“克莱尔，”她说，“没有i[①]。我是用爱尔兰的母语来起名的。”她微微地撇了撇嘴，假装表示哀伤。“我母亲是个多愁善感的人，总是挂念着故土。”

---

① 作为女性的名字，Claire比较常见，卡文迪什夫人的名字是Clare。

我把那页纸放进我的皮夹，站起身，从书桌后面走出来。不管你有多高，总有那么些女人，会让你自觉比她们矮了一截。我低头看着克莱尔·卡文迪什，却觉得自己是在仰望她。她伸出手，我握住了它。这真的很有感觉，两个人之间的第一次碰触，不管这一刻是多么短暂。

我目送她走到电梯口，她最后对我匆匆一笑，接着便离去了。

我走回办公室，回到我在窗前的位置。雷明顿小姐依然在重复敲打、再把打印架推回原位的动作，真是个勤奋的姑娘。我希望她抬起头来看到我，却只是徒劳。再说，我又能做什么呢——像个傻子一样挥手？

我想着克莱尔·卡文迪什。有一点说不通。虽说作为私家侦探，我算是小有名气，但为什么住在海洋阁的、多罗西亚·兰格利什的女儿，会选择我来寻找她失踪的情人？她应该认识很多一流的同行才对啊。还有，为什么，她最开始会搭上尼可·彼德逊这样的人？如果她描述准确的话，此人似乎更像是个衣冠楚楚的卑鄙小人。对于这一个个复杂又费解的问题，我难以专心致志地思考，因为念念不忘克莱尔·卡文迪什那对坦然的眼睛，以及其中闪动的俏皮、会意的神采。

等我转过身，发现她的烟嘴落在了我书桌的一个角落。黑檀木就像她的眼睛一样闪着光泽。她还忘了付定金。这似乎都不重要。

2

她说的没错，纳比尔街确实很低调，不过我及时看到了它，从大道上拐了进去。这条小路在一道斜坡上，缓缓向上延伸，远端的山头矗立在泛着蓝色的雾气中。我慢慢地沿路而行，仔细查看一个个门牌号。彼德逊的住处看着有点像是一家日式的茶馆，或者说在我印象中日式茶馆就是这个样子。房子只有一层，是用暗红色松木建造的，门廊绕了一圈，屋顶上铺着木瓦，四面浅坡构成一个钝钝的尖顶，顶上还有一个风向标。窗子很窄，里面的窗帘都拉上了。在我看来，一切都说明，这个地方已有好一段时间都无人居住，尽管报纸已经不再堆积。我把车停好，走上三格木质台阶，来到门廊。暴晒在太阳下的墙面散发出一种木焦油的气味。我按了按门铃，但房子里并没有声音，于是我试着敲了敲门环。一座空房子似乎能吞噬各种声响，犹如一条干涸的溪流会把水吸干。我把一只眼睛贴到门上的玻璃小窗，试图透过里面的蕾丝窗帘看进去。但我看不太清楚，似乎只是一个普通的起居室，里面摆着普通的物品。

一个声音在我身后响起。“他不在家，伙计。”

我转过身。说话的是个老头，他穿着一条褪色的蓝布工装裤和一件无领衬衣。他的头形像是一枚花生壳，宽大的脑门和下巴，两颊凹陷，嘴微微张开，牙齿都掉光了。他的下巴上布满银色胡碴——像是有一个星期没有刮过——在阳光下闪闪发亮。像是走下坡路的戈比·海耶斯[①]。他一只眼睛闭着，另一只眼睛眯缝着看我，慢慢地晃动着下垂的下巴，像是一头奶牛正嚼着一块反刍的食物。

“我要找彼德逊先生。”我说。

他把头扭到一边，冷冷地喝道。“我说过了，他不在家。”

我走下台阶。我看到他晃了一下，似乎在琢磨我是谁，来此有何贵干。我掏出香烟，递给他一根。他激动地接过去，贴在下嘴唇上。我在拇指的指甲上划了根火柴，把火递给他。

我们身边干燥的草丛里突然传来蟋蟀的叫声，感觉像是有个马戏团的小丑从炮口里被发射出来。阳光很强烈，又热又干的微风吹过，我庆幸自己戴着帽子。这老家伙光着脑袋，但似乎对暑热毫不在意。他猛地吸了口烟，含了一会儿，接着吐出几缕灰色的烟雾。

我把用过的火柴扔进草丛。“你不该这么做，”老头说，“要是在这里引起火灾，那么整个西好莱坞就会在浓烟中升天。”

“你认识彼德逊先生吗？”我问道。

“当然认识。”他指指身后，只见街道远端有座摇摇欲坠的小窝棚。“那是我住的地方。他有时候会过来找我，打发时间，给我抽根烟。”

“他离开了多久？”

“让我想想。”他思考着，眼睛又眯了起来。“我想我最后一次见到他，是六七个星期前。”

“他没说他要上哪儿去，我猜。”

他耸耸肩。“我甚至没有看见他离开。只是有一天我发现他不在了。”

“怎么回事？”

---

① 1885—1969，原名乔治·海耶斯，美国影视演员，以西部片中的形象著称。

他抬头斜睨着我，晃了晃脑袋，似乎耳朵里进了水。“什么怎么回事？”

“你是怎么发现他不在了？”

“他就是不住那儿了，就是这样。”他顿了一下。“你是警察？”

“差不多。”

“什么意思？”

“私家侦探。”

他咯咯地笑了，喉咙里像是有痰卡着。“私家侦探和警察是两码事，除非你是在做梦。”

我叹了口气。当他们听说你是私人的，便觉得对你说什么都可以。我猜也是。老头咧着嘴冲我笑，一副得意的样子，像只刚刚下了蛋的母鸡。

我来回打量着这条街。乔家餐厅，快净洗衣房。还有一家汽车修理店，店里有名机修工钻在一辆破旧的雪佛兰车里检修。我想象着克莱尔·卡文迪什从一辆小型的跑车里钻出来，对眼前的这一切皱起鼻子。“他会把什么样的人带到这里来？”我问道。

“什么人？”

“朋友。酒肉朋友。电影圈的同事。”

“电影？”

他开始变成了回声小先生①。“那么女性朋友呢？”我问道，“他有吗？”

这句话引得他放声大笑。笑声不怎么悦耳。“有吗？”他兴奋地喊道，“听着，先生，这个家伙的女人多得他都对付不过来。几乎每天晚上他都会带着不同的妞儿回家。”

① 英语儿歌，下句总是重复上句的一个词。

“你一定是在密切注意他和他的动向。”

“我正好看见，就是这样。”他说，口气显得不快，急于辩解。“他们总是闹哄哄的，常常把我吵醒。一天晚上，他们其中有个人把一瓶东西掉在人行道上——香槟，我猜想是。那声音像是炮弹炸开了。那个妞儿只是哈哈大笑。”

“邻居不会抱怨他们这种荒唐的行为？”

他同情地看了我一眼。“什么邻居？”他轻蔑地说。

我点点头。阳光还是那么猛烈。我掏出一块手帕，抹了抹脖子后面。这个地方一到盛夏，总有那么几天，阳光能轻易剥掉你一层皮，就好像一只大猩猩扒开一根香蕉。

“好吧，还是谢谢你。”我说着从他身边走了过去。灼热的空气在我的车顶上浮动着。我在想，方向盘摸上去该有多烫。有时候，我对自己说我要搬到英国去，据说就是到了大伏天都很凉快。

“你不是第一个打听他的人。”老头冲着我的后背说。

我转过身。“哦，是吗？”

“上个星期来过一对湿背佬①。”

“墨西哥人？”

“我指的就是这个。两个人。他们都精心打扮了一番，但就算穿上西服，打上领带，湿背佬终归是湿背佬，对吧？”

刚才射在我背上的阳光此时照到了我胸前。我感到嘴唇上都是汗。“你跟他们说话了吗？”我问道。

“没有。他们开着一辆车来的，我从没见过这种车，一定是改小过的，大小高度跟妓院里的床差不多，车顶是帆布的，上面还有好几个洞。”

---

① 美国口语中对非法进入美国的墨西哥人的称呼。

“什么时候的事？”

“两三天以前。他们在这个地方偷偷摸摸地转了一会儿，还像你一样往窗子里偷看，然后回到车上，慢吞吞地开走了。”他又干咳了一下。“我不喜欢湿背佬。”

“可不是吗。”

他傲慢地看了我一眼，接着哼了一声。

我再次转过身，走向我那热烘烘的车子。他又开口了——“你觉得他会回来吗？”——我再次停下脚步。我觉得自己像是《古舟子咏》中想要脱身的婚礼宾客[1]。

“可能不会了。”我说。

他又哼了一声。“哦，不太会有人想他的，我猜。但不管怎么说，我挺喜欢他。”

他吸的烟还剩下小半寸的烟蒂，这时他把它扔进了草丛。“你不该这么做。”我说着，钻进了车子。

当我的手指碰到方向盘的时候，居然没有烫得吱吱作响。

---

① 《古舟子咏》的作者是英国诗人塞缪尔·泰勒·柯勒律治，诗歌中讲述的故事其背景是一艘船驶向赤道，因水手们杀死一只水鸟而遭厄运，被暴风吹向南极，大部分的船员死亡，唯一生还的水手回国后，在路上拉住一位要去参加婚礼的宾客诉说其遭遇。

3

我并没有返回办公室，而是不紧不慢地拐过街角，来到“巴尼餐厅”，想找点冰镇饮料一股脑儿地灌进喉咙。“巴尼”的波希米亚风格有点太做作——太多标榜自己是艺术家的人混迹于此。那块写着“同生恋——滚开”的老旧牌子依然放在吧台后面。我注意到“巴尼”里的人有一个特点：他们都不擅长拼写，巴尼一定是想到了只有一个g的单词，比如bigot①。但酒保是个不错的家伙，总是在深夜耐心地聆听我喋喋不休的抱怨，次数多得我都记不清了。他自称特拉维斯，但这究竟是姓还是名，我说不上来。他块头很大，前臂上长满了毛，左手的二头肌上有个精致的纹身：一个缠绕着红玫瑰的蓝色大锚。不过，我怀疑他并没有做过水手。但他很受“同生恋”的欢迎，他们才不管这个警告标牌，照样光顾这里——也许就是冲着这块牌子来的。他曾讲过一件关于男星埃洛·弗林的趣事，以及某天晚上，他在这个吧台，和一条他养在竹盒里的宠物蛇之间发生的故事，但故事的精彩之处我记不清了。

我挪到一张凳子上，点了一杯墨西哥啤酒。吧台上放着一碗煮得很老的鸡蛋；我拿了一只，加了很多盐吃下去。盐粒和蛋黄让我的舌头干涩得像支粉笔，于是我又满上了一杯特卡特②。

那个傍晚的时间过得很慢，这地方几乎没什么人。特拉维斯不是那种爱套近乎的家伙，我进去的时候他只是略略点了下头。我不知道他是否叫得出我的名字。很可能不行。他知道我的谋生方式，这一点我很确定，尽管我不记得他提起过。生意不忙的时候，他总是站着，双手摊开放在吧台上，低垂着那颗又大又方的脑袋，目光透过敞开的大门，凝视着外面的街道，眼神悠远，像是在回忆一段逝去已久的爱情，或是一次斗殴中的胜利。他话不多，既不呆头呆脑，也不聪慧过人，我永远说不出他是哪一种类型的人。无论如何，我挺喜欢他。

我问他是否认识彼德逊。我觉得"巴尼"不会是彼德逊爱逛的地方，但还是值得一试。"有个人住在纳比尔那边，"我说，"或者说，不久前还住在那里。"

特拉维斯缓缓地回过神来，无论刚才他徘徊在哪一条回忆的小巷里。"尼可 · 彼德逊？"他说，"当然，我认识他。时常在下午来这里喝杯啤酒，吃个鸡蛋，就像你这样。"

这是第二次有人把我和彼德逊联系在一起——克莱尔 · 卡文迪什说他和我一样高——尽管这种关联微不足道，我还是不喜欢。"他是个什么样的人？"我问。

特拉维斯耸了耸壮实的肩膀。他穿着一件紧身的黑色汗衫，领口处冒出他又粗又短的脖子，像个消防栓似的。"花花公子型，"他说，"也可以说他给人的感觉就是这样。八字胡，油光光的头发，梳成漂亮的卷儿，很有女人缘。也很风趣——总能把女人逗乐。"

"他把姑娘们带到这儿来？"

特拉维斯听出了我的疑惑；"巴尼"不是一个同时髦女郎谈情说爱的好地方。"偶尔吧。"他说，脸上似笑非笑地抽了一下。

"其中有一个是不是长得很好看，一头金发，黑眼睛，嘴唇特别

---

① 同性恋的正确拼法是 faggot，但牌子上漏了一个 g 写成了 Fagot。
② 墨西哥啤酒的品牌。

迷人？”

特拉维斯再次露出那种戒备的微笑。“可能是她们中的任何一个。”

“这个女人很有气质。谈吐优雅，穿戴讲究——也许太讲究了，显得彼德逊配不上她。”

“对不起。如果她们真的像你说的那么漂亮，我不会细看。那会让我心神不定。”

他真的很敬业，这个特拉维斯。但我突然想到，也许他不留意女人另有原因，也许他也不太喜欢吧台后面的牌子，出于他个人不足为道的原因。

“他最后一次来这儿是什么时候？”我问。

“好久没有见过他了。”

“好久是指……”

“几个月吧。怎么了？他失踪了？”

“他似乎跑到某个地方藏了起来。”

特拉维斯的眼睛一亮，带有些许的愉悦。“最近有罪案？”

我打量着啤酒杯，握着底部转动。“有人在找他。”我说。

“嘴唇迷人的女士？”

我点点头。我说过，我喜欢特拉维斯。尽管身材魁梧，他身上有种干净利落的味道，整洁又井然有序；也许他曾是一名水手。我觉得我永远都问不出口。“我去过他家，”我说，“一无所获。”

吧台的另一端有位客人做了个手势，于是特拉维斯过去招呼他。我呆坐着胡思乱想。比如，为什么第一口啤酒总是远远胜过第二口？我爱作这一类的哲学思考，因此被称为思想家侦探。我也有那么一点想着克莱尔·卡文迪什，然而，正如特拉维斯所说，我觉得她让我心神不定，于是还是回去思考啤酒的问题。也许温度是关键。不是说第二口啤酒远不如第一口那么冰爽，而是因为口腔经历了第一次冰冷的冲击，知道喝第二口会是什么感觉，便有了心理准备，所以惊喜的成分消失了，结果就是快感大大降低了。唔。这似乎是个合理的解释。但这个解释够全面吗，能满足我这么一个偏执狂吗？接着特拉维斯走回来，我得以跳出了沉思。

“我刚刚想到，”他说，“你不是第一个来打听我们的朋友彼德逊的人。”

“哦？”

“一两个星期前，两个墨西哥人跑到这儿来询问我是否认识他。”

毫无疑问，一定是同样的两个人，开着顶部千疮百孔的车子。“什么样的墨西哥人？”我问。

特拉维斯冲我露出一种若有所思的笑容。“就是墨西哥人，”他说，“做生意的人，看起来像是。”

做生意的人。对了。就像我那位来自纽约、小指佩戴戒指的委托人。“他们有没有说为什么找他？”

“没有。只是问问他是不是常来这里，他最近一次是什么时候来的等等。我的回答和告诉你的差不多。这答案没能让他们的心情变好。”

“两个脾气不好的家伙，对吗？”

“墨西哥人你是知道的。”

“是的——不算是世界上最好理解的一群人吧。他们呆了很久吗？”

他指了指我的杯子。“其中一个喝了杯啤酒，另一个要了一杯水。我的感觉是他们在办一件差事。”

“哦？什么样的差事？”

特拉维斯看了天花板好一会儿。“不好说。但他们的表情很慎重，眼神很警惕——你明白我的意思吗？”

我不明白，但还是点点头。“你觉得，他们在办的这件差事，和我们的彼德逊先生有重要的关系？”

“是啊，”特拉维斯说，“其中一个一直在玩弄一把珍珠手柄的六发手枪，另一个则用他的小刀剔着牙。”

没想到特拉维斯还有谐谑的一面。“虽然很好笑，”我说，“但不管怎么说，彼德逊不像是那种和墨西哥生意人扯上关系的人。”

“南方的边境机会多得是。”

“你说得对，没错。”

特拉维斯拿起我的空杯子。“你还要来一杯吗？”

“不了，谢谢，”我说，“我可不想喝得大醉。”

我付了钱，从吧台凳上爬下，走到门外的夜色中。现在天气凉快了一点，但空气里满是汽车尾气的味道，白天的沙尘在我的牙齿缝里留下了细细的沙砾。刚才我把名片交给了特拉维斯，请他打电话给我，如果他碰巧听到彼德逊的任何消息。我不会等在电话旁边，但至少现在特拉维斯知道我叫什么名字了。

我开车回家。山头上房子里的灯火逐渐亮起，其实天色还没那么晚。一弯镰刀状的月亮低悬于地平线上方，在一片昏暗的、浑浊的蓝色云雾中若隐若现。

我依然住在月桂谷区。房子的女主人已去了爱达荷州看望她寡居的女儿，并决定长期呆在那里——也许是为了吃土豆[①]。她来信说那

① 爱达荷州位于美国西北部，盛产土豆，其土豆品质十分出色，产量也为全美之冠，有“土豆州”之称。

个房子我想住多久都可以。这让我觉得自己算是安稳地在丝兰街落了脚，在山坡上有个栖身之处，和一片桉树林隔街相对。我不清楚自己对此的感受。难道我真的要在一栋租来的房子里度过余生吗？其中只有一只耐用的咖啡壶，和一套褪色的象牙棋子算是我本人的物品。有个女人想要嫁给我，要我抛下这一切，那是个漂亮的女人，和克莱尔·卡文迪什一样，也和她一样有钱。但我坚持要过自由自在、无拘无束的生活，虽然事实并不尽然。丝兰街并不是巴黎，那个可怜的富家小女孩正是在巴黎调养受伤的心，这是最后一次我听到她的消息。

这栋房子对我来说大小正合适，但在某些天的晚上，就像今晚，它变得像是白兔先生的家[①]。我煮了一壶浓浓的咖啡，喝下一杯，在起居室里徘徊了一会儿，留心着别撞到墙。接着我又喝了一杯，抽了第二根烟，不去理会窗外深蓝的夜色越来越沉。我想着摆出一盘阿廖欣[②]的不太吓人的开局，看看我能下到什么地步，但没有这个心情。我不是个狂热的棋迷，但我喜欢这种游戏，喜欢其中专注冷静的感觉，和它所需要的精确思维。

彼德逊的案子压在我的心头上，也可以说，至少是牵涉到克莱尔·卡文迪什的那一部分。我依然认为，她来找我就很可疑。我说不出是为什么，但我有种奇怪的感觉，我在被人设计。这么一个漂亮女人一般不会从大街上走进来，要求你找到她失踪的男友；事情不该是这样的。但事情应该是怎么样的？据我所知，全国各地都有我这样的事务所，或许每天都会有漂亮女人走进去，要求像我这样容易上当的可怜虫做同样的事情。但是，我不相信。首先，克莱尔·卡文迪什这样的女人，在这个国家显然不会有很多个。实际上，我甚至怀疑她是

① 《爱丽丝梦游仙境》里面的人物，他的家是个古怪的地方。
② 亚历山大·阿廖欣，1892—1946，俄裔法国男子国际象棋选手。

独一无二的。而如果她真的没有说谎，那又怎么会和彼德逊这么一个下三滥的家伙牵扯不清？如果她和他有所牵扯，为何会毫不羞怯地对一个私家侦探低三下四——我想说“投怀送抱”但及时阻止了自己——恳求他找到那只飞走的鸟？好吧，她没有恳求我。

我决定第二天早上对克莱尔·卡文迪什夫人（婚前姓兰格利什）的身世做一番调查。现在我也只能给凶案组的警官乔·格林打个电话。乔曾经积极主张以一级谋杀共犯的罪名控告我；这种事情会在两个人之间建立某种联系。尽管我不会说乔是个朋友——更像是个防一手的熟人。

乔来接电话的时候，我有点感动他这么晚还在工作，但他只是对着听筒作了个深呼吸，问我什么事。我告诉了他尼可·彼德逊的名字、电话和地址。对此他闻所未闻。“他是谁？”他没好气地问道，“你办离婚案牵涉到的花花公子？”

“你知道我不办离婚的案子，警官。”我说，尽量保持轻松自如的语气。乔是个喜怒无常的人。“他只是个我想打听的人。”

“你有他的地址，不是吗？你为什么不去他家敲敲门？”

“我去过了。没有人在家。很长一段时间都没有人住了。”

乔喘了几下。我考虑着要不要告诉他少抽点烟，但再一想还是算了。“他是你的什么人？”

“他的一个女性朋友想知道他把自己藏到哪儿去了。”

他哼了一声，像是嗤之以鼻，又像是暗自好笑。“在我看来和离婚案差不多。”

你就是个死心眼，乔·格林，我说，但只是在心里说。我又对他说了一遍，我不接离婚案，这件事和离婚没有关系。“她只是想弄清楚他人在哪里，”我说，“就当她感情用事吧。”

“她是谁，这位夫人？”

“你知道我不会告诉你的，乔。其中没有牵扯到犯罪。只是一桩私人的事情。”

我听见他划了根火柴，吸了口烟然后吐出来。“我会查看一下记录。”最后他说。他开始不耐烦了。即使是一个女人和小白脸的故事，也没法长时间地吊住他的胃口。他是个好警察，乔，但他入行太久，对一件事只有三分钟的热度。他说他会打电话给我，我谢了他便挂了。

次日早上八点，他打来电话，当时我正在煎炸几片上好的加拿大培根，准备搭配吐司和鸡蛋一起享用。我正想再次告诉他，他早出晚归的作息时间令我感动，但他打断了我。我站在炉灶边，手里拿着壁式电话的听筒，一边听他说话，一边望着水斗上方的窗外，一只棕色的小鸟在黄钟花丛的枝叶间轻快地飞来飞去。总有这样的时刻，眼前的一切似乎都归于静止，像是某个人拍下的一张照片。

“你打听的那个人，”乔说，“我希望他的女性朋友穿一身黑不会太难看。”他响亮地清了清嗓子。“他死了。是在”——我听见他在翻动文件——“四月十九日，在帕利塞德那家俱乐部附近，叫什么来着，肇事逃逸。他现葬在伍德朗，我甚至还拿到了墓碑的编号，如果她想去看他的话。”

4

我不知道它为什么被称为海洋高阁，因为这里唯一高的地方就是生活成本。如果你认为白金汉宫是个中等大小的住所，那么这栋房子也不算很大。它叫做兰格利什小屋，虽然我想象不出它哪里像个小屋。它是由无数块粉色和白色的砖石建成的，包含一座座角楼和塔楼，一面旗子骄傲地飘扬在屋顶的旗杆上，窗子似乎有一千扇之多。在我看来它的外观相当难看，但我不是建筑方面的专家，没有资格评判。建筑的侧面有不少高大苍翠的树木，我想是某种橡树吧。短短的车道径直通往房子前一条碎石铺成的椭圆形跑道，在上面进行马车比赛都没问题。我突然觉得自己入错了行，这个让女人散发香气的产业，竟能带来如此巨大的财富。

开车的路上，我一直在想克莱尔·卡文迪什提到的有关音乐的喜好。我并没有主动聊起这个话题，没有问过她偏爱哪一类音乐，她也没有主动告诉我，但不知为什么，这一点有着不同寻常的意义。我是说，我们没有继续说下去，这一点很重要。这算不上是她可以透露给我的最私密的信息，比如她穿几码的鞋子，或是晚上她睡觉时穿什么或不穿什么，这种事情才算隐私。不管怎么说，这一点很有分量，如同某件珍宝那么贵重，像是她把一颗珍珠或钻石从自己的手上交到我的手上。我接过它却不作评价，她也很满意我对此保持沉默，这就意味着我们之间保守着一个秘密，一个暗号，一份未来的希望。但接着我又认为这全都是我的妄想，仅仅是我一厢情愿的忧思。

我把奥兹停在碎石路上，这时，我注意到一名穿运动装的男子，从草坪的另一边向我走来。他挥动着一根高尔夫球棒，把雏菊的花朵打掉。他穿着双色的高尔夫鞋子，上面是一件领子软趴趴的白色丝绸衬衫。他的黑发也是软趴趴的，一缕发丝总是滑落到他的眉头，于是，他只得很不自在地甩起一只苍白而纤细的手，一次次把它从眼前拨开。他走起路来如弱柳扶风，缓慢、略带扭动，像是膝盖的部位缺少力气。等他走近，我诧异地看到他也长着一对黑色杏眼，和克莱尔·卡文迪什一样——长在他脸上太秀气了。我还发现，他走近后不像在远处瞧着那么年轻。我猜他将近三十岁，虽然背着光他可以冒充自己只有十九岁。他走到我面前停下，略带不屑地上下打量了我一番。“你是新来的司机？”他问道。

“我看上去像司机吗？”

“我不知道，”他说，“司机应该是什么样？”

“缠着绑腿，戴着帽檐发亮的帽子，眼神粗鲁，一看就是劳苦大众。”

“好吧，你没有绑腿，也没戴帽子。”

我注意到他身上散发着昂贵的气息，古龙水、皮革，还混合着其他什么味道，也许是包着费伯奇金蛋[①]的香水纸巾。没准他喜欢涂抹一点他妈妈的高级产品。好吧，他就是个女性化的小伙子。“我来这儿是想见见卡文迪什夫人。”我说。

“现在换成你了，”他窃笑道，“那你一定是她的情人之一。”

“他们是——？”

---

① 俄国皇室在复活节定制的珠宝彩蛋，自 1885 年起成为每年一度的复活节活动，直到罗曼诺夫王朝在 1917 年垮台为止。

“长着蓝眼睛、很粗犷的那种人。但仔细一想，你也不是那块料。”他的眼神掠过我，落在奥兹上。“他们开着深红色的库佩”——他用法语腔念出“库佩”这个词——“或是怪模怪样的银色幽灵。那么你是谁？”

我慢吞吞地点了根烟。不知怎的这把他逗乐了，他又一次刻薄地暗笑了一下。这笑声很不自然，他是多么想显示自己是个厉害角色。“你一定是卡文迪什夫人的弟弟。”我说。

他瞪大眼睛夸张地看着我。“一定是？”

“总之是她的亲戚。小宠儿，或是败家子，你是哪一种？”

他轻蔑地抬起鼻子。“我的名字是，”他说，“爱德华兹，埃弗瑞特·爱德华兹。正好是埃弗瑞特·爱德华兹三世。”

“你是说，你这样的人早就有了两个？”

他心平气和了一点，咧嘴一笑，孩子气地耸了耸肩。“很傻的名字，对吗。”他说着咬了咬嘴唇。

我以自己的方式耸耸肩。“我们无法选择自己的名字。”

“你呢——你叫什么？”

“马洛。”

“马洛？和那个剧作家的名字一样[①]。”他摆出一个戏剧化的姿势，上半身歪向一边，一根手指颤抖着指向天空。“看，看啊，基督的血流淌在苍天！”他高喊一声，还故意颤起下嘴唇。我不得不报以微笑。

“告诉我上哪儿去找你姐姐，好吗？”我说。

他垂下手臂，直起身子，恢复成原先无精打采的样子。“她在这

---

① 克里斯托弗·马洛，1564—1593，英国伊丽莎白时代的剧作家、诗人和翻译家，是莎士比亚同时代的人物。

儿的某个地方，”他说，“到暖房去找找看。”他用手一指。“就在那边。”

他眼里的愠怒挥之不去。他只是一个发育过度的孩子，备受溺爱，对什么都提不起兴趣。“谢谢，埃弗瑞特三世。”我说。

我走到一边，他在身后叫我。“如果你是要推销保险，那是在浪费时间。”他又窃笑了一下。为了他好，我希望他能长点出息——也许，等到他五十岁的时候，开始穿着三件式西服，戴上单片式眼镜。

我吱嘎吱嘎地踩着沙砾，沿着他指的路，绕过房子往前走。在我左边是一座花园，延伸出去的面积不亚于一座小型的公园，只是打理得更为出色。玫瑰的甜香随着微风飘到我身边，其中还混合着新割好的青草味，和不远处海水的咸味。我好奇住在这么一个地方是什么感觉。我经过窗子的时候往里面窥视。我能看到的一个个房间都是那么宽敞、雅致，摆放着无比精美的家具。如果想要在电视机前扑通坐下，捧着一桶爆米花，扔下几罐啤酒，看场球赛，那该如何是好？也许他们在地下室有特定的地方进行这类活动，台球室、游戏室、狐朋狗友聚会室，诸如此类。我怀疑，在兰格利什小屋，真正的生活起居是在别处进行的。

暖房是个精致的地方，由弧形的玻璃和钢质框架搭成，和房子的后部相连，如同一只巨大的吸盘，有两三层楼那么高。里面种着高大的棕榈树，沉甸甸的叶子贴在玻璃窗格上，似乎想要探出去。两扇法式大门敞开着，入口处，一块薄纱窗帘在轻柔的风中懒洋洋地掀动着。这些地区的暑热不像城市里那么严酷，那么折磨人；这些人过着他们特有的季节。我跨过门槛，把窗帘甩到一边。里面的空气又沉又闷，闻起来像是一个胖子刚泡完长时间的热水澡。

起初我怎么也找不到克莱尔·卡文迪什。在一簇低垂的棕榈叶半遮半掩之下，她坐在一把小巧玲珑的锻铁椅子上，面对一张配套的锻铁桌子，在一本皮面的日记本或笔记本上写着什么。我注意到她用的是一支钢笔。她穿着打网球的衣服，棉质短袖衬衣、白色百褶短裙、短袜，以及陶土色的麂皮鞋。她两边的头发用发夹别到脑后。这是我第一次看到她的耳朵。它们长得非常秀气，真不多见，在我看来，耳朵是仅次于双脚的奇特器官。

她听见我走近她。她抬起头的时候，眼里流露的神情让我猜不透。意外是当然的——我没有事先打电话告知我的到来——但还有别的意思。是警惕，甚至是突然感到沮丧，或者只是一下子没有认出我?

“早上好。”我故作轻松地说。

她立刻合起本子，此时，慢条斯理地套上笔帽，从容不迫地把它放在桌子上，像位刚刚签完一份和平条约或是宣战书的政治家。“马洛先生，”她说，“你吓了我一跳。”

“对不起，我应该先打个电话。”

她站起来退后一步，似乎是想让桌子把我们隔开。她的脸颊微微泛红，昨天当我问她叫什么时，她也是这样。容易脸红的人往往日子不太好过，总是动不动就泄露了自己的心思。我又一次忍不住盯着她的腿看，虽然我知道它们纤细而优美，泛着蜂蜜的色泽。桌子上放着一个水晶壶，里面盛着一种烟草色的饮料，此时，她伸出一根手指搁在把手上。“要来点冰茶吗?”她问道，“我可以打铃叫他们送一只杯子过来。”

“不了，谢谢。”

“我应该给你来点更烈的玩意儿，只是时间似乎早了点……”她低下头咬着嘴唇，和埃弗瑞特三世的动作一模一样。“你的调查有什么进展吗?”她问道。

“卡文迪什夫人，我认为你应该坐下。”

她微微摇了摇头，浅浅一笑。“我不想——”她刚要说话，但视线掠过我的肩膀。“哦，你来了，亲爱的。”她说，声音的变化很明显，刻意充满热情。

我转过身去。只见一个男人站在敞开的门口，举起一只手把窗帘撩到一边，我一度以为他和埃弗瑞特三世一样，准备朗诵一段古戏剧中的句子。而他只是放开窗帘，缓步走上前来，自顾自地露出微笑。他是个体格健美的家伙，个子不高，稍微有点罗圈腿，长着宽宽的肩膀和一双大手。他穿着一条奶油色的骑马裤，一双小牛皮靴子，上身的衬衣白得发亮，还戴着一条黄色的丝巾。又是一个爱好运动的人。这开始让人觉得，他们在这儿除了运动什么也不干。

“好热，”他说，“该死的大热天。”到目前为止，他还没怎么往我这边看。克莱尔·卡文迪什正要伸手去拿那壶冰茶，这男人抢先一步拿起杯子，从壶里倒了半杯，一仰头，一口气喝个精光。他的头发很漂亮，浅棕色的直发。在斯科特·菲茨杰拉德[①]笔下那些悲喜交加的爱情故事里，他应该可以找到一个角色。想想看，他外表就有点像菲茨杰拉德：英俊，孩子气，身上有种令人难以抗拒的优柔。

克莱尔·卡文迪什看着他。她又咬起了嘴唇。她的嘴唇真是妙不可言。“这是马洛先生。”她说。这个男人假装很吃惊，手里拿着空杯子往四周张望了一下。最后，他的目光定格在我身上，微微皱起眉头，就好像先前一直没有注意到我的存在，就好像我隐身于周围的棕榈叶和闪闪发光的玻璃之中。“马洛先生，”克莱尔·卡文迪什接着说，“这是我丈夫，理查德·卡文迪什。”

他似笑非笑地看着我，眼里混杂着不屑与轻蔑。“马洛。”他翻

---

① 弗朗西斯·斯科特·基·菲茨杰拉德，1896—1940，二十世纪美国最杰出作家之一，代表作有《了不起的盖茨比》。

来覆去念着这个名字，品评着，就好像那是一枚不值钱的小硬币。他笑得更欢了。“你不妨放下你的帽子。”

我忘了自己一直拿着它。我环顾四周。卡文迪什夫人走过来，从我手里拿过帽子，把它放在桌上、玻璃壶旁边。在我们三人组成的三角形区域内，空气似乎无声地裂开了，像是有股静电在其中来回地传导。但卡文迪什显得十分自在，他转向他妻子。“你有没有给这个人叫杯喝的？”

我抢在她开口前说道：“她问过我了，我拒绝了。”

“你拒绝了，是吗？”卡文迪什暗笑道，“你听到了，亲爱的？这位绅士拒绝了。”他往杯子里又倒了一些茶，喝干了，然后把杯子放下，做了个鬼脸。我注意到他比他妻子矮了一两寸。“你是做哪一行的，马洛先生？”他问道。

这一次克莱尔抢先开口。“马洛先生帮人寻找东西。”她说。

卡文迪什低下头，狡黠地往上瞥了她一眼，用舌头顶起一侧的脸颊。接着他又看着我。“你寻找什么样的东西，马洛先生？”他问道。

“珍珠。”他妻子忙不迭地说，再一次抢了我的话，虽然我还没想好该怎么回答。“我把你送我的那条珍珠项链弄丢了——不知放在哪儿了，我是说。”

卡文迪什想了想，此时他看着地面，露出若有所思的微笑。“他打算怎么做，”他问道，明明是在对他妻子说话，却不看着她。“在卧室里的地板上爬来爬去，往床底下窥探，把手指伸进老鼠洞里去掏？”

“迪克，”他妻子说，语气里带着恳求，“这不重要，真的。”

他夸张地瞪着她。“不重要？如果我不是位绅士，就像这位马洛先生，我会忍不住告诉你这廉价的小珠宝值多少钱。当然——”他转向我，开始拖音——“如果我说了，她会告诉你，我是用她的钱买的。”他又朝他妻子扫了一眼。“对吗，亲爱的？”

对此她无话可说，只是看着他，微微低着头，她那柔软丰满的上嘴唇噘了起来。那一刻，我仿佛看到了年幼时的她。

“主要是追查你妻子的足迹，”我故意用一种单调沉闷的语气说，多年来我都在和警察打交道，于是学会了模仿他们的腔调。“查看一下过去几天她去过的地方，进过的商店、吃饭的餐厅。”我感觉到克莱尔的眼睛在盯着我看，但我始终看着卡文迪什，后者望向敞开的门外，慢慢地点了点头。“是的，”他说，“很对。”他又一次环视了这个地方，心不在焉地眨眨眼睛，伸出一根手指，用指尖触摸着桌上空杯子的边缘，接着晃晃悠悠地走了出去，自顾自地吹着口哨。

他走了以后，我和他妻子呆呆地站了一会儿。我能听见她的呼吸。我想象着她的肺部吸满又排空了空气，它们是那么娇柔粉嫩，白得发亮的骨头围在外面，形成了脆弱的罩子。她就是这种女人，会让男人产生这样的遐想。“谢谢你。”最后她说，小声得几乎听不见。

“别在意。”

她把右手放在锻铁椅子的椅背上，像是有点虚弱。她没有看我。“告诉我你发现了什么。”她说。

我想抽根烟，但又觉得在这个雅致的玻璃房内不应该点烟。就像在一座大教堂里也是一样。烟瘾提醒我带来了一样东西。我从口袋里掏出黑檀木的烟嘴，把它放在桌子上，挨着我的帽子。“你把它落在我的办公室了。”我说。

“哦，是的，当然。我不常用，只是装装样子的。去见你时我很紧张。”

“你可能欺骗了我。”

“我需要欺骗的是我自己。”她目不转睛地看着我。“告诉我你的发现，马洛先生。”她又说了一遍。

“这种事情很难说出口。”我看着桌上的帽子。“尼可·彼德逊死了。”

“我知道。”

“两个月前他死于一场肇事逃逸的事故——”我愣了一下，瞪着她。“你说什么？”

“我说我知道。”她对我微微一笑，头歪到一边，略带嘲讽的意味，感觉就像前一天她在我办公室里那样，当时她把手套铺在膝盖上，翘起黑檀木烟嘴，她丈夫可没有到场给她压力。“也许你应该坐下，马洛先生。”

“我不明白。”我说。

“你当然不明白。”她转过去，把手放在她丈夫刚刚喝的杯子上，往旁边挪了一寸，接着把它放回原来的地方，正好盖住它留在桌上的一圈水印。“对不起，我本该告诉你的。”

我拿出香烟——这里的气氛突然失去了神圣感。“如果你早就知道他死了，那你为什么还来找我？”

她转回来，默默地凝视了我一会儿，思索着该说些什么，怎么说才好。“事情是这样的，马洛先生，有一天我看见他，在大街上。他看起来活得好好的。”

5

我喜欢想象户外的世界。我是说，一想到户外的情景：树木、草地、丛林间飞来飞去的小鸟，一切的一切，我就满心欢喜。我甚至喜欢看着它们，有时候，比如在公路上透过车子的挡风玻璃看着外面。但我不喜欢的，是毫无遮掩地置身于户外。比如阳光照射在我的脖子后面，这样的感觉让我很不舒服——不只是感到炎热，我会感到紧张，产生一种焦虑的情绪。还有就是感觉被很多双眼睛看着，那些目光从树叶间、围栏间和地洞口透出来，聚焦在我的身上。我小时候对大自然就不太感兴趣。年少时四处闲逛、得到年轻人的感悟，这些都发生在城市的街道上；我觉得如果看到一朵黄水仙，我肯定叫不出它的名字。于是，当克莱尔·卡文迪什建议到花园里走走，我虽然不太乐意，但还是没有表露出来。当然，我还是同意了。如果她请我到喜马拉雅山远足，我也会穿上一双登山靴，跟着她走。

当她说完自己曾见过已死去的彼德逊——这无异于拉开一枚手榴弹的拉环，把它扔向我——之后便离开去换衣服，任由我一个人站在弧形的玻璃墙边向外张望，看着一朵朵白色的云从海那边从容地飘过来。她告辞的时候，三根手指轻触了我的手腕，现在我依然能感觉到它们的碰触。如果先前我认为这整件事有点可疑，现在它完全就成了一个大谜团。

过了大约十五分钟，我抽了好几根烟之后，她回来了，穿着一件带垫肩的白色亚麻上装和一条过膝长裙。她或许曾是爱尔兰人，但却有着英伦玫瑰般的淡定和冷艳。她穿着平底鞋，这使得我又比她高了几寸，但我仍然觉得是在仰视她。她一件首饰也没戴，连结婚戒指也没有。

她轻轻地走到我身后，说道："你似乎不喜欢散步，对吗？但我必须到外面呆一会儿——在户外的空气里我的脑子更加好使。"

我本想问她，为什么需要大脑处于最好的状态，有什么要思考的吗，但没有说出口。

关于兰格利什小屋的园地，有一点必须要说的：它们尽可能地远离荒野，却依然被葱郁的绿色树木所覆盖，也可以说，要不是炎炎夏日把大部分植物变成了棕色，这里本该是满眼的绿色。我们走在一条碎石小路上，它垂直于房子，作为铁路的延伸，笔直通向我在来的路上看到的一排树木，并伸向更远的地方，那里泛着点点蓝色的光芒，我知道一定是海。"好了，卡文迪什夫人，"我说，"你说吧。"

我没想到自己的口气这么尖刻，她迅速地瞟了我一眼，脸上微微泛红，对此我已习以为常。我皱起眉头，清了清嗓子。我觉得自己像是个初次约会的孩子，有点手足无措。

走了十来步之后，她终于开腔了。"是不是很奇怪？"她说，"不管你在哪里，在什么情况下，总是能一眼就认出别人，当你在高峰时间走过拥挤的联合车站，无意中看见一百码开外的一张脸，甚至不是脸，只是看到某个人的肩膀，看到他的头一歪，便立刻知道他是谁，即使这个人已经好几年没有见过。这是怎么回事？"

"人类的进化，我猜。"我说。

"人类的进化？"

"区分敌友的必要性，即便是在丛林深处也能做到。我们都是本能的动物，卡文迪什夫人。我们以为自己进化得很高级，其实不然——我们都是原始人。”

她轻轻地笑出了声。“好吧，也许有一天我们能进化得更好。”

“也许吧。但你我是看不到了。”

一时间阳光似乎被挡住了，我们在严肃的沉默中走着。“这些橡树，很美。”我一边说，一边对着前方的一排树木点点头。

“山毛榉。”

“哦，是山毛榉啊。”

“二十年前从爱尔兰海运过来的，信不信由你。为了一解乡愁，我母亲可是不惜重金。当时它们还是小树苗，现在看看它们。”

“是啊，现在看看它们。”我的烟瘾又上来了，但周围的环境让我有点犹豫。“你是在哪里看到尼可·彼德逊的？”我说。

她没有马上回答我。她一边走，一边看着她那舒适的鞋子头。“在旧金山，”她说，“我到那儿去办公事——为了公司，要知道。那是在市场街，我坐在一辆出租车上，他正沿着人行道走，像往常一样匆匆忙忙地”——她又忍不住发出轻轻的笑声。——“跑去见什么人，毫无疑问。”

“那是什么时候？”

“让我想想。”她想了一下。“星期五，上个礼拜。”

“就是你来找我之前。”

“当然。”

“你肯定就是他？”

“哦，是的，我肯定。”

“你没有赶上去叫住他？”

“我还没反应过来他就不见了。我想我本可以叫司机掉头，但街上车太多了——你知道旧金山有多繁忙吧——我觉得不大有希望追上他。再说，我有点迟钝，当时愣住了。”

“因为震惊？”

“不是，是觉得意外。其实，尼可不管做什么我都不会震惊。”

“就算是死而复生也不会震惊？”

“就算是死而复生也不会震惊。”

在草地的另一边，远远地出现了一个骑马的人，跑得很快。他飞奔了一小段路，然后放慢速度，消失在树下。“那是迪克，”她说，“骑的是‘烈火’，他最爱的马。”

“他有多少匹马？”

“我不是很清楚。不少。为了它们他总是忙个不停。”我瞄了她一眼，见她撇了撇嘴。“要知道，他尽力了。”她说，语气中带着不加掩饰的倦怠。“嫁个有钱人很不容易，虽然大家都以为嫁给有钱人很好。”

“他知不知道你和彼德逊的事情？”我问道。

“我告诉过你，我说不准。迪克总是不动声色。我几乎不知道他在想什么，他察觉到什么。”

我们已经走到了树木跟前。小路转向左边，但克莱尔并没有沿着路走下去，而是拉住我的手肘，带着我往前走，走到树丛中，我想你会把它叫做树丛；兰格利什小屋里的东西，总要让我搜肠刮肚地为它们想出合适的名称，比如这个地方就是这样。脚下的地面很干燥，满是尘土。上方的枝叶干巴巴地沙沙作响——那是在思念它们的祖国，我猜想，据说那里的空气永远是湿润的，雨水轻盈地降下，多么令人怀念。

“说说你和彼德逊。”我说。

她望着高低不平的地面，小心翼翼地跨过去。

“没什么好说的，”她说，“事实上，我几乎把他给忘了。我是说，我几乎不再惦记他，想念他。他活着的时候——也就是我和他在一起的时候，我们之间来往也并不是很多。”

“你们是在哪里认识的？”

“我告诉过你了——在卡维拉俱乐部。接着几个星期后我又见到了他，在亚加布尔科[1]。就在那个时候”——她的脸又一次微微地泛红——“噢，你懂的。”

我不懂，但我能猜到。“为什么会在亚加布尔科？”

“为什么不呢？那是一个人们爱去的地方。是尼可喜欢的那种地方。”

“不是你喜欢的？”

她耸耸肩。“我没什么特别喜欢的地方，马洛先生。我很容易厌倦。”

“但还是会去。”我不想说得那么酸溜溜的，但还是没忍住。

“不准你鄙视我，懂吗。”她说，刻意显得像是在开玩笑。

一时间我觉得有点飘飘然，那种感觉就像，比如你是个年轻小伙，有个女孩说了什么话，让你觉得她对你有意思。我想象着她在墨西哥的沙滩上，穿着一件连身泳装，靠在一张折叠躺椅上，在遮阳伞下拿着一本书，而彼德逊走过，停下脚步，假装见到她很意外，主动要帮她去海滩后面、棕榈树下的饮料小凉亭里，从戴着墨西哥草帽的家伙那儿买一大杯冰爽的玩意儿。就在那时，当我们走出树林的远端，大海出现了，像是被我的意念召唤而来。只见长长的海浪慵懒地涌过来，矶鹞匆匆掠过，地平线上竖着一只烟囱，里面冒出一股白烟，好似一片静止的羽毛。克莱尔·卡文迪什叹了口气，伸手勾住我的胳膊，似乎全然没有意识到自己在干什么。“哦，天啊，”她说，声

① 墨西哥城市，著名的旅游胜地。

音突然蹦跶着激情，“我好爱这里。”

我们已经走出了树林，来到海滩上。沙子很紧实，走在上面并不费力。我知道，穿着深色西服、头戴帽子的我，在这个地方显得很不协调。克莱尔拉着我停下脚步，一只手抓住我的前臂，同时弯下腰去脱鞋子。我想着，如果她失去平衡、倒在我身上会怎么样，所以我必须勾起手臂稳住她。在这种情形下，一个男人就是会冒出这种愚蠢的念头。我们继续往前走。她又勾住我的胳膊。鞋子在她另一只手上，用两根指头提着轻轻晃悠。要是有音乐就好了，一段多愁善感的小提琴协奏，某个名字以元音结尾的家伙低声吟唱着大海、沙子、夏日的风和你……

“是谁对你提到我的？”我问道。我不是真的很想知道，只是想聊一会儿尼可·彼德逊以外的话题。

“一个朋友。”

“是的，你说过了——但是什么朋友？”

她再次咬了咬嘴唇。“实际上是个你很熟的人。”

“哦？”

“琳达·洛林。”

这名字的突然出现，像是往我脸上打了一拳。“你认识琳达·洛林？”我问道，尽可能显得不那么惊讶——尽可能不动声色。“怎么认识的？”

“哦，不是这里就是那里。我们的圈子非常小，马洛先生。”

“你是说有钱人的圈子？”

她是不是又脸红了？是的。“是啊，”她说，“我想我指的就是这个。”她顿了一下。“我不得不承认我是有些钱，你知道的。”

“我的工作可不是为了某种原因去谴责别人。”我急忙说道，有点太快了。

她露出微笑，斜眼看着我的眼睛。“我以为这正是你的工作。”她说。

我的脑子里还想着琳达·洛林。在我余光可及的范围内，有只大得像小鸡一样的蝴蝶正拍打着翅膀。“我以为琳达在巴黎。”我说。

“她是在巴黎。我在电话里和她聊天。我们时不时地互通电话。”

“看看最近国际名流中间有什么八卦消息，我猜。”

她微微一笑，把我的胳膊往她腰上挤了一下，以示责备。“算是吧。”

我们来到一处单坡的棚子，像是停泊公车的车棚，它矗立在细沙的边缘，也就是海滩和低矮的沙丘交界的地方。棚里有一张长凳，用切割粗糙的木板做成，被海风侵蚀得残破不堪。“我们坐一会儿吧。”克莱尔说。

这个地方很舒服，有遮荫，有水上吹来的宜人海风。“这一定是个私人海滩。”我说。

“是的，没错。你怎么知道？”

还用说吗，因为如果这是公共海滩，这个遮阳棚一定又臭又脏，我们根本不会考虑坐在里面。我告诉自己，上天愿意庇护一些人远离世间的污秽，而克莱尔·卡文迪什就是其中之一。

“于是你告诉琳达尼可失踪了，接着突然起死回生了，对吗？”我说。

“我对她说的，不如我对你说的那么多。”

“你对我说的也不够多。”

“我坦白告诉你，我和尼可是情人。”

“你以为像琳达这样的女孩会猜不到？拜托，卡文迪什夫人。”

“我希望你叫我克莱尔。”

“对不起，但我认为我不能那么称呼你。”

“为什么不能？”

我把手从她的臂弯里抽离，并站了起来。“因为你是我的客户，卡文迪什夫人。这一切”——我挥起一只手，指着这个棚子、海滩，还有那些小鸟，它们正匆匆忙忙地在海水的边缘飞来飞去，一旁的鹅卵石在海水的冲刷下嘶嘶作响，仿佛在沸腾——“这一切都非常优美、非常好看、非常舒适。但现实是，你来找我，带给我的故事是你的男朋友失踪了，你急着要找到他，虽然他是个可怜的家伙。接着事实证明，彼德逊先生变了个天大的隐身魔术，而你，不管出于自身的什么原因，对我隐瞒了这一点。然后，你把你丈夫介绍给我认识，并暗示他让你多么不开心——”

“我——”

“让我说完，卡文迪什夫人，你再接着说。我来到你这个美丽的家——”

“我并没有邀请你来这里。你本可以打电话过来，要求我再次到访你的办公室。”

“没错，你说得很对。但是我来了，带来了坏消息，我本以为这个消息会令你深受打击，却发现，对于我要说的，你早就知道了。接着你拉着我悠闲地漫步在你这舒适的花园里，挽着我的胳膊，带我来到你的私人海滩，告诉我你认识我的朋友洛林夫人，是她建议你来找我，但你却没有告诉她，为什么需要我的帮助——”

“我告诉她了！”

“你只说了一半。”她想接着往下说，但我伸出一只手挡在她面前。她紧紧地抓住座位的两边，抬头看着我，眼里满是绝望，我不知道该不该相信。“总之，”我突然觉得很累，“这些都不重要，重要的是，你究竟想从我这里得到什么？你认为我能为你做什么——为什么你觉得必须假装自己快要爱上我，来促使我做这件事？我是受人雇用的，卡文迪什夫人。你来到我的办公室，告诉我你的难题，付钱给我，我出去设法解决你的问题——过程应该是这样的。一点也不复杂。这不是什么《乱世佳人》——你不是郝思嘉，我也不是白特勒。”

“白瑞德。”她说。

“什么？”

她收起那副受伤害的表情，转过去不再看着我，而是低头注视着海滩，望着海浪。她很会转移焦点，把她不喜欢或是不想面对的问题抛到一边，这种情形总是让我不知所措。只有一辈子泡在钱堆里才能学会这种技巧。“你说的白瑞德是一个小说人物，”她说，“碰巧也是我弟弟的小名。”

“你是说埃弗瑞特三世？”

她点点头。“是的，”她说，“我们叫他瑞德——只是少了个h[①]。”她自顾自地微笑。“我无法想象有人不喜欢克拉克·盖博。”此时她又看着我，不解地皱起眉头。“你怎么会认识他的？”她问道，“你怎么会认识埃弗瑞特？”

“不算认识。我到的时候他正在草坪上溜达。我们友好地羞辱了对方几句，他指给我看你在什么地方。”

“啊。我明白了。”她点点头，依然眉头紧锁。她又转过去望向大海。“他小的时候，我常常带他来这里玩，”她说，“一整个下午的时间，我们在海边戏水，用沙子盖城堡。”

“他告诉我他姓爱德华兹，而不是兰格利什。”

“是的。我们同母异父——我母亲从爱尔兰过来之后改嫁了。”她

---

① 白瑞德的英文是 Rhett Butler，克莱尔弟弟的小名是 Rett，差一个 h。

抿起嘴角，像是在苦笑。“这段婚姻并不成功。事实证明，爱德华兹先生就是小说里面写的那种软饭男。”

“不仅仅是小说里写的。”我说。

她带着嘲讽的意味歪着头，微微点了点，会心一笑。“总之，最后爱德华兹先生结账退房——受不了了，我猜想，一直努力地伪装自己，掩盖他的真面目。”

“真面目是？除了吃软饭。”

“他既不优雅也不诚实。至于真面目，嗯，我认为没有人知道真正的他是什么样子，包括他自己。”

“于是他走了。”

“他走了。就是那个时候我母亲把我带到公司里，虽然我还很年轻。结果我很有推销香水的才能，所有人都没想到，尤其是我自己。”

我叹了口气，在她身边坐下。“你介意我吸烟吗？”我问道。

“请便，吸吧。”

我掏出刻有姓名缩写的银盒子。我完全不知道这个缩写是谁的名字——这个盒子是我在一家当铺买的。我打开盒子，递给她。她摇摇头。我点了一根烟。感觉很好，在海边抽烟；海风的咸味给烟草增添了一种清新的味道。今天，不知为什么，我想到了年轻的时候，这有点诡异，因为我并不是在海边长大的。

诡异的还不止这个，她似乎看透了我的想法。“你是哪里人，马洛先生？”她问道，“你在哪儿出生的？”

“圣罗莎。旧金山北面一个不知名的小镇。为什么要问？”

“哦，我也不知道。总之，知道某个人的家乡在哪里似乎挺重要的，你不这么认为吗？”

我往后靠到遮阳棚粗糙的木墙上，右手拿着烟，左手托住右手的肘部。“卡文迪什夫人，”我说，“你让我很困惑。”

“是吗？”她似乎觉得很好笑。“为什么？”

“我已经说过了——我是受委托办事的人，但你和我聊起天来，像是把我当作一个从小认识的人，或是往后愿意结交的朋友。这是怎么回事？”

对此她思考了一会儿，低垂着眼睛；随后，她的目光从睫毛下透过来，望着我。“我想是因为你和我想象的完全不一样。”

“你想象我是什么样？”

“刻板，能说会道，像尼可一样。但你完全不同。”

“你怎么知道？也许我是在对你演戏，假装是个大好人，其实是个混球。”

她摇摇头，闭了会儿眼睛。“我对男人的判断不会那么离谱，虽然表面看起来正好相反。”

她一点也没有动过，至少我没有注意到，但不知怎的，她的脸比刚才靠得更近了。除了吻她别无选择。她没有抗拒，但也没有反应。她只是坐在那里，接受了这个吻，当我退开的时候，她微微一笑，显得若有所思。海浪声、卵石的嘶嘶声、海鸥的鸣叫声，这些声音突然在我耳边清晰起来。“对不起，”我说，“我不该这么做。”

“为什么不呢？”她的声音非常轻柔，几乎是耳语。

我站起身，把烟头扔到沙子上，用脚跟碾了碾。“我想我们应该回去了。”我说。

我们穿过树林往回走的时候，她又挽起我的胳膊。她显得轻松自在，而我不得不怀疑自己是不是真的吻了她。我们来到外面的草坪上，面前的房子壮观但又怪异。“奇形怪状的，对吗，”克莱尔说，她再一次看透了我的心。“要知道，这是我母亲的房子，不是我的，也不是理查德的。这也是让理查德不高兴的又一个原因。”

“因为他必须和岳母住在一起？”

“总之，对于一个男人，一个像理查德这样的男人，这种事让他不太舒服。”

我停下脚步，拉着她一起停下。我的鞋子里有沙子，眼睛里也吹进了盐粒。“卡文迪什夫人，你为什么告诉我这些？你为什么这样对待我，像是我们的关系很密切？”

“你是说，为什么我允许你吻我？”她的眼睛闪闪发亮；她在嘲笑我，虽然没有恶意。

“那么，好吧，”我说，“为什么允许我吻你？”

“我认为，我很想知道那会是什么感觉。”

“那是什么感觉？”

她想了一下。“很美妙。我喜欢。我希望你再吻一次，有机会的话。”

“我肯定那可以安排。”

我们继续往前走，她挽着我的手，自顾自地哼着歌。她看上去很快乐。我觉得，这时的她，不同于昨天走进我办公室的那个女人，当时，她隔着面纱冷冰冰地打量着我，揣测着我；而眼前的是另外一个人。

“电影界的某个人建造了这栋房子，”她说。她又开始谈论房子了。“欧文·萨尔伯格、路易斯·迈尔——这些大亨中的某一个，我忘了是哪个。他们从意大利运石头过来，亚平宁山脉的某个地方。好在意大利人看不到那些石头派了什么用场。”

“你为什么住在这里？”我问道，“你告诉我你很有钱——你可以搬到别的地方去。”

我瞥了她一眼。她的眉头微微一皱。“我不知道。”她说。她默默地走了几步，接着又开口了。“也许我不敢想象单独和我丈夫住在一起。他不是个很好的伴侣。”

对此我无权评判，所以我什么也没说。

我们向暖房走去。她问我要不要进去。“也许现在你想来杯喝的？”

“我不想，”我说，“我是个有工作的人，还有事情要处理。关于尼可·彼德逊，你还有什么要告诉我的吗，不然我就要用侦探的鼻子去追踪他了。”

“我想不出有什么。”她从亚麻上衣的袖子上捡起一块叶片。“我只是希望你能为我找到他，”她说，“我不是要挽回他。从一开始我就不确定我是真的想要得到他。”

“那么，你为什么要找到他？”

她做了一个小丑般的哀伤表情。我喜欢她这个样子，拿自己开玩笑。“我想，他似乎有危险，”她说，“我告诉过你，我很容易厌倦。有一阵子他让我觉得自己充满活力，某种程度上有点不堪。”她平静地看着我。“你可以理解吗？”

“我可以理解。”

她笑了。“但你并不赞同。”

“我无权赞同或反对，卡文迪什夫人。”

“克莱尔，”她说，又是那种耳语。我只是站在那儿，觉得自己无动于衷，一脸横肉，像是一个雪茄店的印第安人。她沮丧地微微耸了耸肩，接着两手插在上衣的口袋里，缩起肩膀。“我希望你找到尼可的下落，”她说，“他在干什么，为什么诈死。”她的视线掠过平整翠绿的草坪，投向树木。在她的身后，暖房的玻璃上映出我们两个幽灵似的影子。她说：“要知道，想象他现在在某个地方，做某件事情，感觉很怪异。我已经习惯地认为他死了，要转变想法很难。”

“我会尽我所能，”我说，“要找到他应该不会太难。听起来他不像是个行家，我怀疑他不会把行踪掩盖得很好，尤其是因为他没料到有人在找他，大家都以为他死了。”

“你会做什么？你准备怎么找？”

“我会看一看验尸官的报告。接着再找某些人谈谈。”

“什么样的人？警察？”

“警察对于警察局以外的人没多大用处。但我认识一两个总部的家伙。”

“我不希望很多人知道是我在找他。”

“你是说你不希望你母亲知道这件事？”

她的脸色严肃起来，那么美的一张脸很难摆出这种表情。“我更多的是考虑到生意，”她说，“任何一种丑闻对我们都很不利——对兰格利什香料公司。我希望你明白。”

“哦，我明白，卡文迪什夫人。”

附近传来一声尖叫，很有穿透力，令人毛骨悚然。我睁大眼睛看着克莱尔。“一只孔雀。”她说。当然，一定是只孔雀，不然呢。“我们叫它利伯雷斯。”

“它经常这样吗？像这样尖叫？”

“只是在它很无聊的时候。”

我转身要走，但又停下脚步。她穿着清凉的白色亚麻衣服，站在阳光里，在身后明亮的玻璃和糖果色砖石的映衬下，显得那么美丽动人。我依然能感觉到她那柔软的嘴唇紧贴着我的。“告诉我，”我说，“你是怎么知道彼德逊的死讯的？”

“哦，”她漫不经心地说，“事情发生的时候我在场。”

6

快要开到大门的时候，我看见理查德·卡文迪什牵着一匹栗色的种马走在车道上。我刹住车，摇下车窗。

“你好，伙计，”卡文迪什说，“你要走了？”他看上去不像是剧烈骑过一小时马的样子。他那橡木色的头发一丝不乱，马裤一尘不染，就像先前走进暖房时那样。他甚至没怎么出汗，至少我看不出来。马看上去倒是很疲惫；它不停地转着眼珠，甩着脑袋，拉扯缰绳，它的主人轻松地握着缰绳，像是拿着一条孩子跳的绳子。马啊，真是容易兴奋的动物。

卡文迪什对着车窗俯下身，一只手臂靠在门框上，对我露出灿烂的微笑，露出两排又小又白又平整的牙齿。这是我见过的最虚情假意的笑容。“珍珠项链，唔？”他说。

“那位女士正是这么说的。”

“她是这么说的，没错，我听见了。”此时，那匹马用鼻子蹭着他的肩膀，但他毫不理会。“那条项链不像她想的那么值钱。我还是认为她很喜欢它。你知道女人都是什么样的。”

“她们对珍珠项链的想法，我不确定我真的了解。”

他依然保持着微笑。他一点儿也不相信丢失项链的事情。我并不在乎。我知道卡文迪什——他这种人我很了解：英俊潇洒、爱好马球、懂得花言巧语讨好女人，娶了一个富家女，接着让她的生活陷入地狱，却还抱怨花她的钱让他的日子有多么难过，多么伤害他的自尊。

“很棒的马。”我说，这动物像是听见了我的话，眼睛朝我转了转。

卡文迪什点点头。“烈火，”他说。“十七手[①]，强壮得像架坦克。”

我噘起嘴想要吹个口哨，但没有那么做。“真厉害，”我说，“你骑着它打马球？”

他笑出了声。“打马球骑的是小马，”他说，“你能想象骑在这家伙的背上还能打到地上的球吗？”他用食指摸了摸下巴。“你不玩的，我看出来了。”

“你什么意思？”我说，“在我的故乡，人人都马球棒不离手。”

他打量着我，懒洋洋地敛起笑容。“你很会开玩笑，对吗，马洛？”

“是吗？我说了什么？”

他继续看了我一会儿。当他眯起眼睛，两边的外眼角都出现了细细的鱼尾纹。接着他直起身子，手掌拍在门框上，退到一边。“项链的事情，祝你好运，”他说，“希望你能找到它。”

他的马晃着脑袋，滑稽地吧唧着嘴。它发出的声音像是嘲笑。我发动汽车放开离合器。“好嘞！”我说着便开走了。

半小时后我来到了波尔高地，将车子停在洛杉矶地方法医办公室的门外。我不知道这道台阶我已经走了多少遍。这栋房子是一件大胆的艺术作品，一座新颖前卫的建筑，看上去像是一家豪华的酒店，而

---

① 一手等于四英寸，用来衡量马的高度。

不是政府办公大楼。里面倒是很凉快，安安静静的。唯一的声响来自一位不曾露面的女职员，穿着高跟鞋啪嗒啪嗒地走在我上方某层楼面的走廊上。

接待处有专人坐镇，不知这么说是否准确，那是一个精神饱满的小个子黑发女孩，穿着一件引人注目的紧身毛衣。我把侦探执照递到她面前，像是一位魔术师在展示他即将变消失的扑克牌。大部分时候他们都懒得看，认定我是从警察局总部来的，这对我来说好极了。她说调出尼可·彼德逊的文件需要一个小时。我说一个小时后我早就在家里给仙人掌浇水了呢。她勉强对我笑了笑，说她看看手续能不能快一点。

我在走廊里踱了一会儿，抽了一根烟，接着两手插在口袋里，站在一扇窗前，望着教会路上的车来车往。做个私家侦探，生活真够精彩的。

毛衣女孩果然说话算数，不到十五分钟便带着文件回来了。我拿着文件在窗边的长椅上坐下，一页页地翻着。我不指望上面会透露很多讯息，果不其然，但做事总要有个起头的地方。死者被一辆车撞了，司机未知，事情发生在洛杉矶县太平洋帕利塞德的拉提玛路上，时间是四月十九日晚上十一点到十二点之间。他有多处受伤，名称很长，包括“颅脑右侧大面积粉碎性骨折”以及面部多处撕裂伤。死因是我们常见的钝力损伤——病理学家最喜欢钝力损伤；光是听到这个词就令他们摩拳擦掌。有一张事故现场的照片。闪光灯下的鲜血黑得发亮。无名司机对尼可·彼德逊一点儿也不客气。他把人撞得面目全非，像是鲨鱼绸西服包裹着的一块牛肉。我不禁轻轻地叹了口气。诗人说，死神你不要得意，但我不明白，为何死神不该得意呢，他当然很有成就感，既然他的工作这么干净利落，成功的记录从未受挫。

我把文件交还给那年轻女孩，很客气地谢了她，但她只是报以一个心不在焉的微笑；她在想着别的事。我脑海里突然闪过一个念头，想问问她午餐是否有着落，但这个念头刚成形便被我打消了。对克莱尔·卡文迪什的想念不是那么容易就能消除的。

在大街上，我走进一个电话亭，给凶案组的乔·格林拨了个电话。电话响了一声他就接了。“乔，”我问道，“他们就不曾让你休息一会儿？”

他重重地叹了口气。乔让我想到一种较大的海洋哺乳动物——海豚，或是又大又老的海象。在职二十年，天天面对杀人犯、毒贩、奸幼犯，诸如此类，他已经成了一个疲惫、抑郁、偶尔暴怒、体形走样的胖子。我问他要不要我给他买瓶啤酒。我听得出他起疑了。“为什么？”他喝道。

“我不知道，乔。”我说。只见一个穿着滑板裤和深红色露背背心、用婴儿车推着孩子的女人一脸怒气地等在电话亭外，瞪着我等我挂上电话让她打。“因为这是夏天，”我说，“又是午饭时间，又热得要死，再说，我有点事要和你谈谈。”

“还是关于彼德逊那个死人？”

“没错。”

他等了一会儿，接着说道：“好吧，为什么不呢。到拉尼根来见我。”

当我打开电话亭的门，里面的空气和外面的热浪发生了无声的碰撞。我走出去的时候，那位年轻的母亲骂骂咧咧着从我身边挤进去，一把抓住听筒。“没关系。”我说。她急着拨号，于是无暇再骂我。

拉尼根酒吧是一个伪爱尔兰风格的地方，吧台后面的镜子上画着三叶草，约翰·韦恩和莫琳·奥哈拉那些鲜艳的彩色电影照片镶着框挂在墙上。放酒瓶的架子上有瓶一夸脱的布什米尔斯威士忌[1]，上面还戴着一顶苏格兰便帽。苏格兰，爱尔兰——有什么分别？酒保似乎是正宗的爱尔兰人，但他又矮又糙，脑袋像个超大的土豆，头发曾经是红色的。“要来点什么，伙计们？”他说。

乔·格林穿着一件皱巴巴的灰色亚麻西装，也许这衣服曾是白色的。当他摘下草帽，帽子的边缘在他的额头上留下一道青色的压痕。他从外套胸前的口袋里猛地拉出一条红色的大手帕，擦了擦前额。这额头如今往上延伸了一大片，因此很快他就会成为不折不扣的秃子。

我们面对着啤酒瘫坐下来，手肘搁在吧台上。“上帝啊，”乔说，“我恨透了这个城里的夏天。”

“是的，”我说，“糟透了。”

“你知道我有多难受吗？”他压低嗓门。“你知道吗，我的四角内裤缩成一团，卡在裆部，又热又湿，像是一团该死的浆糊？”

“也许你不该穿那种内裤，”我说，“问问格林夫人。老婆们很了解这种事情。”

他瞟了我一眼。“哦，是吗？”他长着一对侦探的眼睛，一副口风不严、悲哀又装傻的样子。

“他们都是这么说的，乔，”我说，“他们都是这么说的。”

我们默默地喝了会儿啤酒，故意不和前面镜子里的自己对视。小个子酒保正在哼着“慈母颂”[2]的调子——没错，我几乎不敢相信。也许雇用他就是让他做这个，把正宗的家乡小调带到天使之城来。

“关于彼德逊这个鸟人，你都查到些什么？”乔问道。

---

① 布什米尔斯，北爱尔兰安特里姆郡北岸的一个小镇，以世界上最古老的布什米尔斯威士忌酿酒厂而闻名。

② 爱尔兰家喻户晓的诗歌。

"不多。我瞄了一眼验尸官的报告。那天晚上彼先生被撞了一下。关于撞他的人，你有线索吗？"

乔放声大笑，发出扑哧扑哧的声音，像是把一个泵子从马桶里拔出来。"你认为呢？"他说。

"那种时间拉提玛路上没什么车。"

"那是一个星期六的晚上，"乔说，"他们从那个俱乐部进进出出的，就像是餐馆后面的老鼠。"

"卡维拉？"

"是啊，我想就是这个名字。压扁他的可能是上百辆汽车中的一辆。当然，一个目击者也没有。你去过那个地方吗？"

"卡维拉俱乐部不是我这种人去的地方，乔。"

"我猜也是。"他窃笑道；这次是一个比较小的手压泵，从一个比较小的马桶里拔出来。"委托你的这个神秘女人——她常去那里？"

"有可能。"我把牙齿咬得咯吱作响；这是我的一个坏习惯，每当我鼓起勇气去做我认为自己不该做的事情，就会这样。但有的时候你不得不对一个警察说真话，如果他对你或许有些用处。总之，得有几句实话。"她认为他还活着。"我说。

"谁？彼德逊？"

"是的，她觉得他没有死，那天夜里，在拉提玛路上被碾死的人不是他。"

这句话让他一下坐直了。他转过那颗粉红色的大脑袋，瞪着我。"哇哦，"他说，"她怎么会有那种想法？"

"她有一天看见他了，她说。"

"她看见他了？在哪里？"

"在旧金山。当时她坐在一辆出租车上，在市场街上看到他，活生生的人。"

“她和他说话了吗？”

“他们走在相反的方向。等她回过神来，已经找不到他了。”

“哇哦。”乔又说了一遍，那是一种兴奋而错愕的感叹。警察很喜欢事情在他们头上发生了逆转；这给他们乏味的工作日加了一撮香料。

“你知道那意味着什么。”我说。

“意味着什么？”

“你手上也许会有一起凶杀案。”

“你真这么想？”

歌颂慈母的孩子正心不在焉地站在收银机边，一边耳朵上别着一根火柴杆。我招呼他再来一杯啤酒。

“想想看，”我对乔说，“如果彼德逊没死，那么谁死了？那真是意外事故吗？”

对此乔思考了一会儿，专注地想着其中见不得人的勾当。“你认为彼德逊设了这个局，好让自己人间蒸发？”

“我不知道该怎么想。”我说。

我们的第二杯啤酒来了。乔依然在努力地思考。“你想要我做什么？”

“这我也不知道。”我说。

“我总要做点什么，对吧？”

“你或许可以把尸体挖出来重新检验。”

“挖出来？”他摇摇头，“已经火化了。”

我倒没料到这一点，当然，我本该想到的。“是谁来认尸的？”我问道。

“不知道。我可以查一下。”他拿起杯子，又放下。“天啊，马洛，”语气中更多的是悲哀，而不是愤怒。“每次我跟你聊天，除了麻烦还是麻烦。”

“麻烦是我的中间名。”

“呵呵。”

我把啤酒杯往旁边挪了一英寸，接着又推回去，摆在原来的一圈水印上。我想起几个小时前，克莱尔·卡文迪什同样的举动。当一个女人闯进你的脑海，每件事都会让你联想到她。“好吧，乔，对不起，”我说，“也许这些都不是真的。也许我的客户只是把她看到的人想象成彼德逊。也许那只是她的错觉，或是她马提尼喝多了。”

“你准备告诉我她是谁吗？”

“你知道我不会的。”

“如果事实证明她是对的，那个家伙没有死，那么你必须说出她的名字。”

“也许吧。但目前还不存在凶杀案，所以我不必告诉你什么。”

乔坐回凳子上，长时间地看着我。“听着，马洛，是你打电话给我的，记得吗？我正在享受一个舒适宁静的上午，桌上几乎是空的，除了一个女学生失踪三天的案子，一个加油站持枪抢劫的案子，和一个海湾城的双尸命案。这本该是悠闲的一天。现在我不得不操心，这个叫彼德逊的家伙，是否安排了某个可怜的倒霉鬼被撞死，然后自己顺利脱身。”

“你可以忘记我说的任何东西。我说过，也许事情并没有什么蹊跷。”

“是啊——像是那个高中生也许是去波基普西[1]看望她的外婆，也许那两个海湾城的几内亚人脑袋中弹纯属意外。当然。世界上有很多事情都只是表面上看起来很严重。”

---

① 美国纽约州东南部城市。

他从凳子上滑下，把放在吧台上的帽子拿起来。乔一生起气来，脸就涨成了猪肝色。“我会再调查一下彼德逊的案子，看看死的是谁，之后再通知你。在这段时间，你可以跑去握住你那位女客户的手，告诉她别担心她的男朋友拉撒路[1]，如果他还活着，你一定会找到他，否则你也不叫狗窝雷利了[2]。”

他转身大步离去，一边走一边用把帽子拍着大腿。一切顺利，马洛，我告诉自己。干得漂亮。酒保走过来和气地问你没事吧。哦，当然没事，我对他说，一切都好。

我开车返回办公室，在瓦恩街拐角处的一个小摊上买了份热狗，在办公桌前就着一瓶苏打水吃下。接着，我跷起双腿，把帽子推到脑袋后面，抽着烟坐了好一会儿。要是有人看到我，会以为我陷入了苦思冥想，但不是。事实上，我试图把脑子放空，什么也不想。打电话给乔·格林是不是把事情越弄越糟了，我说不出来，主要是因为我不愿意去想。克莱尔·卡文迪什看见本应死掉的彼德逊，把这件事告诉乔，是不是背叛了她对我的信任？很难说不是。但有时候，当你走投无路的时候，就只能捅开马蜂窝。可我难道不应该先等一等吗？难道不应该先查到一点彼德逊的线索，再把乔拉进来吗？

我把一只手放在额头上，小声哼了一下。接着，我拉开书桌里本该存放文件的抽屉，拿出专门放在办公室的酒，给自己满满地倒了一纸杯。当你知道自己把事情搞砸了，你无能为力，只能赔上几百万个脑细胞。

我正在考虑要不要再来一杯酒刺激下自己，这时电话铃响了。这

---

① 《圣经·约翰福音》中死而复生的人物。

② 在另一本有关马洛的小说中，马洛曾自称为狗窝雷利。

是怎么回事，这么多年过去了，这个该死的机器还是可以把我吓得跳起来？我想那是乔，果真如此。“那具死尸的口袋里揣着彼德逊的钱包，”他说，“另外，在现场，指认他的是那个经理——你说那个俱乐部叫什么来着？”

“卡维拉。”

“真不知道为什么我总是记不住。那经理叫弗洛德·汉森。”

“你对他了解多少？”

“如果你指的是我们从他身上了解到了什么情况，那真是一无所获。卡维拉是个蛮横势利的地方，不会雇用一个有前科的人来管事。要知道司法长官也是那里的会员，还有好几个法官和城里一半的商界大亨。你插一根指头进去，没准会被咬掉。”

“文件里有没有提到彼德逊——不管那是谁——被撞倒的那天晚上，那里发生了斗殴事件？”

“没有。为什么这么问？”我听得出乔再次起了疑心。

“我听说彼德逊那天夜里被灌醉，在酒吧里引起了争吵，”我说，“事情严重到他们把他扔了出去。接着，有人看见他躺在路边，死得像块肉。”

“这人是俱乐部衣帽间的一个女服务员，正和男朋友走在回家的路上。男朋友在她下班的时候去接她。”

“还有什么？”我问。

“没了。就是这两个年轻人。他们返回俱乐部去找汉森，那个经理。他给我们打了电话。”

对此，我想了一会儿。

“你还在吗？”乔说。

“我在呢，我在想。”

“你在想，在这个问题上你是在浪费时间，对吗？”

"我会打电话给我的客户。"

"请便。"他窃笑着挂上了电话。

我从那个可靠的瓶子里又倒了一点酒，但不大好倒。对于波旁威士忌来说天气太热了。我拿上帽子，走出办公室，坐电梯下了楼，走到大街上。我是希望脑子清醒一点，但空气热得像在蒸笼里，还带着一股铁屑的味道，我又能怎么办？我沿着人行道，挨着树荫走了一会儿，接着又返回。威士忌让我觉得脑袋里盛满了油灰。我回到办公室，点了一根烟，坐下来目不转睛地看着电话。接着，我又打给了乔·格林，告诉他我和客户谈过了，让她相信看见彼德逊是错觉。

乔笑了。"你的女人们，"他说，"她们那美丽的小脑袋里闪出一个念头，害得你跑了好几圈，然后又说，哦，我很对对、对不去，马劳先森，我一定是看啜了。"

"好吧，我猜就是这样。"我说。

我听得出对于我的话，他一个字也不信。他不在乎。他只想合上尼可·彼德逊的文件，把它放回满是灰尘的架子上。

"她付你钱吗？"他问道。

"当然。"我撒谎说。

"所以皆大欢喜。"

"不知道这个词合不合适，乔。"

他又笑了。"别自找麻烦，马洛。"说着便挂上了电话。乔是个不错的人，尽管脾气不好。

7

我本可以将事情搁置在那里。我本可以按照我对乔的说法去做，可以打电话给克莱尔·卡文迪什，对她说她一定是看错了，那天她在旧金山看到的人不可能是尼可·彼德逊。但凭什么让她心服口服？我没有新的消息带给她。她早就知道拉提玛路上的死者穿着彼德逊的衣服，胸前的口袋里揣着彼德逊的钱包。她也知道，在兰格利什小屋的绿荫下我们分手之前，她曾告诉我，那个叫弗洛德·汉森的家伙确认了尸体的身份。那天晚上她在卡维拉，她看见彼德逊喝得酩酊大醉，大吵大闹，被汉森手下的两名打手送出了俱乐部，而她还待在那里，一个小时后，衣帽间的女服务员和她男朋友跑来告诉众人，他们发现彼德逊死在路边。她甚至还跑了出去，看见尸体被运上救护车。尽管如此，她还是认定，几个月前在市场街无意中看到的人就是彼德逊，虽然他应该已经命丧黄泉了。我要怎么说才能改变她的想法呢？

我还是觉得事情不太对劲，她还有事瞒着我。疑心病也会变成一种习惯，和所有其他事情一样。

这天接下来的时间里，我无所事事，但无法将彼德逊的案子抛在脑后。第二天，我来到办公室打了几个电话，调查兰格利什家族和卡文迪什家族的情况。没什么新的收获。关于他们，我了解到最有趣的一点是，尽管他们家财万贯，却没有见不得人的丑闻，至少坊间没有传说。但他们不可能那么清白正直，不是吗？

我坐电梯下楼，穿过马路，走向我先前停放奥兹的地方。我把车停在阴凉处，但阳光愚弄了我，它绕过永久保险公司大楼的转角，整个投射在挡风玻璃上，当然，也照在方向盘上。我把四扇车窗都打开，迅速把车开走，好让空气流通，但没什么用。我在想，如果率先登上这片大陆的是英国清教徒，而不是西班牙人，情况会怎么样？我猜他们会祈祷多雨、凉爽的气候，上天说不定会眷顾他们。

到了靠近大海的帕利塞德，感觉凉快了一点。我问了好几次路才找到卡维拉俱乐部。其入口在一条布满绿荫的路上，一道又长又高的围墙走到底就是了，九重葛的花朵从墙里满溢出来。我以为大门是电控的，其实不然。大门又高又华丽，镀了金。门还开着，只是里面有一道漆着条纹的木杆子挡住了去路。门卫从他的小亭子里走出来，不屑地看着我。他是个年轻人，穿着一件颇为精神的米色制服，戴着一顶饰有穗带的鸭舌帽。他的脖子很长，头很小，咽口水的时候喉结像个乒乓球似的上下滚动。

我说我来这儿是要见他们的经理。

“你预约过吗？”我告诉他没有，他滑稽地噘起嘴，问我叫什么名字。我对他亮出我的名片。他对着名片皱起眉头看了半天，似乎上面写的是象形文字。他的嘴又噘了起来——似乎是在无声地表示厌恶——接着走进亭子里，在电话上简单讲了几句，念着我的名片，随后回来按下一个按钮，把栏杆升起来。“往左走，走到一个叫‘接待处’的地方，”他说，“汉森先生在那儿等你。”

车道挨着一面又长又高的墙蜿蜒向前，墙上垂下大簇大簇的九重葛。只见花朵色彩缤纷，有粉红色、深红色和淡紫色。一定是有人特别钟爱这些花。这里还种着别的植物，有栀子花、金银花、奇异的蓝花楹，以及香甜扑鼻的橙树。

接待处是一座布满斜孔小窗的小木屋，门前还铺着一条红地毯。我走了进去。里面弥漫着松木的气息，天花板上隐藏的扬声器流淌出轻柔的长笛乐曲。办公桌前空无一人，那是一张庞大、庄严的桌子，布满了一个个带有黄铜把手的抽屉，桌面上嵌着一块长方形的绿色皮革，像是印第安酋长会在上面签署文件、割让部落领地的那种桌子。周围还摆着各种各样富有美国历史感的物品：有一条标准长度的印第安头巾陈列在一个特殊的台子上，一个古董的银质痰盂，还有一个精美的马鞍放在另一个台子上。墙上固定着各种款式各种大小的弓和箭，还有一对象牙手柄的手枪，和几幅爱德华·柯蒂斯[①]拍摄的照片，都镶着框，内容是气质高贵的勇士，及其眼神如梦似幻的妻子。我正走近细看其中的一幅作品——印第安人的圆锥形帐篷，一群背着婴儿的女子围着篝火，这时，我听见身后传来轻轻的脚步声。

“马洛先生？”

弗洛德·汉森又高又瘦，长着一颗又长又窄的脑袋，油光光的黑头发整齐地往后梳着，太阳穴上留着一撮迷人的灰色鬓角。他穿着一条高腰的白色宽松裤，折痕挺括得像是会划破你的手，脚上是一双缀有流苏的乐福鞋。他上身穿着一件翻领的白色衬衣，外面套着一件灰色大菱格花纹的毛线背心。他站着，左手插在裤子口袋里，嘲弄地打量着我，像是我身上有什么滑稽的地方，他出于礼貌没有笑出声来。我怀疑这不是针对我个人的，而是他细看一样东西的时候都是这个样子。

“是我，”我说，“菲利普·马洛。”

“有什么要我帮忙的，马洛先生？马文，我们的门卫告诉我，你是个私家侦探——是吗？”

---

① 1868—1952，是一位以拍摄美国西部和北美印第安人而著名的摄影师。

"是的，"我说，"我曾经在检察官办公室工作，很久以前。现在我是自由职业。"

"是吗。我懂了。"

他又等了一会儿，从容地看着我，接着伸出右手同我握手。那感觉像是将一只外皮又冷又滑的动物在手里握了一会儿。他最显著的特点是静如止水。他不动也不说话的时候，体内像是自动熄火，以便节省能源。我有种感觉，这世上没有什么东西能够令他惊奇或是感动。当他站在那里看着我，我感到不自觉地躁动。"是关于几个月前这附近发生的一场事故，"我说，"一场出人命的事故。"

"哦？"他等着我说下去。

"一个叫彼德逊的家伙被一辆车撞倒，然后司机逃逸。"

他点点头。"没错。尼可 · 彼德逊。"

"他是俱乐部的会员吗？"

对此，他露出冷冷的微笑。"不是。彼德逊先生不是会员。"

"但你认识他——我是说，足以确认他的身份。"

"他常来这里，带着朋友。彼德逊先生是那种爱凑热闹的人。"

"你一定很震惊吧，看见他那副样子躺在路上，惨不忍睹。"

"是的，没错。"他的眼睛在我的脸上打转；我几乎能感觉到，这目光如同盲人的手摸索着我的五官，在心里描绘出我的模样。我正要开口，他抢在我前面说道："不如我们去逛逛，马洛先生。"他说，"今天上午天气很好啊。"

他走到门口，站到一边，摊开手掌示意我走过去。从他身边经过的那刻，我认为我捕捉到他再次对我露出不易察觉的笑容，像是暗自发笑，也像是在嘲讽我。

他说得没错，今天上午天气不错。天空如同一个穹顶，从清澈的蓝色过渡到顶部的紫色。空气中，树木、灌木丛和花朵的气息掺杂在一起。一只看不见的嘲鸟正全力展现它的歌喉，灌木丛间传来洒水器嗞嗞的喷水声。洛杉矶也有美好的一面，前提是你有钱有势，住在美好的地方。

从俱乐部的房子出来，我们沿着一条平坦弯曲的小道往前走，沿路是更多垂下的九重葛。这里的色彩更是令人眼花缭乱，虽然它们似乎没有多大的香味，但湿漉漉的花朵也透着芬芳，弥漫在空气中。“这些花，”我说，“似乎是这里的一大特色。”

对此，汉森认真地想了一会儿。“是的，我想你可以这么说。这是一种非常讨人喜欢的植物，我想你一定知道。其实，这是圣克莱门特[①]的市花，也是尼古湖的市花。”

“不会吧。”

我看得出他不理会我的嘲讽。“九重葛有一段有趣的历史，”他说，“我不知道你有没有听过？”

“如果听过，我也忘了。”

“它原产于南美。最初是一个叫非利伯特 · 肯默生的植物学家，在陪同法国海军上将路易 · 安东尼 · 布干维尔，进行环球航行探险的过程中记述的[②]。然而，一般认为第一个看见它的欧洲人是肯默生的情妇珍妮 · 巴雷。他叫她女扮男装，将她偷偷带到船上。”

“我以为这种事情只会出现在夸张的小说里。”

“不对，那个时代这种事很常见，当时水手和乘客们可能会离家好几年。”

“所以说这个珍妮——你说她姓什么来着？”

---

① 圣克莱门特和尼古湖都是美国加利福尼亚州橙县下属的城市。

② 法国海军上将的名字是 Louis-Antoine de Bougainville，九重葛的英文名就是 Bougainville，由此而来。

“巴雷。结尾是‘t’。[①]”

“没错。”我不想配合他的法语发音，所以没有说出这个词。“这个女孩发现了这种植物，她的男朋友记录了它，却用海军上将的名字来命名。似乎不太公平。”

“我想你说得没错。这个世界总是有点不公平，你没发现吗？”

我无言以对。他那装腔作势的英国口音开始刺激我的神经。

我们走进桉树树荫下的一块空地。我碰巧对桉树略知一二——被子植物纲，桃金娘科，原产于澳洲，但我认为在这个毫无热情的对象面前，不值得卖弄我的知识。没准儿他只会再次抽抽嘴角，露出轻蔑的微笑。他指着树木的另一边。“马球场就在那里。从这儿看不见。”我装出很有感兴趣的样子。

“关于彼德逊，”我说，“那天晚上发生的事情，你能对我说说吗？”

他继续同我一起往前走，一言不发，甚至好像没有听到我的问题，只是看着前方的地面，就像那时候，我和克莱尔·卡文迪什一同大步穿过兰格利什小屋的草坪，她也是这个样子。他的沉默让我陷入窘境，不知该不该把问题再提一遍，也许我会让自己显得像个傻帽。有些人就是有这种本事，不发一语就能让你抓狂。

最后他还是开口了。“我不知道你希望我告诉你什么，马洛先生。”他停下脚步转向我。“其实，我在想，对于这件不幸的事情，你究竟有什么兴趣。”

我也停了下来，用鞋尖摩擦着小道上的尘土。此刻我和汉森面对着面，但没有什么敌意和冲突。他这种人应该不会和别人起正面冲突；在这点上，我也一样，除非我被逼急了。

---

① Barlet 在法语中 t 不发音。

“有相关方面的人请我调查这件事。”我说。

“警方已经作了相当彻底的调查。”

“是的，我知道。问题是，汉森先生，人们对警察有着错误的印象。他们在电影里看到那些警察戴着宽边帽，手里拿着枪，冷酷无情地追赶坏蛋。但事实上，警察和我们一样希望过着平静的生活。通常，他们的目标就是把事情弄清楚早点结案，写一份干净利落的报告，把它放进一堆一堆干净利落的报告里，然后彻底忘了它。坏蛋知道这一点，于是利用警察的心理蓄谋犯案。”

汉森看着我，微微点点头，这似乎和他的想法不谋而合。“那么在这个案子里，坏蛋会是谁呢？”他问道。

“这个嘛，第一是开车的司机。”

“还有第二？”

“我不知道。尼可·彼德逊的死在很多方面都存在疑点。”

“什么疑点？”

我转向另一边，继续往前走。然而走了几步后，我发现他没有跟上，便立刻停下，回头去看。他站在小道上，双手都插在裤子口袋里，眯起眼睛注视着那排桉树。我开始发现他是个喜欢思考的人。我走回到他跟前。“是你确认了尸体的身份。”我说。

“不完全是，总之不是正式的。我想是他姐姐去认尸的，第二天，在市中心的停尸房。”

“但是你在现场，是你报了警。”

“是的，没错。我看到了尸体。那可不是好看的场面。”

随后我们一同往前走。此时，太阳已经驱散了所有的晨雾，阳光很强烈，空气如此清澈，因而远处的杂音像标枪似的稳稳地传过来。我听到在不远的地方，像是有个园丁拿着铲子吱吱嘎嘎地挖着较干的黏土。我突然觉得汉森有这么一份工作是多么幸运，每天处于这样的环境中，周围是绿树、花卉和洒过水的草地，头上的天空如同婴儿的眼睛一般蔚蓝、纯净、明亮。是的，有的人天生走运，剩下的人就像我们这样。倒不是说我能在这儿工作就好了：这里到处都是原始的自然风貌。

“发现尸体的另有其人，”我说，“对吗？”

“是的，一个年轻的女孩，名叫玛丽·斯托弗。她是这个俱乐部的衣帽间服务员。她下班的时候男朋友来接她，开车送她回家。他们刚转上拉提玛路，便看见了彼德逊先生的尸体。他们跑回来，把那惨不忍睹的见闻告诉了我。”

就连汉森这样世故老成的人也会沉迷于低俗小说，将其中的时髦用语脱口而出，实在是有趣。那惨不忍睹的见闻，确实如此。

“我可以和斯托弗小姐聊聊吗？”我问道。

他皱起眉头。“我不太确定。不久以后她嫁给了那个年轻人，他们搬到东海岸去了。不是纽约。也许是波士顿？恐怕我想不起来了。”

“婚后她的姓是？”

“啊，你把我难住了。那年轻人我就见过那么一次。在那种情况下只是草草地介绍了一下。”

这回轮到我好好想一想了。他略带嘲弄地看着我。他似乎能在我们相处的过程中找到不少小小的乐趣。“好吧，”我说，“我觉得要找到她并不难。”我看得出，他知道这只是说说而已，也知道我也是这么想的。

我们又继续往前走。在小道转弯的地方，我们看到一个上了年纪的黑人正在翻动玫瑰花花床的黏土——这就是一分钟前我听到的铲子挖土声。他穿着褪色的牛仔工装裤，头发是一个个紧紧的灰色扭结，贴在头上。他迅速地偷瞄了我们一眼，露出了眼白，我突然想到理查

德 · 卡文迪什那匹容易兴奋的马，当时透过我的车窗俯视着我。

“早上好，杰考伯。”汉森喊道。那老头没有作答，只是又一次神情紧张地看了他一眼，接着干活。我们走过之后，汉森小声说：“杰考伯话很少。有一天他突然出现在大门口，又慌又饿。我们无法从他口中得知他从哪里来，出了什么事。坎宁先生叫我们带他进来，当然啦，给他住的地方和一些活干。”

“坎宁先生？”我说，“他是谁？”

“哦，你不知道？我以为你作为侦探，已经掌握了所有的情况。威尔伯 · 坎宁是这个俱乐部的创立者。威尔伯的名字里有个‘e’。事实上，他的名字是威尔伯福斯——他的父母用威廉 · 威尔伯福斯的姓给他取名，就是那位伟大的英国议员、废奴运动领袖。”

“是啊。”我尽可能显得不感兴趣。“我想我听说过他，好吧。”

“我肯定你听说过。”

“我指的是威廉 · 威尔伯福斯。”

“坎宁先生是位执着的人道主义者，他的父母就是如此。他父亲创立了这个俱乐部，要知道。我们的目标是，尽我们所能帮助那些不幸的社会成员。老坎宁先生的雇用原则直到今天仍被奉行，就是有相当一部分的职位要留给——呃，留给那些需要帮助、寻求保护的人。你见过杰考伯和马文，我们的门卫。如果你再多走走，你会遇到其他值得我们帮助的人，他们在这里得到了庇护。卡维拉俱乐部在移民兄弟中有着卓越的名声。”

“非常感人，汉森先生，”我说，“你说得好像这个地方既像疗养院，又像康复中心。总之，和我想的很不一样。难怪尼可 · 彼德逊这样的人确实很赞赏这里的博爱精神。”

汉森宽容地笑笑。“当然了，并不是所有人都支持坎宁先生乐善好施的理念。再说了，我说过，彼德逊先生并不是会员。”

不知不觉我们已经走了一整圈，此时回到了俱乐部的房子。虽然我们不是在前门，也就是我先前进入的门，而是在房子的侧面。汉森打开一扇全玻璃的门，我们走进一个宽敞、低矮的房间，里面四处摆放着花布扶手椅，小巧的桌子上放着一叠叠杂志，像屋顶上的瓦片那么整齐地铺着，一个石砌的壁炉非常宽大，和我在丝兰街住所的整个起居室差不多大。这么一个壁炉在太平洋帕利塞德显然会经常使用。房间里飘着淡淡的烟味，像是有人抽过雪茄，还有上好的陈年白兰地的酒香。我仿佛看见威尔伯福斯·坎宁和他的权贵朋友们晚餐后聚集于此，讨论世风日下的问题，筹划慈善的工作。在我的想象中，他们穿着礼服外衣和及膝短裤，戴着扑粉假发。有时候我会幻想；情不自禁。

“请吧，马洛先生，”汉森说，“要来点茶吗？上午的这个时候，我通常会喝上一杯。”

“当然，”我说，“喝茶很好。”

“印度茶还是中国茶？”

“印度茶，我想。”

“大吉岭茶[①]可以吗？”

这时候，如果有个穿着白色短裤和运动夹克的娘娘腔蹦蹦跳跳地进门，口齿不清地询问有没有人要打网球，我一点也不会奇怪。“大吉岭茶好极了。”我说。

他按下壁炉边的一个电铃——没错，就像舞台上的那种——而我舒舒服服地陷进一把扶手椅。椅子很深，我的膝盖几乎要往上勾起。汉森用一只银色的打火机点了一根烟，接着一只手肘撑在炉台上，脚踝交叉，低头看着我，我比他低好多。他的表情似乎有点痛苦但隐

---

① 大吉岭是印度东北部之避暑胜地。

忍，像是一位尽职的父亲，不得不和一个任性的儿子进行一场严肃的谈话。“马洛先生，是不是有人雇你到这里来调查？”他问道。

“你觉得是谁？”

他脸上似乎抽动了一下；也许只是我的感觉。他还没来得及开口，门开了，一个穿着条纹背心的老家伙悄悄地进了房间。他看起来面无血色，很难相信他是个活人。他又矮又敦实，长着青灰的脸颊，青灰的嘴唇，和青灰的秃头，上面有几缕长长的、油光光的青灰发丝小心翼翼地搭着。“是您按铃吗，先生？”他用颤音说道；他的英国口音是正宗的。看来卡维拉俱乐部是那么一个地方：一个印第安博物馆，加入少许怀旧英伦风。

“来一壶茶，巴特莱特，”汉森大声说，那老家伙显然耳朵不好。“和往常一样。”他转向我。“要奶油吗？糖呢？还是您更喜欢柠檬？”

“茶就行了。”我说。

巴特莱特点点头，咽了下口水，淡淡地瞥了我一眼，随后拖着步子出去了。

“我们说到哪儿了？”汉森问道。

“你想知道，是不是有人雇了我来这里找你谈谈。我问你觉得雇用我的会是什么人？”

“是的，”他说，“没错。”炉台上他的手肘边有个玻璃烟灰缸，他弹了弹烟头，把烟灰弹在烟灰缸的边缘。“我的意思是，我想不出有谁会对彼德逊先生的惨剧这么感兴趣，还费心委托了一个私家侦探来重新调查。特别是，我说过，警方早就拿了一把细齿梳子把整件事梳理过了。”

我偷偷笑了。只要我想，就能笑得很隐蔽。“警方使用的梳子间隙很大，齿间还嵌满了你根本不想仔细调查的东西。”

“不管怎么说，我想不出你为什么来这里。”

“好吧，你看，汉森先生，”我说，在凹陷的椅子上左右挪动，努力调整位置，以便摆出一个端庄的姿势。“暴力死亡事件总是会留下未解之谜。这就是我注意到的问题。”

他再次带着那种蜥蜴般的冷酷注视着我。“什么样的未解之谜？”

“你是说彼德逊先生的案子？就像我说的，他的死亡在很多方面存在某些疑点。”

“那么我要问，是什么样的疑点？”

要显得冷酷无情必须沉默寡言；话太多效果反而不好。

“好吧，比如说，彼德逊先生的身份就很可疑。”

“他的身份。”他不是在反问我。他的声音变得如此轻柔，仿佛一阵微风，在一场特别惨烈的血战之后吹过战场。“关于他的身份会有什么疑点呢？那天晚上我看见他躺在路上。绝对不会看错那个人是谁。再说，第二天他姐姐看到了尸体，没有表示怀疑。”

“我知道，但问题是——这就是事情的关键——最近有人在街上看到了他，他还活着。”

接下去是长时间的沉默。沉默的意味，一部分你可以理解，一部分你猜不透。汉森对我说的话是否感到意外，是否颇为震惊，或许他只是不发一语以便让自己思考，我不知道。我看着他，就算是老鹰也摆不出这么犀利的眼神，但我仍然无法肯定。

“让我直说吧。”他刚开口，门又再次打开，管家巴特莱特像猩猩似的弓着背、倒退着走进来，端着一个大托盘，上面放着几个杯子和茶托、一把银色的茶壶、一些小巧的银色罐子、几块白色的餐巾，以及我叫不出名字的玩意儿。他走过来把托盘放在其中一张小桌上，深吸了口气，又缓缓地吐出来。汉森俯身把茶倒进两个杯子里——还经过一个银色的过滤器——递了一杯给我。我把它稳稳地放在椅子的扶手上。我想象自己的手肘不小心撞翻了杯子，将滚烫的茶水泼在我的膝盖上。我小时候真该有个姨妈，那种穿着斜纹呢衣服、戴着长柄眼镜，长着小胡子的凶悍女人，她会教导我在这种社交场合如何表现得体。

我看得出汉森先生又在准备说话，用他那种故作冷漠的腔调，说他忘了我们在谈论什么内容。“你想要直说。”我说，催促他说下去。他回到壁炉边恢复刚才的姿势，用一把银色的调羹在茶里慢慢搅动着，搅了又搅。

“是的。”他说，接着便打住了——又想了一会儿。“你说有人最近在街上看到了彼德逊先生。”

“正是。”

“声称看到了他，就是说。”

“这个人相当肯定。”

“这个人是……？”

“某个认识彼德逊先生的人。某个非常熟悉他的人。”

听到这话他的眼神变得非常警觉，我在想自己是不是多嘴了。“某个非常熟悉他的人，”他重复了我的话，“是个女人吧？”

“为什么这么说？”

“对于这种事情，女性比男性更加敏感。”

“哪种事情？”

“看见一个死人走在街上。想象出来的。”

“我只是说这人是彼德逊先生的一个朋友，”我说，“别的我可没说。”

“就是这个人委托你来这里进行调查？”

“我可没有说过。我不会说的。”

“这是否说明你是在研究一份第二手的报告？只是道听途说？”

“那人就是这么说的，我听到了。”

“你相信吗？”

“相信与否不是我工作的内容。我没有立场作判断。我只是负责调查。”

“对。”他缓缓吐出这个字，像是叹了口气。他露出微笑。“你还没碰你的茶呢，马洛先生。”

出于礼貌，我抿了一口。茶早就凉了。我都记不起我上次喝茶是什么时候了。

我们刚刚进来的那扇玻璃门后面，有个人影在晃动，我抬起头，定睛一看，是个男孩，人很瘦，脸尖尖的，他正在偷窥我们。见我发现了他，立刻转身跑了。我转向汉森。他似乎没有注意到门口的人影。

“那天晚上你发现尸体之后，”我问道，“都打电话给谁了？”

“警察。”

“我知道，但是哪里的警察？市中心的警察局还是司法长官办公室？”

他挠了挠耳朵。“我想我也不知道，”他说，“我只是打给接线员，请他帮我联络警方。来了一辆巡逻车和一个骑摩托车的警察。我觉得他们是来自海湾城的。”

“你还记得他们的名字吗？”

“恐怕记不得了。有两个便衣警官，骑摩托的那个穿着警服。他们应该提过自己的名字，我想，但他们说了我也忘了。当时我心里很乱，所以对这种东西不太在意。自从在法国服役以后，我就没有见过死人。”

“你参加过战争？”

他点点头。“阿登高地[①]——巴尔基战役。”

这话造成了冷场，似乎有股冰山上的冷空气飘过整个房间。我往前坐了坐，清了清嗓子。“我不想占用你太多时间，汉森先生，”我说，“但我能不能再问你一遍，你是否肯定，是否百分之百地确定，那天晚上你看见的躺在路上的死者，就是尼可·彼德逊？”

“不然会是谁？”

“我不知道。但你能说你完全确定？”

他用那对冷酷的黑眼睛注视着我。“是的，马洛先生，我确定。我不知道你的委托人后来在街上看到的是谁，但一定不是尼可·彼德逊。”

我把杯子和茶托从椅子扶手上小心翼翼地端起来，放回托盘，接着站起身，我的膝盖骨咔嚓响了一声。坐在那把椅子上，像是窝在一个非常小非常深的浴缸里。“谢谢你见我。”我说。

“接下去你准备怎么做？”他问道。他似乎是真的很好奇。

“我不知道，”我说，“我可能会设法找到那个衣帽间女孩——斯托弗，对吗？”

“是的，玛丽·斯托弗。坦白地讲，我觉得你是在浪费时间。”

“也许你是对的。”

他也把茶杯放到托盘上，我们一同走到管家出去的那扇门。汉森再次站到一边，让我先走。我们沿着一条走廊往前走，两边的墙上是铁支架做成的壁灯，地上铺着一块厚厚的浅灰色地毯，厚得让我感觉到上面的绒毛蹭到了我的脚踝。我们又穿过另一个吸烟室，里面的墙

---

① 位于法国北部，比利时东南部及卢森堡北部，默兹河的东西两方的高原。它是第一次及第二次世界大战中重要战役的场所，1944 年 12 月和 1945 年 1 月在巴尔基战役中引人瞩目。

上挂着更多印第安风格的东西，和更多柯蒂斯的摄影作品。随后我们来到另一条走廊，里面的空气温暖而混浊，弥漫着药膏的味道。“游泳池就在门后面，”汉森一边说，一边指着一扇全白的门，“然后是健身房。”

我们经过门口的时候，门开了，一个裹着白色毛圈棉袍的女人走了出来。她穿着塑胶沙滩鞋，一块白色大毛巾缠在头上，像是穆斯林的头巾。我看到一张宽宽的脸和一对绿色的眼睛。我感到身边的汉森愣了一下，但随后加快脚步，一手拉住我的手肘，把我带走了。

此时，一名戴着蓝框眼镜的年轻女子坐在接待处的桌子后面。她露出傻乎乎的微笑招呼她的上司；对我则视而不见。“有几个电话找您，汉森先生，”她说，“这个电话还没挂，是一位叫亨利·杰弗里斯的先生打来的。”

“告诉他我会给他回电话，菲利斯。”汉森说着，露出他那难得的僵硬的微笑。他转向我，再次伸出手。“再见，马洛先生。和你聊天很有意思。”

“谢谢你抽时间见我。”

我们走到门口，往外走到了红地毯上。“祝你的调查一切顺利，”他说，“只是我觉得不会有什么结果。”

“似乎是这样。”我环顾四周，看着树木、阳光点点的草坪和一排排五颜六色的花朵。“工作环境不错。”我说。

“是的，没错。”

“说不定哪天晚上我会再来，玩一局台球——斯诺克，我想你们是这么说的——没准再尝尝自酿的白兰地。”

他忍不住露出假笑。“你认识会员吗？”

“事实上，我认识，算是认识吧。”

“让他们带你来。我们很欢迎你。”

才不是呢，我心想，但还是保持友好的笑容，用手指推了推帽子，便离开了。

我很困惑。在过去的一个小时里究竟发生了什么？参观场地，讲解九重葛的历史，介绍他们的慈善事业，茶饮招待——这都是怎么回事？为什么汉森愿意花时间，听一个侦探，针对一桩发生在附近街上、无关紧要的死亡事件，提出一个又一个无聊的问题？难道说他只是一个无所事事的人，我作为俱乐部镀金大门外、下层社会的典型代表，他接待我正好打发一部分懒散的上午时间？无论如何，我不相信事情就是这么简单。如果事情真的不简单，他知道但隐瞒的内情又会是什么？

我先前把奥兹停在一棵树下，当然，太阳一如既往地移了过来，于是车子的前半部被无声无息地烤热了。我打开所有的门，走到阴凉的地方，点了一根烟，等着车里的空气冷却下来。

我站在那里，开始感觉到有人在监视我。这种感觉就像是你躺在一张热乎乎的长椅上，一阵凉爽的微风吹过你裸露的肩胛骨。我环顾四周，但不见一人。接着，从我身后传来一阵急促的脚步声——急促得让我吓了一跳。我转过身，看见了刚才那个隔着玻璃门偷窥我和汉森的小家伙。此刻我发现他不是孩子；事实上，我估计他应该有五十几岁。他穿着一套制服，卡其裤和短袖卡其衬衣。他长着一张又瘦又皱的小脸和爪子一般的手，眼睛的颜色很浅，几乎没有颜色。他一直侧着脸，斜眼看着我。他显得非常紧张，像是一只胆怯的动物，一只狐狸或是一只兔子，出于好奇接近我，但我稍稍一动它们就会一溜烟地逃走。

“早上好，伙计。”我说，尽量显得友好。

听到这话他对自己点点头，露出一丝狡黠的微笑，好像他早就料到我会这么说，那是糊弄他、哄骗他、让他放下戒心的招数。“我认识你。”他说，嗓音很沙哑，几乎是在耳语。

“是吗？”

“当然。我看见你和虎克在一起。”

“你错了，”我说，“我不认识什么虎克。”

他再次露出微笑，抿起嘴。“你当然认识。”

我摇摇头，猜想他应该也是坎宁先生收留的流浪汉。我把烟头扔在脚边干枯的叶子上，踩了一下，接着关上三扇车门，钻进剩下的一扇，在热乎乎的方向盘后面坐好。我摇下车窗。“我要走了，”我说，“很高兴和你聊天。”

他依然侧对着我，横着走向车子。“你要小心那个虎克，”他说，“别让他把你强征去参军。”

我把钥匙插进点火装置，按下发动机。V8 引擎空转的时候会发出巨大、可怕的轰鸣声；它总是让我想起十九世纪末二十世纪初的那种纽约社交名媛，穿着衬裙，戴着帽子，身姿婀娜，嗓音娇柔，令人难忘。当我发动引擎，它就变成了泰迪·罗斯福，完全是又吵又暴躁。

“再见，哥们儿，”[①]我一面说，一面朝那个小个子迅速地挥了挥手。然而，他一只手放在窗框上，不让我走。

“他是虎克船长，”他说，“我们是失落的男孩[②]。”我注视着他——他的脸离我只有一尺的距离——突然他笑了。那是我听过最奇怪的笑声，像马一般的嘶吼，又尖又细，绝望而疯狂。“没错，”他说，“不是吗？他，虎克——我们，那些男孩。嘻嘻嘻！”

---

① 原文为西班牙语。

② 在彼得潘的故事里，被虎克船长绑架的孩子叫做失落的男孩。

接着他拖着步子走了，依然像只螃蟹似的横着走，自顾自地一边大笑一边摇头。我目送了他的背影好一会儿，接着发动车子，开到大门口。马文向我行了个礼，把栏杆升起，他的脸整个歪向一边，又是那种厌恶的表情。我穿过去，转到右边，加速开走了，只觉得松了口气，像是一个正常人逃出了精神病院。

8

我回到卡汉加大楼的办公室时，有一条电话留言在等着我。通知我的那个接线员带着浓重的鼻音——她的声音听起来总像是我的耳朵里飞进了一只黄蜂。“一位安奎什夫人打来电话。”她说。

“什么夫人？安奎什？”

“她就是这么说的，我记下来了。问中午你能不能在丽兹贝弗利酒店同她见面。”

“我不认识什么叫安奎什的人。那是什么名字啊？”

“我记下来的，记在我的本子上。多罗西亚 · 安奎什，丽兹贝弗利酒店，十二点。”

我突然明白了，其实早该想到——我的心思还留在卡维拉俱乐部。“兰格利什，”我说，“多罗西亚 · 兰格利什。”

“我是这么说的。”

“好吧。”我叹了口气，放下听筒。“谢谢你，希尔达。”我是用吼的。接线员不叫这个名字，但我就是这么叫她，反正我已经挂上了电话。感觉上她应该叫希尔达，不要问我为什么。

丽兹贝弗利是一家漂亮的酒店，自视甚高，显得非常招摇。门卫穿着一件燕尾服，戴着一顶英式圆礼帽；看起来他对低于十美元的小费都不屑一顾。黑色大理石砌成的大堂有半个足球场那么大，正中央有个大圆桌，上面摆着一个雕花玻璃瓶，里面插着巨大的马蹄莲。浓郁的花香刺入我的鼻孔，让我好想打喷嚏。

兰格利什夫人邀请我在埃及厅和她见面。这是一个酒吧，里面摆放着竹制的家具，和一尊尊貌似纳芙蒂蒂的塑像，高举着火把，台灯的灯罩是仿莎草纸，但显然只是用一般的纸做的。一幅手绘的尼罗河地图占据了整面墙。河上飘浮着阿拉伯小船，河里潜伏着鳄鱼，上空还飞翔着白色的鸟——我想他们把这种鸟称为朱鹭——当然，沿岸还描绘着金字塔和一座昏昏欲睡的狮身人面像。这一切都显得那么夸张，令人印象深刻；但它仍然只是一个酒吧。

克莱尔·卡文迪什的容貌印在我的心里，希望她母亲是女儿的原版。哇哦，我是不是听错了。未见其人，先闻其声。她的嗓音像是一个爱尔兰码头工人，沙哑、响亮、刺耳。她坐在一张小巧的镀金桌子边，挨着一棵种在坛子里的棕榈树。她正在指导一名身穿白色上衣的服务员如何泡茶。"首先，你必须把水煮开——你知道怎么煮吗？接着用开水烫洗茶壶——好好烫洗一遍，注意——一个杯子放一勺，再放一勺到茶壶。然后等三分钟让它们泡开。想想一个煮得很嫩的鸡蛋——三分钟，不多不少。然后你就要倒出来。现在你听明白了吗？因为这个东西——"她指着茶壶——"清得像淡啤酒，味道也差不多。"

那个服务员是典型的拉丁裔，光滑黝黑的脸已经吓白了。"明白，夫人。"他怯生生地说，伸直胳膊端着泡坏的茶和茶壶匆匆离去；如果他不是专业的服务员，也许会擦擦眉头的汗水。

"兰格利什夫人？"我说。

她非常矮胖。她的衣服套在身上像个酒桶，上面扎了几个洞好让她的手臂和腿伸出来。她的脸又圆又红，戴着一顶红褐色的假发，上面是蓬松的短卷儿。她身上只有一个地方和克莱尔很像，那就是眼睛；那闪闪发亮的黑色眼眸是家族遗传的。她身上紧紧地包着粉色缎子的两件式套装，脚上穿着一双笨重的白色鞋子，头上戴着一顶帽子，这帽子，和我第一次见克莱尔时她所戴的黑色小帽定是同一位制帽师的作品。她抬头看着我，拱起一边画过的眉毛。“你是马洛？”

“正是。”我说。

她指着身边的一把椅子。“坐那儿，我要好好看看你。”

我坐了下来。她细细地端详着我的脸。她每动一下，她的衣服——我认为这种材质应该是塔夫绸——就绷得吱吱作响，褶皱的地方飘散出一股香味。“你在为我女儿办事，对吗？”她说。

我掏出烟盒和火柴，点了一根烟。不，我并没有忘记递给她一根，但她摆摆手拒绝了。“兰格利什夫人，”我说，“你是怎么知道我的？”

她暗笑了一声。“你是说我是怎么找到你的？啊哈，很厉害，是不是。”那个服务员端着茶壶回来了，紧张地往她的杯子里倒茶。“现在你看，”她对他说，“这就对了，味道浓得让老鼠一路小跑[①]。”

他放心地笑了。“谢谢您，夫人。”他说着，瞥了我一眼便走了。

兰格利什夫人把牛奶倒进茶里，加了四块方糖。“在家里他们不许我这样。”她闷闷不乐地说，并放下糖夹。她皱起眉头。“医生——呸！”

我一言不发。我以为任何事情、任何人都无法禁止这位女士做她想做的事。

“你要来一杯吗？”她说。我礼貌地拒绝了。一天喝两次茶让我有点受不了。她从杯子里喝了一口，把茶托端在下巴下面。我似乎听见她在咂嘴。“据说是一条遗失的项链，”她说，“对吗？”

---

① 爱尔兰人关于茶的一种说法，他们比较喜欢浓烈的茶。

“是克莱尔——卡文迪什夫人告诉你的？”

“不是。”

那么一定是她丈夫。我靠回椅背上，抽着烟，故作轻松。人们似乎认为私家侦探都是笨蛋。我猜想，在他们看来，我们蠢极了，无法在警察部门混饭吃，当不了真的警探。在某些情况下，他们的想法没有错。但有时候，扮演傻瓜的角色很有好处。这会让一般人掉以轻心，而掉以轻心的人就会变得粗心大意。然而，我发现对付多罗西亚·兰格利什这一套行不通。或许她看上去像个爱尔兰洗衣妇，说起话来像个挖土工，但心思细得如同她帽子上的别针。

她放下杯子和茶托，用严厉的眼神环视房间。“看看这个地方，”她说，“从布置来看，这可能是开罗的一间妓院。注意，并不是说我去过开罗。”她愉快地补充说。她拿起菜单——它被做成古代卷轴的样子，页边写着冒牌的象形文字——把它凑到鼻子跟前，眯起眼睛看着。“哎呀，”她说，“我看不清楚，忘带眼镜了。这里”——她把菜单塞到我手上——“告诉我，他们有蛋糕吗？”

“什么样的蛋糕他们都有，”我说，“你想要哪一种？”

“有巧克力蛋糕吗？我喜欢巧克力。”她举起一只胖乎乎的小手挥了挥，于是服务员走了过来。“告诉他。”她对我说。

我对他说：“这位女士想要来一份三重可可软糖蛋糕。”

“好极了，先生。”他再次离去。他没有问我要来点什么。他一定心知肚明，我就是个仆人，和他一样。

“克莱尔雇用你和珍珠项链毫无关系，对吗。”兰格利什夫人说道。她在手袋里掏啊掏，最后翻出一个骨质手柄的小巧放大镜。“我女儿不是那种丢三落四的人，尤其不会弄丢珍珠项链这样的东西。”

我看着一尊小女奴的塑像。她的眼睛描画着浓重的黑色眼线，呈水滴状，细长得很不自然，延伸到太阳穴，头上盖着浓密的金发。雕塑师赋予她优美的胸部，和线条更加漂亮的臀部。雕塑师就是那个样子；他们的目的就是取悦——取悦这个房间里的男性，没别的。“我想再问你一遍，兰格利什夫人，”我说，“你是怎么知道我的？”

“哦，这你就别费神了，”她说，“要找到你并不困难。”她瞥了我一眼，满是揶揄。“要知道，善于调查的人不止你一个。”

我可不想让她牵着鼻子走。“是不是卡文迪什先生告诉你，我到过府上？”

那片三重可可软糖蛋糕送来了。兰格利什夫人馋得小眼睛眯成一条缝，用放大镜细细查看着，专注得像是福尔摩斯在探案。“理查德不是个坏人。”她说，这口气就好像我刚才是在批评她女婿。“当然了，懒得要命。”她叉起一小块蛋糕送进嘴里。“啊，好啊，好吃，”她说，“嗯——”

要是医生看见她大口吃下这有损健康的美食，不知道会怎么说。“好吧，”我说，“你要不要告诉我，为什么叫我来这里？”

“我告诉过你了——我想看你一眼。”

“原谅我，兰格利什女士，但既然你已经看到我了，我想——”

“哦，别忙，”她不慌不忙地说，“你自以为很了不起，省省吧。我敢肯定我女儿对你出手大方”——我或许应该告诉她，事实上她女儿还没付给我一个子儿——“所以你可以花点时间陪陪她这个可怜的老娘。”

沉住气，马洛，我告诉自己；沉住气。“我不能和你谈论你女儿的事情，”我说，“那是我和她之间的秘密。”

“当然。我说过不是吗？”她的下巴沾到了一抹奶油。“但她是我女儿，我忍不住会想她为什么要雇一名私家侦探。”

“她告诉你——”

“我知道，我知道。她丢失了那条贵重的珍珠项链。”她转过来面对我。我忍不住盯着她下巴上的那块白色。“你以为我是什么样的傻子，马洛先生？”她反问道，声音竟然是甜甜的，还似笑非笑。“和珍珠项链毫无关系。她是碰到了麻烦，是吗？是敲诈吗？”

“我只能重申一遍，兰格利什夫人，”我不耐烦地重复了一遍，“以我现在的立场，是不会和你谈论你女儿的事情的。”

她依然看着我，此刻，她点点头。“我知道了，”她说，“你第一次说我就听到了。”

她放下叉子，饱足地叹了口气，接着用餐巾抹了抹嘴。我漫不经心地想着要不要点杯饮料，那种带有苦味、上面插根绿色小树枝的玩意，但还是打消了这个念头。我可以想象兰格利什夫人一脸嘲讽地盯着杯子看。

“知道香水吗，马洛先生？”她问道。

“当我闻到的时候我就知道。”

“当然，当然。但你了解香水的制造过程吗？不知道？我想也是。”她靠回椅背上，使得粉红色的套装一阵扯动。我预感到她要给我上一课，于是充分做好准备，摆出洗耳恭听的态度。我在这儿干吗？也许我太注重绅士风度，也不管自己乐不乐意。

“香水产业里的大部分人，”兰格利什夫人说，“把玫瑰油作为产品的基础。我的秘诀是，我只用所谓的玫瑰纯油，用蒸馏的方式无法取得，只能用溶剂法。那是一种非常高级的产品。知道产地是哪里吗？”

我摇摇头；我就是应该要这样：聆听、点头、摇头、全神贯注。

“保加利亚！”她得意地喊道，感觉像个扑克牌玩家啪地扔下一副同花顺。“没错，保加利亚。他们在清晨收摘，在太阳升起之前，那正是花朵香味最浓郁的时候。要生产出一盎司玫瑰纯油，至少需要两百五十磅的花瓣，所以你可以想象成本有多高。两百五十磅产生一盎司——想想看！”她的眼神变得梦幻起来。“我靠一种花来赚钱。你相信吗？红玫瑰，也就是大马士革蔷薇[①]。那是一件美丽的东西，马洛先生，上帝无偿赐予我们的一件礼物，出于他那无上的仁慈和慷慨。”她又叹了口气，显得心满意足。她很富有，她很快乐，她吃饱了三重可可软糖蛋糕。我有点嫉妒她。接着，她板起脸来。“告诉我我女儿委托你做什么，马洛先生，好吗？你会告诉我吗？”

“不行，兰格利什夫人，我不会说。我不能说。”

“那我猜你不会收钱。我很有钱，你知道的。”

“是的，你女儿告诉过我。”

“你可以报个价。”我只是看着她。“天啊，马洛先生，你真是个超级顽固的家伙。”

“我不是，”我说，“我只是你眼中的普通人，辛辛苦苦地赚钱，老老实实地活着。我这样的人有千千万万，兰格利什夫人——数不胜数。我们干着乏味的工作，每天晚上疲惫不堪地回到家里，而且我们身上也没有玫瑰的香味。”

好一会儿她都没有说话，只是坐着，看着我，半笑不笑。好在我发现她已经把下巴上的奶油擦掉了。那坨奶牛的脂肪就算浪费了。“你听说过爱尔兰内战吗？”她问道。

这个问题让我愣了一下。“我认识的一个人曾经参加了爱尔兰的某场战争，”我说，“我想那是独立战争。”

“那是更早的战争。一般独立战争在前，内战在后。这是一种规律。你朋友叫什么名字？”

“罗斯提·雷根。他不是我朋友——事实上，我从没见过他。他被人杀了，被一个女孩。这件事说来话长，而且不是很有教育

① 学名为 Rose damascena，玫瑰的一种。

意义。”

她没有在听。我看得出她沉浸在很久以前的回忆中。“我丈夫在那场战争中被杀害了，”她说，“他支持迈克尔·柯林斯的队伍。——你知道他是谁吗，迈克尔·柯林斯？”

“游击战士？爱尔兰共和军？”

“就是那个。他们也杀害了他。”

她端起空茶杯，往里看了看，又放下了。

“你丈夫怎么了？”我问道。

“他们半夜里来找他。我不知道他们把他带到哪里去。直到第二天才找到他。他们把他带去了法诺尔海滩，当时那是一个荒凉的地方，他被埋在沙子里，只有头和脖子露在外面。他们把他扔在那里，面对大海，眼睁睁看着海水涨潮。在法诺尔，潮水涨得很慢。等到退潮的时候他被人发现了。他们不让我看尸体。我猜想鱼吃了他。奥布里，他的名字。奥布里·兰格利什。对爱尔兰人来说，这个名字不是很奇怪吗？要知道，内战中参战的新教徒并不多。是的，不多。”

我让心情平复下来，接着说道：“我很遗憾，兰格利什夫人。”

她转向我。“什么？”我想她已经忘记了我的存在。

“这世界是个残酷的地方。”我说。人们总是对我诉说悲惨的故事，发生在他们或是他们挚爱的人身上。我为这位悲哀的老妇人感到遗憾，但一个人总是对他人表达同情，也会觉得厌烦。

“他死的时候我怀有七个月身孕，”她满眼哀伤地说道，“所以克莱尔从没见过她父亲。我认为这对她有一定的影响。她装得若无其事，但我很清楚。”她伸出一只手盖在我的手上。被人这样碰触让我吓了一跳，但我极力显得不动声色。她手掌的肌肤很温暖，又干又硬，像是——呃，莎草纸，或者说在我想象中莎草纸就是这种质感。“你得悠着点，马洛先生，”她说，“我认为你根本不知道自己在同什么人打交道。”

我不确定她指的是谁，是她自己，还是她女儿，还是另有其人。“我会小心的。”我说。

她毫不理会。“有人会受到伤害，”她用一种急促的口气说，“而且伤得不轻。”她放开了我的手。“你知道我是什么意思吗？”

“我无意伤害你女儿，兰格利什夫人。”我说。

她用一种滑稽的表情看着我的眼睛，让我猜不透。我觉得她有点像是在嘲笑我，但同时又希望我明白她的警告。她是个顽固难缠的老女人，很可能做事不留情面，很可能压榨手下的工人，也很可能派人杀了我，只要她想。但不知怎的，我不由自主地欣赏起她身上的某种特质。她很有胆识。我很少会想到这个词，但用在此人身上恰如其分。

接着她站了起来，把手伸到西装外套里面，拉起一条滑下的肩带。我也站起来，掏出我的钱包。“没关系，”她说，“这里有我的账户。再说，你什么也没吃。我以为，你本想来一杯的。”她咯咯地笑了。“我希望你不是在等着我求你。在我面前不必拘谨，马洛先生。人各为己，唉。”

我对她微微一笑。“再见，兰格利什夫人。”

“哦，顺便说一句，既然你来了，也许能帮我个忙。我正要找个司机。上一个家伙是个混球，我不得不让他滚蛋。你认识什么符合条件的人吗？”

“这太突然了，暂时没有。但如果我想到合适的人选，我会告诉你。”

她若有所思地看着我，似乎在想象我穿上制服，戴上尖顶帽会是什么样子。

“糟糕。”她说。她匆匆套上一对白色的棉手套，像是在伍尔沃斯公司买的。“要知道，我应该叫爱德华兹，”她说，“我又结婚了，在这里。爱德华兹先生后来离开了我。我偏好兰格利什这个姓，念起来很响亮。你说呢？”

“是的，”我说，“没错。”

“我也不应该叫多罗西亚。我的教名是多莉西，大家都叫我多提。但这名字印在香水瓶上不怎么好，对吗——多提·爱德华兹？”

我只得笑出声。“我想是的。”我说。

她抬头看着我，咧嘴一笑，勾起食指，用关节在我胸口隔着领带敲了一下。“记住我说的话，马洛，”她说，“人很容易受伤，除非保持高度警觉。”接着转过身摇摇摆摆地走了。

9

我开车前往牛熊餐厅去弄点吃的——看着兰格利什妈妈往嘴里塞巧克力蛋糕，令我饥肠辘辘，再说，这个时间该吃午饭了。当我沿着大道慢悠悠地开着车，一根手指搭在方向盘上，我再次考虑着要不要打电话给克莱尔·卡文迪什，告诉她我不干了。她还没有寄回签过字的合同，我还不曾沾到半点肮脏的不义之财，所以我完全可以对她摆摆手说再见。但要放走这么一个女人并不容易，除非你是逼不得已，但那还是不容易。我回想起她坐在我办公室里，戴着饰有面纱的帽子，抽着装上黑檀木烟嘴的黑俄罗斯，于是明白自己做不到，无法同她一刀两断，至少现在还不行。

我说不出哪个更傻帽，是摆着塑料的三叶草和橡木棍、冒充爱尔兰风情的酒吧，还是像牛熊这样假装伦敦情调的小酒馆。我可以细细描绘一番，但没有这个心情；想想看，飞镖靶、木质啤酒泵，和镜框里色调粉嫩的照片，上面是年轻的伊丽莎白女王——现在的这位——骑在马上。我坐在角落的一张桌子边，叫了一份烤牛肉三明治和一大杯麦芽酒。端上来的时候酒是温热的，和伦敦兰巴斯的做法一样；至于三明治，当你咀嚼着一大块熟过头的牛肉，硬得像是英国佬的舌头，你看问题一定会更加清楚。要调查尼可·彼德逊的事情，出了这里我该去哪儿？如果他真的活着，一定有某个人知道他身在何处，意欲何为。

但是谁呢？接着我回想起克莱尔·卡文迪什提过曾和彼德逊共事，或者说他服务过的一位电影女演员。她叫什么名字？曼迪什么的——曼迪·罗杰斯，是的，这个可怜虫眼中的珍·哈露。也许我应该和她谈一谈。我抿了一口啤酒。它的颜色像是鞋油，尝起来像是肥皂沫。我想，不列颠人怎么会成为海上的主宰，如果他们的水手就喝这玩意儿？

我从桌边站起来，走向另一边的电话亭，拨给我的一个老朋友，赫尔·威斯曼。赫尔和我是同一行的，只是他受雇于埃克赛西奥电影公司。他在那儿有个厉害的头衔——保安总长，类似这种——混得游刃有余，为什么不呢。他的工作主要是看护那些小明星，确保那些年轻的男演员过着平静而正派的生活，至少不惹祸，不走歪路。他时不时地需要动用司法长官办公室的关系，使得公司的某个明星免于毒品的罪责，或是某位摄影棚经理免于酒后驾车或家暴的起诉。那种生活并不坏，他说。我一边等着他接电话，一边忙着用舌头把上排臼齿缝里嵌的一小片软骨给剔出来。这老英国烤牛肉真是坚韧不拔。

他终于接了电话。

“你好，赫尔。”

他立马听出了我的声音。“你好啊，菲尔，近来如何？”

“还算不错。”

“你是在鸡尾酒会上还是什么聚会？我听见你周围闹哄哄的，像是在狂欢。”

“我在牛熊，吃午餐。这里没什么狂欢，只是平常的顾客。听着，赫尔，你知道曼迪·罗杰斯吗？”

“曼迪？是的，我知道曼迪。”突然他变得警惕起来。赫尔相貌平平——有点像华莱士·比里，又有点像爱德华·G·罗宾逊[①]——于

① 两人都是当时的好莱坞明星。

是很难解释他为什么很有女人缘，如果你不是女人的话。也许他是个很聊得开的人。“你为什么问这个？”

“有个家伙和她共事过，”我说，“经纪人。叫尼可·彼德逊。”

“从没听说过。”

“你确定？”

“我非常确定。有什么事，菲尔？”

“你觉得你能帮我约见罗杰斯小姐吗？”

“见她做什么？”

“我想和她聊聊彼德逊的事情。几个月前的一天晚上他死了，就在太平洋帕利塞德。”

“哦，是吗？”我听得出赫尔进一步关上心防，慢慢地，如同一只巨大的蚌。“他是怎么死的？”

“车祸逃逸。”

“那又怎样？”

“有个客户委托我调查他的死。”

“其中另有隐情？”

“可能是的。”

对方沉默了片刻。我听得见他的呼吸；那或许是他心理活动的声音，合着又长又慢的节拍。“这跟曼迪·罗杰斯有什么关系？”

“完全没关系。我只是想了解一些彼德逊的情况。他似乎是个谜团。”

“是什么？”

“可以说有关他的事情另有隐情。”

又是呼吸声，又是心理活动。接着他说道：“我猜曼迪会和你谈的。”他哼哼着笑了。“这些天她似乎不是很忙。交给我吧。你还是在原来的办公室，卡汉加上的捕蝇草，对吗？我会打电话给你。”

我回到餐桌边，但看着这吃了一半的三明治和喝了一半的温啤酒，我毫无胃口，于是没有坐下，而是把一张钞票搁在盘子边上，转身离开。一大片蓝紫色的云朵不知从哪儿飘来，挡住了阳光，大街上的光线变得很阴沉，带着青灰的调子。也许天要下雨了。在夏天，在这些地方，下雨不失为是一件美事。

言出必行的赫尔当天下午就打来了电话。曼迪 · 罗杰斯答应在电影公司见我；我最好现在就过去。我戴上帽子，锁好办公室，来到大街上。那朵乌云依然笼罩在城市上空，要么就是另一片相似的云，接着银币大小的雨点飞溅在路面上。我飞奔过马路，正好赶在大雨倾泻之前钻进车子。这里不常下雨，一旦下雨，就是大雨。奥兹的雨刷需要换一换了，我不得不把头凑到方向盘上面，鼻子几乎贴着挡风玻璃，才能看清楚道路。

赫尔在电影公司大门口等着我，躲在门卫的小亭里避雨。他用外套挡住头跑出来，跳进车坐到我旁边。“该死，”他说，“才走三步我就湿透了——你看看！”我没有提过赫尔是个注重穿衣打扮的人吗？他穿着一件浅色的亚麻双排扣西服，一件绿色的衬衫，打着绿色的丝质领带，脚上是一双棕白两色的牛津鞋。手上戴着一条金色的链式手镯，两三个戒指，还有一块劳力士手表。他过得很滋润，也许我应该考虑一下电影这行。

“谢谢你的帮忙，赫尔，”我说，“很感谢。”

“没事啦。”他皱着眉头，擦着外套垫肩上的雨水。

电影片场是个奇怪的地方。你会觉得自己像是在做白日梦，遇到牛仔、歌舞女郎、猿人和古罗马军官，这些人全都走在其他工作人员中间，前往办公室或厂房。今天他们看起来更加怪异，因为大部分人都打着雨伞。雨伞上印着电影公司的商标：一个亮黄色的太阳从深红色的湖面上升起，配上镀金的漩涡形字体“埃克赛西奥电影”。“刚刚走过去的是不是詹姆斯·卡格尼？”我问道。

“是啊。他是从华纳兄弟租来的，为我们拍一部动作片。电影很粗劣，但卡格尼能够撑着这部片子。那就是明星的作用。这里左转。”

“你知道 blasé 这个词吗，赫尔？法语词。”

“不知道。什么意思？”

“意思是你什么都见过，所以对一切都不在乎。”

“明白了。”他酸溜溜地说。他依然啧啧地看着西服翻领上的水渍。“想想看，你一次又一次地把电影明星从酒鬼拘留所里接出来，然后把他扔回贝莱尔[①]的豪宅，接着凌晨四点还要把你车子后座上的呕吐物收拾干净，你会作何感想？还有那些女明星——她们的情况更糟。没有见到塔卢拉赫·班克黑德？”

“不能说我见过。”

“你应该感到幸运。到了。”

我们来到了食堂。只见一个金发的孩子穿着一件拉着拉链的防风衣，撑着一把埃克赛西奥商标的雨伞从门口跑出来，护送赫尔入内——扔下我一个人想办法遮雨。“把车钥匙给乔伊，”赫尔说，“他会替你照看车子。”乔伊对我露出灿烂的微笑；他镶了牙齿，我敢打赌，这一定是花掉了他在皮奥利亚[②]或是某个地方的老母亲毕生的积蓄。在好莱坞，每个人都是一家子的希望。

到了下午三点左右，这地方几乎没人了。摆放食物的长柜台面对着一扇巨大的落地窗，看出去是一个长满草的斜坡，上面种着棕榈

① 洛杉矶一个著名的高档社区。
② 美国伊利诺伊州中部偏西北的一个城市。

树，还有一个装饰性的小湖。雨中的湖面像个布满钉子的床。曼迪·罗杰斯坐在挨着窗子的桌边，一只手托着下巴，深情地凝望着忧郁、灰暗的天空，思考着重要的问题。“嗨，我们来了，曼迪。”赫尔说着把一只手放在她的肩膀上。“这是我对你提过的那个人——来见见菲利普·马洛。”

她装腔作势地把自己从思绪中抽离出来，接着把圆溜溜的眼睛转向我，露出微笑。我不得不说，电影人总有一种特别的气质，就算只是三流的。他们成天对着那些东西——摄影机，镜子，粉丝的眼睛——于是身上镀了一层光圈，如同抹上了一层种类特别的蜂蜜。在这类女性身上，当你靠近她们的时候，这种光圈效应会令你透不过气来。

“马洛先生，”曼迪·罗杰斯说，伸出一只小巧白皙的手让我握。“看呆了吧，我敢说。”她的声音驱散了某种魔法。她的音调又高又尖，足能把她的名字刻在窗子上。

“谢谢你肯见我，罗杰斯小姐。”我说。

“哦，请叫我曼迪。”

我依然握着她的手，她也不急着抽走。

“请坐，菲尔，”赫尔干巴巴地说，“你看起来像是要晕过去了。”

我有这么动心吗？曼迪·罗杰斯又不是丽塔·海华丝。她个子很矮，并不算很纤瘦，头发染成金色，长着蝶形的嘴唇和小巧丰满的下巴。但她的眼睛很好看，又大又圆，透出嫩蓝色。她穿着一条深红色的裙子，上身又紧又低胸，下身的裙摆很大。只有在电影公司下午的摄影棚，一个女孩能穿着这样的裙子混进去。

她终于抽回了手，我在一把金属椅子上坐下。我眼角的余光瞥见窗外一只蓝色的小鸟从一棵棕榈树上欢快地飞下，落在湿漉漉的草地上。

“好了，”赫尔说，“你们自己聊吧，我先走了。曼迪，你得留心这个家伙——他可不像外表上那么正人君子。”他轻轻拍了下我的肩膀便走了。

“他真是个好人，”曼迪叹了口气，“要知道，在这一行，你不会说每个人都是好人。”

“我想这没错，罗杰斯小姐。”

“曼迪。”她说，并对我摇摇头，微微一笑。

“好吧——曼迪。”

她面前的桌上放着一瓶可乐，上面插着一根吸管。“赫尔说的是真的吗？”她问道，“你有那么危险吗？”

“不，”我说，“我是个容易被打动的人，耳根子软，你会看到的。”

“他告诉我你是个私家侦探。那一定很精彩刺激。”

“非常精彩刺激，我都快受不了了。”

她对我露出似有似无的微笑，接着拿起瓶子，用吸管喝了一些可乐。那一刻，她可能只是某个坐在冷饮柜边上的孩子，喝着一瓶汽水，梦想着有朝一日能成为大明星。我喜欢她这个样子，低头吸着吸管，眼睛垂下，上睫毛快要碰到弧度柔和的脸颊。我在想，她从这个城市里的多少男人手上得到了多少恩惠。

“尼可 · 彼德逊是你的经纪人，”我说，“对吗？”

她放下瓶子。“好吧，他想做。他确实给我介绍了一些工作。我出演了《赤色黎明的骑士》——你看过吗？”

“还没有。”我说。

“哦，已经下档了。乔尔 · 麦克雷本该出演这片子，但出了点状况，他没法参演。我扮演的是牧场主的女儿。”

“下次放映的时候我一定去看看。”

她歪着头，笑了。“你真贴心，”她说，“所有的私家侦探都像你这样吗？”

“不是所有人，不是。”我从银质烟盒里掏出一根烟递给她，但她摇摇头，端庄地抿起嘴。我可以想象她扮演的那个牧场主的女儿，静如处子，动如脱兔，穿着条纹棉布裙和带纽扣的靴子，头上戴着一只大蝴蝶结。“你能说说彼德逊先生的情况吗？”我问道。

“你想知道些什么？”她咬了咬嘴唇，抖了抖蓬松的金发。自从我第一次见到她，也就五分钟的时间，她已经演出了五六个角色，从天真羞涩的少女到杏眼圆睁的妖妇。但她依然只是个孩子。

“你最后一次见到他是什么时候？”

她竖起一根食指按着嘴角，挤出一个酒窝，又抬起眼睛望着天花板。我能想到剧本里的提示：*她顿了一下，思索着。*“我猜想是他死前的一个星期，”她说，“他在努力安排我加入多丽斯·戴[①]演的最新电影——你知道戴小姐的真名是坎佩尔霍夫吗？他们说洛克·赫德森也会参演。”她那清新的小脸蛋一时间阴云密布。“我想现在我得不到那个角色了。哦，好吧。”

一个年轻人走到桌子边。他系着一块白色的短围裙，端着一个托盘。他很可能是那个孩子的兄弟，就是我们从车里出来时为赫尔撑伞的那个孩子。我突然产生了一个想法，电影其实是一部吞噬年轻和热情的机器，但没再多想，只是点了一杯咖啡。“没问题，先生！”年轻人说道，并对曼迪匆匆一笑便离开了。

“尼可，他是个好的经纪人吗？”我问道，“我是说，他干得

① 美国歌手兼电影演员，有“雀斑皇后”之称，以邻家女孩的灿烂笑容征服了五十至六十年代的影迷，经常成为年度十大卖座巨星。

好吗？”

对此曼迪也想了一下。“他不是什么牛人，”她说，“他刚入行，像我一样——只是他年纪比较大。我不确定他以前是不是经纪人。”

“你见过他去应酬吗？”

她皱起鼻子，对那么一张甜美干净的脸来说，这表情算是相当哀愁。“你是说，他是不是想要——？哦，不是。我们之间不是那种关系。”

“我是说他有没有带你去那些，那些你可以认识很多人的地方。”

“什么样的人？”

“呃，制作人，导演，电影公司的老板。”

“没有，他总是忙得不可开交。他总是要去见这个人那个人。”

“是啊，我听说了。”

“是吗？”她突然激动起来。“听谁说的？”

“不是什么特别的人，”我说，“大家喜欢说闲话，在这个城市里。”

“一点不错。”

她望向窗外，眯起眼睛。我真的不想对曼迪·罗杰斯了解更多，有关她演艺生涯的高峰和（很有可能出现的）低谷。但我不由自主地问道，“你是哪里人，曼迪？”

“我？”她真的没想到我会问这个。一时间她不知所措，当她不知所措的时候，我看得出来，她没有在演戏。突然，她显得犹豫不决，也许还有一点警惕。“我出生在爱荷华州的希望泉。我猜你从来没有去过那儿。没有人会去，真的。希望泉是那种人人都想离开的地方。”

那名年轻的服务员端着我的咖啡来了。他再次对曼迪抛了个媚眼，后者报以漫不经心的微笑。她依然在想着希望泉，以及她所抛下的满满的过去和空白的未来。

“你是怎么知道尼可的死讯的？”我问道。

她想了想，接着摇摇头。“要知道，我想不起来了。这很奇怪吗？一定是他们在摄影棚里谈论这件事。一定是某个人告诉了我。”

我望向窗外。那只蓝色小鸟又飞回棕榈树栖息去了。它飞进去的时候，枝叶的阴影遮住了它的踪迹。这对你来说很有意思：上一刻近在眼前，下一刻消失不见。至少雨势变小了。

曼迪又吸了一口可乐。此时瓶子几乎空了，于是里面发出扑哧扑哧的声音，曼迪迅速地扫了我一眼，像是担心我会笑她。

“你有没有见过尼可的朋友？”我问，“女朋友之类的？”

她轻轻发出清脆的笑声。“哦，他有一大堆。”

“你没见过哪个吗？”

“我见他时常和一个女人在一起，但我不觉得那是他女朋友。”

“她长什么样？”

“我看得不是很清楚。有次在一个聚会上，他带着她一起离开。还有一次我看见他们在一个酒吧里，但那天晚上我先走了。一个高挑的女人。黑头发。脸很好看，有点——大，你知道吗，有点方，但挺好看的。”

“你怎么知道她不是他女朋友？”

“他们之间不是那种感觉。她不是真的和他在一起——你明白我的意思吗？好像她长得和尼可有点像——也许他们是亲戚，我不知道。”她玩弄着空瓶子里的吸管。“你是在替他的一个女朋友做调查吗？”

关于我，关于我对尼可·彼德逊的调查，关于此人是死是活，我不知道赫尔是怎么对她说的。就我来说，我没有对赫尔透露很多讯息——没什么可说的——所以我猜想他一定是瞎编了什么。赫尔就是这样。尽管举止粗犷，想象力倒很丰富，热衷于把平淡无奇的事实说得天花乱坠。曼迪·罗杰斯一定是认为，我在为尼可生前抛弃的某个女人办事。仔细想想，也许就是这么回事。

“尼可是个什么样的人？”我问道。

“他是个什么样的人呢？”曼迪皱起眉头。我看得出来，在此之前，曼迪从来没有刻意关注过彼德逊，即便他为她弄到了《赤色黎明的骑士》里的一个角色。“唉，我觉得自己对他并不了解。他就是一个追求名利的人。我喜欢他，我想——当然不是那种喜欢。我是说，他连朋友都算不上，只是一个工作上的伙伴。”她顿了一下，又接着说，“有次他叫我和他一起去墨西哥。”她转开视线，甚至有点脸红。

“是吗？”我说，尽量显得不感兴趣。“墨西哥哪里？”

她又一次做了咬唇的动作。她是在模仿谁？也许是多丽斯·坎佩尔霍夫，扮演一个穿鹿皮衣的少女。

“亚加布尔科。他常常去那儿，好像他是这么对我说的。他认识那里的人——我看得出来他指的是有钱人。”

“但是你没有去。”

她瞪大眼睛，嘴巴张成一个O形。“当然没有！我猜你以为我是个好莱坞常见的贱货，随时会跟着任何人去任何地方。”

“不，不是，”我安慰她说，“我决不会这么想。我只是以为，因为他比你年长，他可能主动要带你去玩一次，作为朋友。”

她挤出一个勉强、紧张的微笑。“尼可有的是女朋友，”她说，“但是他没有女性朋友。你明白我的意思吗？”

有个人走了进来，长得太像加里 · 库伯[1]，所以反而不可能是他。他穿着马裤，绑着皮革的绑腿，晒得黝黑的脖子上系着一条红色的班丹纳丝巾[2]，腰上绑着一个枪套，里面放着一把六发式左轮手枪。他拿起一个托盘，沿柜台走着，眼睛盯着一盘盘的食物。

“你帮了我很大的忙，罗杰斯小姐。”我说着露出了虚伪的笑容。

“是吗？”她显得很意外。“哪方面？”

“我的工作。”我说，刻意压低声音，像是在掩饰一个商业秘密。“你说的一切都很重要，每一句话都能帮助我弄清事情的真相。”

她看着我，张着嘴，眉头间皱起一个困惑的结。“什么真相？”她问道，像我一样小声吐出每个字。

我把没喝过的咖啡杯推到一边，拿起帽子。外面的雨已经停了，天色看起来像是太阳在躲躲藏藏，想露脸又没露脸。“就这么说吧，曼迪，”我慢吞吞地眨了眨眼睛，“来这里走一趟，我很有收获。”

她点点头，依然注视着我，眼睛睁得圆圆的。她是个甜美的女孩，有她特有的风情。我不由得担心她为自己选择的事业有没有前途。“如果我想到别的或许你能解答的问题，”我说，“我可以再来找你吗？”

“当然。”她说。接着她想起了自己的身份，于是用舌尖舔了舔嘴唇，懒洋洋地把头往后靠，装出一副冷冷的嗓音；我猜想她模仿的是《双重赔偿》中的芭芭拉 · 斯坦维克，这部电影我看过。“欢迎随

---

① 1901—1961，美国知名演员，曾经获得 5 次奥斯卡最佳男主角奖提名，夺得 2 次奥斯卡最佳男主角奖。

② 一种有花纹，色彩鲜艳的印度丝巾。

时过来，”她说，“赫尔会告诉你上哪儿去找我。”

出去的路上，我经过那个系红丝巾、四肢瘦长的家伙占的桌子，他正埋头对着一盘墨西哥辣牛肉狼吞虎咽，用勺子把食物一个劲儿地往嘴里塞，那样子像是担心有人会偷偷跑过来，从他身后把食物抢走。他和库伯长得真是一模一样。

10

我漫无目的地往前开着。大雨过后，空气清新，同时弥漫着一股忧伤的气息。我把车窗摇下来，凉爽的微风吹在脸上感觉很舒服。我想着曼迪·罗杰斯，以及所有和她一样的年轻人，他们来到这座海岸城市，满怀希望有一天能和多丽斯或洛克同台飙戏，配上貂皮大衣、白色电话机和煽情歌曲，这必备的庸俗三件套。在希望泉应该有个男孩依然爱慕着她。我能想象这么一个人，清纯得如同好莱坞山上清澈的天光，一个傻乎乎的男孩，长着一双铲子般的手和一对招风耳朵。她有没有想到过他，在麦田里满怀思念，甚至伤透了心？我为他感到遗憾，即使她不曾有同感。我沉浸在这种情绪里；在这样的时候，这样的雨后。

我在纳比尔街的起点停好车，步行前往彼德逊的住处。我不希望再碰到对面那个老家伙，我想，如果我开车进去，他可能会认出奥兹——他这种人更容易记得车子而不是人。他的小屋关着门，人也不见踪影。这一次，我没去彼德逊的前门，而是绕到后面，湿漉漉的青草在我的脚下沙沙作响。

后院杂草丛生，有结了籽的洋槐丛和某种肆意生长的攀缘植物——上面还开着一朵病恹恹的黄花——把近旁所有的东西都牢牢缠住。这里和前门一样，几格木质台阶通往门廊。窗户上满是灰尘。一只刚刚挨着门打盹的虎斑猫睁开一只眼睛看着我，接着慢吞吞地起身，缓缓走开，尾巴懒洋洋地抽动着。难道说，猫对于人类的了解程度，足以令它们对我们这般鄙视？

我推了推门，但门锁着。意料之中。好在我的钥匙圈上碰巧有个现成的工具，那是我在检察官办公室工作时拿到的，离职时我设法保留了下来，此后事实证明这玩意儿是无价之宝。它是用一种蓝黑色的金属铸造而成，这种材料一般是用来做音叉的，凡是你叫得出名字的锁它都能打开，除了诺克斯堡[①]的大锁。我迅速往身后左右两边各扫了一眼，随后把那玩意儿插进门把手下方的小孔里，摆弄了一阵，又是咬着牙，又是闭上一只眼睛，接着只听到锁芯里咔嗒一声，门把立刻在我的手里转开了。如今的检察官是一个叫史宾格的家伙，一个野心勃勃的政客。我真希望能让他知道，曾在他办公室工作的经历还有点帮助，让我继续做个打击犯罪的独行侠。

我在身后关上门，靠在门上站了一会儿，听听里面有什么动静。一栋废弃的房子里死一般的沉寂，再可怕不过了。凝固的空气中掺和着一丝微甜而干燥的腐败味道。我觉得里面的家具似乎在看着我，像是一群萎靡不振的看门狗，撑不起后腿，连叫也叫不出声。我不知道要找什么。霉菌和灰尘的气味无处不在，灰色蕾丝窗帘无精打采地垂在窗前，这一切都像是在暗示某个地方会出现一具尸体，在一个上锁的房间里，躺在一张床上压出了凹痕，那对眼睛依然带着一丝惊讶，定定地注视着天花板。

但这里没有尸体；我知道。它被碾过，曾一度躺在太平洋帕利塞德的那条路边，接着被收拾好送到停尸房，接着被火化，如今只不过是空气中随意散落的一些分子。在过去的几天里，自从克莱尔·卡文迪什第一次踏进我办公室以来，彼德逊对我来说就是一个鬼魂，若隐

① 美国联邦政府的黄金贮存地。

若现，难以捉摸，像是眼睛里飘浮的一些微粒，你越想看清楚，它们就越飘忽不定。对于彼德逊，我究竟在意什么？什么也没有。我在意的不是他。

那是栋小房子，我不得不说彼德逊打理得还不错。事实上，房间整洁得像是没有人住过。我环顾起居室，又探头看了看卧室。床貌似是医院里的护士铺的，被褥叠得四四方方，枕头平整得如同一块大理石石板。

我翻了几个抽屉，打开几个柜子又关上，这时我听见一把钥匙插进了前门的锁。我的反应一贯是这样：脖子后面的毛发都竖了起来，心怦怦直跳，掌心突然出汗。在这样的时刻，你就像一只心惊胆战的动物，听见一根小树枝啪的一声，被一只皮靴的后跟踩断，抬头只见树影间出现了猎人的侧影。我正俯身面对写字台，手里拿着一个镜框——照片上是一位老妇人，我猜是彼德逊的母亲，她的鼻子上架着一副金属框的眼镜，一脸不高兴地瞪着镜头——当我望向前门，透过布满灰尘的玻璃板，我看见一个女人的头部轮廓。接着门一下子打开了。我慢慢地、小心翼翼地把照片放回写字台。

“天啊！”那女人说着往后退去，吓得一只脚跟重重地踏在木门槛上。“你是谁？”

我立刻发现了两个问题：其一，这就是曼迪·罗杰斯看到的和彼德逊在一起的女人。我说不上我是怎么知道的。有时候，这些念头会闪进你的脑袋，你只能接受。其二，我发现我曾在哪里见过她。她的下巴宽大，肤色偏黑，显得有点憔悴，屁股很宽，胸部很大。她穿着一件紧身的白色上衣，和一条更加紧身的红色裙子，脚上穿着一双白色凉拖，后跟又方又高。她这样的女孩，貌似包里会揣把精致的小手枪。

"没事。"我说着举起一只手让她放心。"我是尼可的朋友。"

"你是怎么进来的？"

"后门没有锁。"

我看得出她在考虑是该留下来，还是扭头就走。"你叫什么名字？"她质问道，故意表现得凶巴巴地。"你是谁？"

"菲利普·马洛，"我说，"我是搞安保工作的。"

"什么样的安保工作？"

我歪着嘴对她微笑，意思是拜托，我只是个小角色。"听着，你不妨走进来把门关上，我不会伤害你的。"

那个微笑应该是奏效了。她确实走了进来，确实关上了门，但眼睛一刻也没有离开过我。

"你是尼可的姐姐，对吗？"我说。

这纯属猜测。我回想起弗洛德·汉森曾提过彼德逊的姐姐去停尸房认了尸。这一定是她。当然，这也可能是我一再听人说起的他众多女朋友之一，但不知怎的，我觉得不是。那一刻我也想起了曾在哪里见过她：在卡维拉俱乐部，她从游泳池出来，穿过那扇门，披着一件毛圈长袍，头上裹着一块毛巾。一样的宽脸孔，一样的绿眼睛。所以当她出现的时候汉森愣了一会儿。她就是彼德逊的姐姐，他不希望我见到她。

此刻她往旁边挪了几步，依然看着我，警惕得像只猫，她走到一把扶手椅边，把一只手放在椅背上。她身边有一扇窗，因此我把她看得很清楚。她的头发几乎是黑色的，只是根部带有古铜色。她给人一种难以说清楚的感觉，像是上帝塑造她的时候，在进行最后的步骤之前被打断，再也没回来把作品圆满完成。她是那样一种女人，她有个姐妹的话应该是大美人，但自己就是差了那么一点。"马洛，"她说，"你是说你叫这个名字？"

“没错。”

“那么你在这里干什么？”

我不得不想想怎么回答这个问题。“我在查看尼可的东西。”我心虚地说。

“哦，是吗？为什么？他欠你钱吗？”

“不是。他借了我的东西。”

她噘起嘴。“什么东西？你的集邮册？”

“不是，只是一件我必须讨回的东西。”我知道这话听起来站不住脚，但我必须随机应变，那很不容易。我从书桌边移开。“介意我抽烟吗？你让我觉得很紧张。”

“随你找吧，我又没拦着你。”

我要是带着烟斗就好了；往里面加烟丝能让我拖延时间，想出应对之策。我手忙脚乱地翻出烟盒和一盒火柴，掏出一根，点燃，尽可能慢吞吞地做每一个动作。她依然站在扶手椅那儿，手依然放在椅背上，眼睛依然盯着我。

“你是尼可的姐姐，对吗？”我说。

“我叫林恩·彼德逊。你说的话我一句也不相信。你不如老老实实地承认你到底是谁，你看怎么样？”

我小看了她，她挺有胆量的。毕竟，我是擅自闯入的人，她撞见我在她弟弟的房子里转悠。我可能是个盗贼。我可能是从疯人院逃出来的疯子。我是什么人都有可能。我也可能带着武器。但她不为所动，坚持立场，不跟我瞎扯淡。要不是在这种情形下，我没准会请她和我一起出去，找个地方喝一杯，看看接下去会怎么样。“好吧，”我说，“我叫马洛，这是千真万确的。我是一个私家侦探。”

“没错。我还是小红帽呢。”

“是这样，”我一边说一边从钱包里掏出一张名片递给她。她看了看，皱起眉头。“有人委托我调查你弟弟的死因。”

她没有在听。此时，她开始点头。“我见过你，”她说，“你和弗洛德在一起，在俱乐部里。”

“正是，”我说，“没错。”

“难道弗洛德也借了你的东西，你必须要回来？”

“我当时在和他谈论尼可。”

“和他谈论尼可？”

“关于你弟弟死去的那天晚上。那天晚上你在那里，对不对，在俱乐部？”她一言不发。“你看到你弟弟的尸体了吗？”

“弗洛德不会让我看的。”

“但是第二天你去认尸了，在停尸房，对吗？你弟弟的尸体，我是说。那一定很难辨认了吧。”

“这一点也不有趣。”

我们各自沉默了一会儿。我们像是一对网球选手，在两局间的休息时间喘口气。接着她走上前，来到写字台边，拿起那张镶框的照片，上面就是那个戴着金丝边眼镜、表情刻薄的老妇人。“这不会是你要找的东西。”她说。她转向我，面带冷冷的微笑。“这是玛吉姨妈。她把我们带大的。尼可恨她——我不知道为什么他的写字台上放着她的照片。”她把照片放下。“我要喝点东西。”她说着从我身边走过，走向厨房。

我跟在她后面。她从墙上的一个柜子里拿下一瓶帝王威士忌，接着在冰柜里翻找冰块。“你呢？”她扭头对我说，“你要来一杯吗？”

我从架子上拿了两个高脚玻璃杯，把它们放在煤气炉边的柜子上。她把一盘冰放在水斗里，用水冲冰格的背面，于是好几块冰开始松动了。她把它们倒进杯子里。“看看那下面有没有调酒的饮料。”她说。我把她指的碗橱打开，找到两罐小小的加拿大干姜水。我喜欢苏打水倒在冰块上发出的那种咔兹咔兹的声音；这种声音总能令我精神振奋。我能闻到林恩·彼德逊的香水味，一种浓烈妖娆的香味，同样令人精神振奋。看来这次意外的相遇并不是那么糟糕。

“祝你好运，干杯，老兄。”林恩说着，拿她的杯子口同我的杯子碰了一下。接着她后仰靠在水斗边，上下打量了我一眼。“你看上去不像是个探子，”她说，“不管是不是私人的。”

“那我看上去像什么人？”

“很难说。赌鬼，也许吧。”

“赌局里我只压单数，这是出了名的。”

“你赢了吗？”

“不够多。”

劣质的烈酒在我的体内缓缓发劲，如同夏日的阳光慢慢扩散在一片山坡上。“你认识克莱尔·卡文迪什吗？”我问道，虽然我或许不该问。“尼可的女朋友。”

她突然放声大笑，几乎被饮料呛到。“那个冷美人？”她粗声粗气地说，带着难以置信的微笑注视着我。“他的女朋友？”

“据我所知。”

“好吧，那么应该是真的，我想。”她又大笑起来，一边还摇了摇头。

“那天晚上她也在那儿，在俱乐部——尼可死的那天晚上。”

“是吗？我想不起来了。”此刻她皱起眉头。“她委托你来打探那晚发生的事情？”

我又喝下一口德华先生最好的产品[①]。房间里的阳光越来越强烈。“告诉我停尸房里的情况怎么样。”我说。

---

① 帝王威士忌品牌由约翰·德华于1846年在苏格兰伯斯成立。

她再次打量着我，眼神和第一次看我的时候一样。“你说情况怎么样是什么意思？他们把我带到一间白色的房间，掀开布单，我看见尼可，他死了，像只感恩节火鸡。我流下了眼泪，那警察拍拍我的肩膀，把我带走，事情就是这样。”

“什么警察？”我问。

她耸耸肩。“我不知道什么警察。反正他在那里，问我这是不是我弟弟，我说是的，他点点头，我就走了。警察就是警察。在我看来他们都长得差不多。”

我隐约听见房子前面的街上有辆车停下了。我没有多想，其实我应该警觉起来。“他没有告诉你他叫什么名字？”

“就算说了我也忘了。听着，马洛，这究竟是怎么一回事？”

我别过脸去。我在考虑，是不是要说出克莱尔·卡文迪什告诉我的话，有天她看见尼可在旧金山的市场街上匆匆穿过人群？会不会太冒险了？我想说，但又不知道要怎么说，这时，我注意到她望向我的身后，表情很诡异。我转过身，与此同时，后门开了，一个家伙手里拿着一把枪走进房间。一个墨西哥佬。他身后跟着第二个墨西哥人。后者没有枪。他看上去根本不需要枪。

11

我一直都不知道他们叫什么名字。为方便起见，我在心里把他们称为戈麦斯和洛佩兹。倒不是说他们会优先考虑对我，或者其他人行个方便；这一点我马上知道了。戈麦斯是动脑的，但点子都不怎么样，洛佩兹则是动手的。戈麦斯一副五短身材，方正敦实，对一个墨西哥人来说胖了点，而洛佩兹瘦得像条响尾蛇。街对面的老家伙曾说他们衣着时髦，可见他对于男装的品味令人无法苟同。戈麦斯穿着一件双排扣、肩膀四四方方的灰蓝色西装，系着一条领带，上面印着一个半裸的泳装美女，显得很粗劣。洛佩兹的夏威夷衬衫是我见过最花哨的。他的白色工装裤一定是很久以前买的，新的时候应该是干净的，现在又旧又脏。他脚上穿着露趾凉鞋，脚趾头脏兮兮的。

注意，别误解我的意思，我并不是歧视墨西哥人。墨西哥人大部分都是温和善良的好人。我很喜欢他们的食物、他们的啤酒和他们的建筑。我曾经在瓦哈卡州①一家舒适的酒店里，在一位亲爱的女性朋友的陪伴下，度过了一个非常愉快的周末。那里昼暖夜凉，黄昏时分，我们坐在索卡洛（宪法广场），喝着咸咸的玛格丽塔鸡尾酒，欣赏带有墨西哥风情的街头乐队表演。那是我眼中的墨西哥。戈麦斯和洛佩兹则完全不是这么回事。我估计，他们应该来自靠近边境的那些民风粗犷的小镇。我听见林恩·彼德逊一看见他们就吓得倒抽了口气。我大概也倒抽了口气。毕竟，他们这架势真够吓人的。

他们急不可耐地闯进门。依我看他们就是那种毫无耐心的人。戈麦斯的枪是一把又大又沉的镀银自动步枪，看上去它的火力不亚于小型的榴弹炮。手里端这种枪的人，是不会跟你多啰嗦的。他漫不经心地握着它，可见他和这把枪是多年的老搭档了。而洛佩兹像是个玩刀的家伙；一副脾气火爆、眼神凶狠的模样。我想起那个巴尼餐厅的酒保，特拉维斯，拿这两人开玩笑，他说的一定是他们——舞刀弄枪的两个人。有意思。他不知道他形容得多么精准。

一开始戈麦斯看都不看我和林恩·彼德逊。他迈着大步径直穿过厨房走进起居室，一声不吭地在那儿待了一会儿，我猜是稍作查看，接着又走了回来。他是个急性子，和他的搭档一样，可以想象，他胡乱套上这件宽松的西装时也是这副德性。在此期间，洛佩兹站着门口盯着林恩·彼德逊看。戈麦斯也看了看她，却对着我说话。“你是谁？”

这个问题我都听烦了。“我叫马洛，”我说，接着又补充道，“我想这一定是误会吧。”

“什么误会？”

“我敢肯定你找错人了，这位是卡文迪什小姐。”我感觉到林恩·彼德逊吃惊地瞪着眼睛。当下我唯一能想到的名字就是这个。“卡文迪什小姐是租房代理。她在带我看房。”

“为什么？”戈麦斯问道。我觉得他只是为了提问而提问，毫无意义，虽然他是想提出一些更尖锐、更有针对性的问题。

“这个嘛，”我说，“我想要租房。”这句话把洛佩兹逗乐了，他放声大笑。我发现他长着兔唇，缝得很马虎。“你们是侦探吗？”我问道。这句话让洛佩兹笑得更欢了。这时他嘴唇上的缝裂开了，一颗

---

① 位于墨西哥南部。

黄板牙隐约可见。

“当然。”戈麦斯说，他全无笑意。“我们是警察。”他开始注意我身边的女人。“卡文迪什，”他说，“你不叫这个名字。我说得对吗？”她想要反驳，但他不耐烦地在她面前舞动着枪管，像是竖起一根巨大的食指在指责她。“不，不，不，小姐。你不会对我说谎。如果你说谎，你会付出代价。你的真名叫什么？”她不作声。他耸耸肩，外套的垫肩歪向左边。“没关系，我知道你是谁。”

他移到一边，换了洛佩兹走过来，站在这女人跟前，笑眯眯地看着她的眼睛。她一个劲儿地退缩着。他的口气一定不好闻。戈麦斯说了几句西班牙语，我听不懂，洛佩兹皱起眉头。“你叫什么，小妞？”他细声细气地说，“我敢说你有一个好听的真名。”

他把一只手伸到她右边的乳房下面并托起它，像是在掂它的分量。她往后挣开，但他紧随不放，又伸出手。他让我忍无可忍。我一只手抓住他的手腕，另一只手抓住他的手肘，把两个关节往不同的方向猛地一拧。这一定很痛，他大叫一声，把手臂从我手里挣开。不出所料，他的另一只手，也就是左手亮出了一把小刀。那是一把很小的短刃刀，但我再傻也知道他拿刀做什么。

“听着，你别乱来。”我说，故意扯着嗓子，装得像个一心只想租房的家伙，只为谈个好价钱，不想惹祸上身。“但放过这位女士吧。”

我能感觉到林恩·彼德逊很害怕；这种恐惧感如同狐狸的气味，弥漫在空气中。我正好带着我的三八式左轮手枪，放在腰带一侧的弹簧式枪套里。我希望，趁墨西哥人还没发现，设法把枪拔出来，同时避免被他们射中或是刺伤。在电影里你常看到这种人，快枪侠；他们的枪被嗖地拔出，犹如闪电一样，在他们的食指上打转。不幸的是，现实生活不是这么回事。

洛佩兹再一次逼近——这次是冲着我，而不是林恩，他的小刀随时会刺过来。但他的同伙对他讲了几句我听不懂的西班牙语，还对他挥了挥枪，于是他退开了。

“把你的钱包给我。”戈麦斯对我说。他的英语说得不错，虽然带有一点西班牙语的卷舌音。我举起双手。

“好吧，”我说，“我说过，你弄——”

我没法再说下去了。我几乎没看见枪扫过来，只觉得枪管打在我右边的颧骨上，又闷又重的一下，把牙齿根都敲松了。我身边的林恩·彼德逊轻轻地叫了一声，一只手捂住了嘴。我差点倒下，但及时撑住了自己，努力站稳了。我脸颊上的皮肤破了，我感觉到温热的血流下来，沿着下巴往下滴。我抬起一只手摸着脸，再一看，手上沾着深红色的液体。

我正要开口，但戈麦斯再次打断了我。“闭嘴，狗娘养的！[①]”他露出紧咬的门牙。在黑皮肤的反衬下，牙齿显得很白。他一定有着印第安人的血统。被手枪抽打的时候，脑子里居然会闪过这些念头。够了，我下定决心。我假装伸手到口袋里去掏手帕，其实是把手伸向腰带，掀开枪套的盖子，手指放在弹簧上。这是我最后的意识，接着便不省人事，昏迷了好一会儿。

① 后面一句是西班牙语。

12

突然袭击我的一定是洛佩兹。我不知道他是用什么打我的——准是一根金属棒——但它不偏不倚地打在颅底右侧突出的骨头上。我一定是直挺挺地倒了下去。我进入了一种无意识的状态，和一个人入睡后的感觉完全不同。首先，我没有做梦，感觉不到时间的流逝——好像一瞬间就醒了过来。这像是死亡的预演，如果死就是这种滋味，倒也不是那么糟糕。醒来的时候我才真正感觉到疼痛。我脸朝下俯卧在地，嘴巴被自己的血和口水粘在地面铺的油布上。更别提我的颧骨是什么感觉了。每一种痛都各不相同，而这一种根本就是剧痛。

我睁着眼睛在那里趴了好一会儿，整个房间像座旋转木马似的转啊转，我等着它停下。光线很微弱，我估摸已经到了黄昏，但接着我听到了雨声。我的手表停了——我倒下的时候一定是将它重重地撞到了某个地方。我不知道自己昏迷了多久。半小时左右，我想。我把双手放在地板上，把自己撑起来。仿佛有只啄木鸟缓慢而有力地一记记敲打着颅底那块骨头。我用手指摸了摸。那肿块又硬又热，大得像个熟鸡蛋。看来我急需冷敷，还要多次服用阿司匹林：痛的时候还在想这种无聊的问题，这不是不可能。

我的钱包还在，但腰上的枪套空了。

接着我想到了林恩·彼德逊。我环顾厨房，查看了起居室。她不见了。我不是真的指望她还在这里，我也看到了洛佩兹看她的眼神。

我停下来深吸了一口气，随后走进卧室，但她也不在里面。墨西哥人把房子翻了个底朝天，看起来像是被一阵龙卷风扫过。他们把所有的抽屉都清空，把每一个柜子都洗劫了一遍。沙发被划开，里面的填充物被拉扯出来，卧室里的床垫也是一样。他们一定是急于找到某件东西。我有种感觉，他们没有得手。

彼德逊这家伙究竟是什么人？如果他还活着，又到底在哪儿？

琢磨着彼德逊和他的下落，倒是让我顾不得去想他姐姐和她的下落。我敢肯定墨西哥人把她带走了。他们早就知道她是谁，慌忙中我想要掩饰她的身份，却未能骗过他们。但他们会把她带到哪儿去？我不知道。没准他们早就直奔边境而去了。

我突然觉得很虚弱，于是坐在被开膛破肚的沙发上，抚摸着我那肿起的、满是血污的脸颊，试着整理出头绪，下一步该怎么做。我没有墨西哥的线人，一个也没有。我甚至没有见过他们的车子，根据街对面那好事的老头所形容的，那车子带有一个千疮百孔的帆布顶篷。我必须报警；别的什么也做不了。我拿起搁在沙发旁矮桌上的电话，但没有声音——也许几个星期前就已经停机了。我掏出一块手帕，开始擦拭电话听筒，接着又放弃了。有什么用？到处都是我的指纹，后门的把手上、厨房里、这个起居室里、卧室里——除了阁楼，如果有阁楼的话。总之，何必要掩盖？我已经同乔 · 格林谈过彼德逊了，我还准备再次同他谈谈彼德逊的姐姐，只要我一鼓作气地从这个沙发上站起来，回到办公室。

我走出门绕过房子的一边。怎么又下雨了？六月份一般不会下雨。看到我的车不在前面，我以为墨西哥人把它偷走了，但接着想起我把车停在了街上。钻进车里后，我已浑身湿透，身上闻起来像只羊——倒也不是说我靠近过羊，知道羊身上的气味。我掉了个头，驶上大道。此时，倾泻的雨丝犹如一根根亮晶晶的金属杆，而西边的天空却像是一口炼金的熔炉，通红通红的。仪表盘上的时钟显示现在是六点一刻，但这个钟从来都不准。不管现在是几点，反正天快要黑了，不然就是我的眼睛出了问题。

我决定不回办公室，而是返回月桂谷。我抵达那里时，夜幕真的降临了。我第一次觉得通往前门的红杉木台阶竟然那么长那么陡。进了门，我换下外套和衬衫，走到浴室里查看脸上的伤。我的颧骨上有个深红色的口子，周围的皮肤是五颜六色的，我用一块湿毛巾敷了一下，凉凉的触感缓解了疼痛。看来那个肿块要过很久才会消除。好在伤口还不算太深，不需要缝合。

我走进厨房，给自己调了一杯老派的饮品，白兰地加柠檬汁。这花了点力气，但花点力气对我来说不是坏事，能帮助我打起精神。我在早餐台边一把直靠背的椅子上坐下——没错，这该死的房子还有一个早餐台——一边抿着饮料，一边抽了好几根烟，颧骨上的疼率先发难，后脑勺的痛也不甘落后；我无心比较，看来两者不分上下。

我拿下墙上的电话听筒，拨到凶案组。坚守岗位的乔果然在座位上。我告诉他纳比尔街上的房子里发生的事情，但没有和盘托出。他半信半疑。

“你说两个老墨从天而降绑架了这娘们？这就是你要告诉我的？”

“是的，乔，这就是我要告诉你的。”

“他们为什么要把她带走？”

“我不知道。”

好一会儿他都没吭声。我听见他点了根烟，吐出第一口。“又是这个彼德逊，”他反感地说，“老天啊，菲尔，我以为这件事我们已经弄清楚了。”

“我也是这么想的，乔，我也是。”

“那么你在他房子里做什么？”

我花了一秒钟思考答案——什么老套的答案都行。“我的客户想要拿几封信。”我没有说下去。这种谎言会让我陷入比现在更大的麻烦。

“你找到了吗？”

“没有。”

我艰难地咽下一口饮料。里面的糖分让我有了体力，但在白兰地的作用下，我一点儿也不想用那点体力去做费劲的事。

“那么彼德逊的姐姐是怎么卷进去的？”乔问道。

“我不知道。我前脚进门她后脚就到了。”

“你以前认识她吗？”

“不，我不认识她。”

对此乔琢磨了一会儿。“有很多事情你他妈都没告诉我，菲尔——对吗？”

“我知道的我都说了。”我说，其实我们彼此都清楚，这又是一句谎言。“事情是，乔，彼德逊姐姐的这件事，和我处理的事情根本没有关系。这是两码事，我肯定。”

“你怎么能肯定？”

“我就是肯定。墨西哥人曾到过彼德逊的住处——有人看见他们在房子外面探头探脑，往窗子里偷窥之类的。我猜想彼德逊欠他们一笔钱。他们一副讨债的样子，很大一笔债。”

又是沉默。接着，“那个叫彼德逊的娘们，她有没有对你透露，为什么老墨要找她弟弟？”

“没有时间。她正在为我们两个准备饮料，这时候他们从后门闯进来，挥着枪，看上去就不怀好意。”

“哦哦，”乔哼哼着说，“这么说你们两个处得不错，呃，虽然只是第一次见面？听上去很融洽。”

“我被打了，乔，先是被一根枪管打在脸上，接着是一根金属棒之类的打在后脑。我现在看东西还是在打转。这些家伙是玩真的。”

“好吧，好吧，我明白了。但听着，菲尔，这事不归我管。我要给治安官办公室打个电话。你明白吗？也许你早就应该跟你在那儿的朋友伯尼·奥尔兹打个招呼。”

“他不算是什么朋友，乔。”

“在我看来，不管你能交到什么朋友对你都有好处，即使不是真正的朋友。”

“我宁愿你打给他，”我说，“感激不尽。我现在状态不太好，即使我状态很好伯尼也会惹我生气——或是我惹他生气，取决于当时的天气和时间。”

乔对着话筒叹了口气。那声音像是一辆货运列车从我耳边呼啸而过。“好的，菲尔，我打给他。但你最好在他敲门的时候把你的说辞准备好。伯尼·奥尔兹可不是乔·格林。”

你说得没错，乔，我想说，这一点上你说得完全正确。但我只是说，“谢谢，我欠你一个人情。”

“你欠我的不止这个，你这个狗娘养的。”他说，一边大笑一边咳嗽。随后他挂上了电话。我又点了一根烟。那天我是第二次被人叫做狗娘养的。用西班牙语说出来一样难听。

13

我正躺在床上的被单上面，半梦半醒地睡着，这时伯尼来到了我家的前门口。就像几个小时前在尼可·彼德逊家的厨房里一样，把头抬起来都很难，虽然这回铃声在我脑袋里突然响起不像先前那么吓人，像爆炸声。实际上，当伯尼第一次按下门铃时，我把门铃声误认为爆炸声。他紧接着又按了一下，直到看见起居室的灯亮起来，手指才松开按钮。“这究竟是怎么一回事，马洛？”他一边质问，一边从我身边挤过，进了门。

“呃，你也晚上好，伯尼。”

他转过那张怒气冲冲的大脸瞪着我。“还在要嘴皮子，呃，马洛？”

“我很想把嘴缝上。但你知道嘴皮子是什么玩意。”

他的脸色更沉了。我以为他会突然发火。“你觉得这很好笑？”他压低嗓门，恶狠狠地说。

“放松点，伯尼。”我说着把一只手小心翼翼地放在脑后。肿块一点也没有消下去，但这个煮熟的鸡蛋总算冷却了一点。“坐下，来点喝的吧。”

“你的脸是怎么啦？”

“被一根枪管敲了一下。至少那个时候枪没有走火。”

“会有一些淤青。”

我总是会被伯尼的大脑袋吸引住。乔·格林的头也算挺大的，但和这个家伙完全不一样。他脑袋的上半部，眼睛以上的部分特别庞大。你知道有种英国面包叫农家面包，两个面团，一个叠在另一个上面，对吧？伯尼的脑袋瓜就是这个样子，另外，它看起来不像是面团做的，倒像是稍稍烤过的牛肉，用木槌打成了特定的形状。

他穿着一贯的深蓝色法兰绒西装，没有戴帽子，脚上穿着一双为警察定做的黑色鞋子，宽得像条小船，鞋底一圈的边缘有半寸宽。他总是话很多，伯尼这个人，而且不怎么喜欢我，但无论如何他是个正直的家伙，有点小打小闹的时候，你会庆幸身边有这种人。他也是个好警察。要不是司法长官踩着他的脖子不让他升官，他早就是警监了。我喜欢伯尼，虽然我从来不敢斗胆告诉他。

“我刚才在喝一杯老派的饮料，”我说，“要不要来一点。”

“不用了。给我来杯苏打水。”

我准备饮料的时候他在房间里徘徊，右手握拳在左手的手心里碾着，像是古时候的药剂师用研钵和杵在磨药。“告诉我出了什么事。”他说。

我对他说了事情的经过，和说给乔·格林听的版本一样。我讲完之后说道：“伯尼，拜托你坐下来好不好？看着你这样来回走，我的头痛更厉害了。”

他拿着加了冰的苏打水，坐在早餐台的另一边，和我面对面。我又给自己调了一杯加糖白兰地。这治不了我的伤，但会让我感觉好一点。

“我已经通知了所有的巡警，留意林恩·彼德逊，”他说，“乔说，你说那些墨西哥人开着辆改装车，又大又宽的老爷车，带有一个帆布的顶篷。”

“我也是听说的，我从没亲眼见过。”

伯尼看着我，一只眼半睁半闭着。“你是听谁说的？”

“街对面的老家伙。他是居民区的包打听，什么都逃不过他的眼睛。”

“你今天跟他聊过？”

“不——是之前有一天，我第一次去那儿的时候。”

“替这个委托你的神秘老兄去打探消息，对不对？”

“如果你想这么说，随便你。”

我觉得很好笑，他以为我的客户是个男的。乔·格林一定是懒得对他说明细节。这很好。伯尼知道得越少越好。

“你要不要告诉我他是谁，他为什么叫你调查彼德逊？”我慢慢地摇摇头；我无法快速摇头，因为后脑勺的肿块隐隐作痛。“要知道你迟早得告诉我的。”他吼道。

“如果要说的话，那也是很久以后，也许等到你自己发现之后。我不是那种告密的小人，伯尼。这违背了我的职业操守。”

他笑了。“听听他的话！”他喝道，“他的职业操守！你以为自己是谁，某个倾听别人告解的神父，保守他们的秘密？”

“你了解这一行，”我说，“我是专业的，就像你一样。”此时我的脸颊已经肿得很厉害，我往下看就能看到淤青的皮肤。伯尼说得对：我的英俊容貌惨遭破坏，要好一段时间才能恢复了。“不管怎么说，”我接着说，“林恩·彼德逊和墨西哥人的事情，和我调查的东西是两回事。两者毫无关联。”

“你怎么知道？”

“我就是知道，伯尼，”我倦怠地说，“就是知道。”

这句话再次惹恼了他。他喜怒无常：任何事情都会把他惹火。他那张堆满肉的脸有点发紫。“你真该死，马洛，”他说，“我应该立刻把你送到市中心，起诉你。”

这是伯尼的策略，在漫长的职业生涯中经过了尝试和检验：如果怀疑，马上起诉。

“少来啦，伯尼，”我故意轻描淡写地说，“你不能拿我怎么样，你很清楚这一点。”

“对于你用来打发我和乔·格林的这些鬼话，什么墨西哥强盗之类的，如果我一个字也不信呢？”

“我为什么要编造这些？我为什么要谎报一个女人的失踪？”

他砰的一声把苏打水杯子砸在桌子上，因为太过用力，一块冰块跳了出来，滑过地板。“你为什么要做你做的那些事？你是我认识的最狡猾的狗娘养的——这还是好听的。”

我叹了口气。又来了：说我是一条母狗生的。也许他们都知道一些我不知道的事情。此时我的颧骨和后脑勺同时发痛；像是两位丛林风格的鼓手在我脑袋里练习着一段难度很高的曲子，于是我决定，该给伯尼下个逐客令了。我站了起来。“如果听到什么你会打电话给我的，对吗，伯尼？”

他仍然坐着，若有所思地抬头看着我。“你和这个叫彼德逊的娘们，”他说，“你确定你们今天是第一次见面？”

“没错。”这多少算是实话：我和她在卡维拉俱乐部的一面之缘不能称为见面，再说了，这也不关他的事。

“这不像你，马洛，放弃这样一个机会——漂亮的女人，没人住的房子里面还有个卧室，那样的事。”伯尼揶揄起来比生气可怕得多。“你告诉我，你没有接受这送上门的好事？”

“没有什么送上门的好事。”另外，他说这不像我，是什么意思？在这方面伯尼对我了解多少？一点也没有。我的手在身体侧面握起拳头，他看不见。不是只有他会被激怒。“我累了，伯尼，”我说，“今天我倒霉透了。我需要睡觉。”

他站起来，用力拉了拉西装裤子的腰带。他越来越胖了，我先前没有注意到他的肚子那么大。好吧，我自己也没有越活越年轻啊。

“如果你的巡逻车有什么发现，你会打给我的，对吗？”我说。

“为什么要打给你？你自己说的，你手里的工作同这件墨西哥人和失踪女人的事情毫无关系。”

“不管怎么说，我想知道。”

他把头歪到一边，像是耸了耸肩。“也许我会打给你，也许不会。”他说。

“看什么而定？”

“看我的心情。”他用一根指头戳了戳我的胸部。“你是个麻烦，马洛，你知道这一点吗？在特里·伦诺克斯这个案子的时候，我就应该把你抓起来，当时我有机会。”

特里·伦诺克斯是我的一个朋友，他因为谋杀罪而出逃——被谋杀的是他的妻子——接着在墨西哥一个旅馆的房间里举枪自尽，大概伯尼·奥尔兹这样的人都会这么认为。那时候也没有理由抓我，伯尼很清楚这一点。他只是想把我给惹毛了。我可不想让他得逞。“晚安，伯尼。”我说。

我伸出一只手。他看看我的手，又看看我，握住了它。“碰到我这样大度的人算你走远。”他说。

“这我知道，伯尼。”我顺从地说。没有必要再一次把他惹火。

等到伯尼上了车，驶向道路尽头的转向圆环，这时另一对车灯从对面方向一路扫过来。伯尼经过那辆车时放慢了速度，想看清楚司机，接着便开走了。我正要把前门关上，这辆车突然刹住，停在我的台阶前。我把手伸向腰带上的枪套，但又想起我的枪没了。不管怎么说，来拜访我的不是墨西哥人。这是辆红色跑车，进口货，阿尔法-

罗密欧，实际上，车里只有一个人。在来者打开车门下车之前，我就已经知道那人是谁。

有没有注意过一个女人是如何走上一道台阶的？克莱尔·卡文迪什像其他女人一样，始终低头看着自己的步子，她干脆利落把两只脚交替着踏上每一格台阶。感觉像是看着一个溜冰的人画出一排小小的8字形。

“呃，你好。”我说。此时她来到了我跟前，抬起头来。她微微一笑。她穿着一件薄外套，系着一条头巾，戴着一副墨镜，尽管现在天已经黑了。“我看得出你不想被人认出来。”

她的笑容稍稍敛起。“我不确定，”她疑惑地说，“我是说，我不知道你是不是——我不知道你是不是在家。”

“好吧，我在家，你看到了。”

她摘下眼镜，细看着我的脸。“你怎么了？”她抽了口气问道。

“哦，这个？”我说着用一根手指碰了碰脸颊。“撞到了柜子的门。进来吧。”

我退到一边，她从我跟前走进去，依然关切地看着我眼睛下面那块又紫又黄的淤青。我在身后关上了门。她解下头巾，我帮她脱下外套。我闻到了她的香水味。我问她是什么香水，她告诉我叫兰格利什·蕾丝。此时我确信自己曾在某个地方闻到过这种香味。“想喝点什么吗？”我问道。

她转向我。她的脸红了。“我希望你不要介意我过来，”她说，“我希望听到你的消息，而当我没有……”

当你没有我的消息，我想，你决定坐进你的红色小跑车，出来了解一下马洛凭什么来赚取你付的钱——碰巧你还没有付钱给他。“对不起，”我说，“我没有什么值得告诉你的消息。我准备明早打电话给你，只是保持联系。”

“你是要赶我走吗？”她突然用一种绝望的口气问道。

“不，”我说，“你怎么会这么想？”

她稍稍松了口气，微笑着咬起嘴唇。“要知道我很少会感到不知所措。你似乎对我有这种效果。”

“是好还是不好？”

“我不知道。我在努力适应，好让我来判断这是好是坏。”

接着我吻了她，或者说她吻了我，或者说我们不谋而合。她把双手放在我的胸口，但并不是要把我推开，我把手绕到她的背后，抚摸着她的肩胛骨，像是一对折起的、温暖的翅膀。

“喝点东西吧。”我说。我发现自己的声音有点发抖。

“来点威士忌好了，”她说，“加水，不要加冰。”

“英国人的风格。”我说。

“你是说爱尔兰人的风格吧，”她笑着说，“但只要一点点，真的。”

她把脸靠在我的肩膀上。我在想她知不知道我和她母亲聊过了。也许她就是为此而来，想知道那个老太婆说了什么。

我离开她去倒饮料。我也给自己倒了一杯威士忌，不加水的。我需要它，虽然我不知道它和我先前喝下的白兰地混在一起会有什么效果。我回去的时候，她正在东张西望，什么都不放过——破旧的地毯、土气的家具，镶在廉价相框里不知名的照片，一个人玩的棋盘。直到有另一个人踏进来，你才会意识到自己居住的空间是多么狭小。

“这么说，”她说，“这就是你的房子。”

“我租的。”我说，听起来像是急于辩驳。“房东是帕路沙夫人。她搬到爱达荷州去了。大部分东西都是她的——或是属于已故的帕路沙先生。”住嘴马洛，你在胡说什么。

“你还有一台钢琴。”她说。

放在角落里的是一台斯坦韦牌直立式钢琴。我已经习惯了它摆在那里，早就对它视而不见了。她走过去把盖子掀开。

“你会弹？”我问道。

“会一点。”她又微微地红了脸。

“为我弹点什么吧。”

她转过身诧异地看着我。“哦，我不能这么做。”

“为什么不能？”

“呃，那会显得——显得俗气。再说，我弹得不够好，只能给自己弹弹。”她盖上盖子。“再说我肯定它已经走音了。”

我喝了点我的威士忌。“我们不妨坐下来，”我说，“这沙发看起来不舒服，其实还不错。”

我们坐下了。她交叉起双腿，把杯子搁在膝盖上。她几乎没有碰威士忌。远处传来警车的汽笛声。我点了一根烟。有的时候，你会觉得自己被带到一座悬崖边丢在那里。我清了清嗓子，接着又咳了一次，因为实在忍不住。我在想她怎么会有我的地址。我不记得给过她——再说，我为什么要给她？我觉得有点烦躁不安。也许我真的站在了悬崖边，脚下是万丈深渊。

“我知道我母亲跟你谈过。”克莱尔说。她的脸又红了。“我希望没什么事。她可能有点强势。”

“我喜欢她，”我说，“我不知道她是怎么知道我的。”

“哦，当然是理查德告诉她的。他什么都告诉她。有时候我觉得他娶的是她而不是我。她说了什么？你介意我问吗？”

“一点也不介意。她想知道你为什么雇用我。”

“你没有告诉她吧？”她的声音紧张起来。我冷冷地看着她，什么也没说。她垂下眼睛。“对不起，”她说，“我太傻了。”

我站起来，走到饮品柜，给自己又倒了一杯威士忌。我没有坐下。“要知道，卡文迪什夫人，”我说，“我非常困惑。也许我不应该承认，但事实如此。”

“你不再叫我克莱尔了？”她问道，并抬起那双美丽的眼睛看着我，那对令人想亲吻的嘴唇微微张开着。

“我在考虑。”我说。

我转过身，来回踱了几步，就像刚才的伯尼那样。克莱尔看着我。“你为什么感到困惑？”最后她问道。

“因为我想不明白。我不知道该怎么想。你为什么要追踪尼可·彼德逊？你就这么在乎他？就从我对他的那么一丁点儿了解来看，他根本不是你喜欢的类型。即使你对他很着迷，既然他都用诈死的方式来欺骗你，你是不是应该有所醒悟？总之他究竟为什么要那么做？他为什么要消失不见？”

我再一次站在她的面前，低头看着她。我注意到她紧紧地握着杯子，关节都发白了。“如果要我继续找他，如果要我叫你克莱尔，你要给我一点帮助，卡文迪什夫人。”

“什么样的帮助？”她问道。

“你能想到什么都可以。”

她心不在焉地点点头，再次环顾房间。“你有家人吗？”她问道。

“没有。”

“父母呢？”

“我说了没有，他们早就去世了。”

“也没有兄弟姐妹？表亲呢？”

“表亲也许有的。我和他们没有联络。”

她摇摇头。“这很悲哀。”

“有什么悲哀的？”我说，突如其来的怒气令我的嗓子有些沙哑。“对你来说，孤独的生活是难以想象的。你就像是一艘梦幻的大游艇，上面满是水手、乘务员、机械师，那些制服笔挺、帽子上有缎带的家伙们。你一定要有这一切，生活才能维持下去，更别提那些穿着白色衣服、在甲板上玩耍的俊男靓女。但有没有看见那条小船正驶向海平线，挂着黑色风帆的那条？那就是我。我这样很快乐。”

她把杯子放在沙发的扶手上，小心翼翼地确保它不会翻掉，接着便站了起来。我们之间只不过隔着几英寸的距离。她抬起一只手，手指轻抚着我脸颊上的淤青。“这么烫，”她喃咕着，“你这可怜的皮肤，这么烫。”我看见她那双黑眼睛的虹膜深处闪动着点点银光。“这房子里有床吗？”她温柔地问道，“你认为帕路沙夫人会介意我们在上面躺一会儿吗，就你和我？”

今晚我的嗓子堵得厉害，需要好好清一清了。“我肯定她不会介意，”我用厚重的声音说，“再说谁会去告诉她。”

14

卧室里有一盏台灯，放在床头柜上，灯罩上画着玫瑰花。这幅画很粗糙，应该是出自一个业余的画师。我一直想把它扔掉，但不知怎的一直没有。倒不是说我对它很有感情。这是一件俗气的艺术品，帕路沙夫人在她的房子里摆满了类似的东西。她喜欢收藏小摆设，帕夫人，也许说她是“囤货狂人”更恰当——她囤积了所有这些不值钱的废品，现在我根本无法摆脱。倒不是说它们有多碍眼。它们大都沦为背景，我几乎已经视而不见。虽然那盏灯是我晚上看见的最后一件东西，当我关上灯，它的模样会在黑暗中我的眼皮下逗留好一会儿。难道那就是奥斯卡·王尔德关于墙纸的那番临终遗言？[①]我们中的一个总要走的。

此时我仰卧着，脸侧向一边，注视着那些玫瑰花。它们看起来像是用一团浓稠的草莓酱涂上去的，后来干了，失去了鲜艳的色泽。我刚刚同一位美女做了爱，她是愿意投入我怀抱的绝色女子之一，尽管如此，我还是感到不自在。事实是，克莱尔·卡文迪什和我不是一路人，这一点我很清楚。她有地位，她有大把大把的钱可以挥霍，她嫁给了一个马球运动员，她还开着一辆意大利跑车。她究竟干吗要同我上床？

我不知道她醒着，但她确实醒着。她一定是再次看透了我的心思，因为她用一种挑逗的口吻问道：“你是不是和你所有的客户都上过床？”

我在枕头上转过头去，面对她。“只有女性客户。”我说。

她微微一笑。最美丽最迷人的微笑中往往带有一丝忧伤。她的微笑正是如此。“我很高兴今晚过来，”她说，“我很紧张，我到的时候你显得那么冷漠，我想我应该转身离开。”

“我也很紧张，”我说，“很高兴你留下来了。”

“嗯，现在我必须走了。”

她在我鼻尖上吻了一下，随后坐了起来。她的乳房是那么小，因而躺下的时候几乎是平的。看到它们我的嘴很干。它们的顶部比较平坦，底部很丰满，尖端翘起的样子很可爱，让我忍不住笑了。“我什么时候可以再见你？”我问道。在这样的情形下，没什么特别的话可说。

“很快，我希望。”

她转到一边，坐在床沿上，背对着我，穿上长筒袜。这是一个美丽的后背，又长又瘦，上宽下窄。我想抽根烟，但我从来不会在亲热过后，躺在床上抽烟。

“现在你准备怎么样？”我问道。

她转过头，目光掠过光溜溜的肩膀。“你指什么？”

“现在是凌晨两点，”我说，“你一般不会在这个时候回家，对吗？”

“哦，你是说理查德会怀疑我上哪儿去了？他出去了，和他的某个女朋友，我猜。我告诉过你：我们有种共识。”

“默契，我想，你用的是这个词。”

她又把脸转了回去，弄起了纽扣。“默契，共识——有什么

---

① 王尔德的遗言：墙纸越来越破，而我越来越老，两者之间总有一个要先消失。

区别？”

“算我吹毛求疵，但我认为还是有区别的。”

她站起来，套上裙子，把一侧的拉链拉好。我喜欢看着女人穿上衣服。当然，这不如看着她们脱衣服那么有意思。这更像是在欣赏一种艺术。“总之，”她说，“他出去了，不会知道我何时回家。再说他也不在乎。”

我先前就注意到她谈起丈夫的口气，平淡无奇，毫无怨意。很显然，这段婚姻很久以前就已经死去了，被埋葬了。但如果她以为一个冷漠疏离的丈夫就再也不会吃醋，那说明她不懂男人。

“你母亲呢？”我问道。此时我自己也坐了起来。

她正在扣上一条宽大的皮带，她停下来疑惑地看着我。“我母亲？她怎么样？”

“她不会听见你回家？”

她笑出了声。“你去过那房子，”她说，“你没看到它有多大？我们各自占据一侧，她住在她的一边，我和理查德在另一边。”

“你弟弟呢——他去哪里晃悠了？”

“瑞德？哦，他有点游手好闲。”

“他做什么？”

“你指什么？我的另一只鞋在床那边吗？天啊，我们真的是乱扔一气，不是吗。”

我探出床边，找到了她的鞋子，递给她。“我是说，他有工作吗？”

这一次，她俏皮地看了我一眼。“瑞德不需要工作，”她说，像是在对一个孩子解释什么。“他是我母亲的掌上明珠，所以他只需要保持脸色红润、甜美可爱就行了。”

“在我看来他不是那么甜美可爱。”

“对你，他不需要装得可爱。”

“你不是很喜欢他，我看得出来。”

她再次停下手里的事情，想着这个问题。“我爱他，那是当然的——毕竟他是我弟弟，尽管我们是同母异父。但确实，我觉得自己不喜欢他，如果有一天他能长大，我会喜欢他的。但我怀疑不会有这么一天。总之，只要母亲健在，他就长不大。”

这似乎有些无礼，我坐在床上，而她正忙着穿戴整齐去面对外面的世界，尽管那是夜晚的世界。于是我下了床，自己也开始穿衣服。

我穿好衬衫，这时她走过来吻了我。“晚安，菲利普·马洛，”她说，“或者早安，我想这么说更合适。”她正要转身离去，我拉住了她的手肘。

“关于你母亲找我谈话的事情，她怎么说？”我问道。

“她怎么说？”她耸耸肩。“没说什么。”

“我在想你为什么不问我她说了什么。难道你不好奇？”

“我问过你了。”

“但不像是你真的很想知道。”

她转身面对我，平静地看着我。“那么好吧，她说了什么？”

我咧嘴一笑。“没说什么。”

她没有回应我的笑。“真的吗？”

“她告诉我香水是如何制造的。还告诉我你父亲的事，他是怎么死的。”

“那是一个残忍的故事。”

“最残忍的故事之一。她是个坚强的女人，能熬过这种事情，继续生活，完成这一切。”

她微微抿起嘴。“哦，是的，她很坚强，不错。”

“你喜欢她吗？”

“你不觉得，这一个晚上你问我的问题够多了吗？”

我举起手。“你说得对，”我说，“是的，只是……”

她等着我说下去。“嗯？只是什么？”

“只是我不知道该不该相信你。”

她冷冷一笑，那一刻我在她身上看到她母亲的影子，那个坚毅的母亲。“下一个巴斯葛的赌注[①]。”她说。

“巴斯葛是谁？”

“法国人。很久以前的人。算是个哲学家。”她走到起居室。我跟着她。我光着脚。她拿起包转向我。她气得脸色发白。“你怎么能说你不相信我？”她说着对卧室的门点了点头。“经过了这种事情，你怎么能这么说？”

我走过去又给自己倒了一杯威士忌，背对着她。“我没说我不相信你，我是说我不知道该不该相信你。”

这句话让她怒不可遏，气得跺脚。我回想起林恩·彼德逊站在她弟弟住处的门口，也做了同样的动作，但原因不同。“你知道自己是什么东西？”她说，“你是个迂腐的老顽固。你知道什么是迂腐的老顽固？”

“一个大舌头的乡巴佬？”

她瞪着我。谁会想到那种颜色的眼眸中会冒出这样的怒火？“你绝对不是一个喜剧演员。”

“对不起。”我说。也许这话听起来言不由衷。“我去拿你的

---

① 1623—1662，法国数学家、物理学家、哲学家和散文家。巴斯葛曾以因果论来考虑是否要相信上帝，它的论证，叫做巴斯葛的赌注。证论的结果是以相信上帝为佳。简略地说，如果你相信上帝而上帝存在，你会没事；如果你不相信上帝而上帝不存在，你也会没事，但如果你不相信上帝而上帝存在，你可能有麻烦，可能要在地狱度过永生。所以，从逻辑角度来看，相信上帝对你有利的机会比较大。

外套。”

我为她提着外套。她只是站在那里，依然瞪着我，下巴微微皱起。“我知道我看错了你。”她说。

“哪方面？”

“我以为你——哦，算了。”

她把手臂伸进外套的袖子里。我本可以让她转身；我本可以拥抱她，本可以说我很抱歉，说得不假思索，真心实意。因为我真的很抱歉。我本可以把这些话咽下去。她也许是迄今为止我人生中最美好的际遇，比琳达·洛林更美好，而我却在此时此地大言不惭地质疑她的可信度，还开着低劣的玩笑。这就是你看到的马洛，就像那个扔掉珍珠的印第安人，那颗珍珠的价值超过他的整个部落。

“听着，”我说，“今天出了点事。”

她转过身看着我，突然显得担忧而警惕。“哦？”她说，“什么事？”

我告诉她自己如何前往彼德逊的房子，我在里面搜索的时候林恩如何进来，墨西哥人又如何闯进来，以及后来发生的一切。我简短地说了一遍，一句废话也没有。我说话的时候，她注视着我的嘴，像是在读唇语。

我说完之后她愣愣地站着，缓缓地眨了眨眼睛。“但是为什么，”她用一种毫无生气的口吻说，“为什么刚才你不把这些都告诉我？”

“刚才有别的事情。”

“我的天啊。”她顿了一下，摇摇头。“我弄不懂你。整个晚上——”她挥着手，做了一个绝望的手势——“在卧室里，所有这些——你怎么能不告诉我——你怎么能这么瞒着我？”

“我不是要瞒着你，”我说，“只是我们之间的事情显得更加重要。”

她再一次恼火地摇摇头，表示难以置信。“他们是谁，”她说，“那些墨西哥人？”

“他们在找尼可。我的感觉是他拿了他们什么东西，或是欠了他们什么——我猜是钱。关于这件事，你知道什么相关的情况吗？”

她又做了一个手势，这一次很不耐烦，不屑一顾。“当然不。”她绝望地环顾房间，接着又看着我。“所以你的脸才会这样？”她问，“是墨西哥人干的吗？”我点点头。她想了想，想要找出合理的原因，把事情弄清楚。“现在他们抓了林恩。他们会伤害她吗？”

“他们是相当心狠手辣的一对。”我说。

她一只手捂住嘴。“我的天啊。”她不住地喃喃自语。这对她来说太残酷了；光是听到就让她受不了。“那警察呢，”她说，“警察来了吗？”

“来了。一个我认识的家伙，司法长官办公室的。就是你来的时候开走的那个人。”

“他来过这里了？你把我的事情告诉他了？”

“当然没有。他完全不知道你是谁，不知道我在为谁办事。而且他永远不会知道，除非他把我押到一个庞大的陪审团跟前，但他不会那么做的。”

她又开始眨起眼睛，甚至比刚才更缓慢。“我有点害怕。”她咕哝着。但她的语气中除了害怕还有一种错愕，像是一个人想不通自己怎么会陷入如此混乱的局面。

“你没必要害怕。”我说。我想要碰触她的胳膊，但她连忙往后退去，像是我的手指会弄脏她外衣的袖子。

“现在我必须回家了。”她冷冷地说道，并转身离去。

我跟在她身后走下红杉木台阶。她背后透出来的寒意足以让我的眉毛结冰。她钻进车子，砰地关上门，随即发动了引擎。一团尾气钻入我嘴里、直冲我的鼻孔，她匆匆地开走了。我走上台阶，再次清了清嗓子。干得漂亮，菲尔，我厌恶地对自己说；干得漂亮。

当我走上最后几级台阶，电话铃响了。不管是谁，半夜三更打来一定不是什么好事。我拿起话筒的一瞬间，铃声停了。我咒骂了一句。我独自在家的时候常常骂骂咧咧的。就像把这栋房子当成了一个人，我也不知道为什么。

我喝完了酒，把我的杯子连同克莱尔的杯子一起拿到厨房，在水斗里洗了，随后把它们倒扣在碗架上晾干。我累了。我的脸很痛，而且后脑勺又开始一跳一跳地疼。

我依然苦笑着赞美自己，今晚对待克莱尔的方式，这时电话又响了。是伯尼·奥尔兹。不知为何我就知道是伯尼。

"你他妈的去哪儿了？"他吼道，"我以为你一定是死了。"

"我出去走了走，和星星聊聊天。"

"很浪漫。"他顿了一下——为了吊人胃口，我猜。"我们找到了那位女士。"

"林恩·彼德逊？"

"不——是拉娜·特纳。①"

"说吧。"

"过来自己瞧瞧吧。恩西诺水库。沿着恩西诺大街开，看到'禁止入内'的标志右转。带上嗅盐——场面可不好看。"

① 美国早期著名女影星。

15

我开着车，窗开着。夜里的冷风吹在我肿起的脸颊上很舒服，但还是不如先前克莱尔 · 卡文迪什的手指那么温柔，但之后我毁了一切，把又气又害怕的她赶到了外面的黑夜中。我无法将她从我的脑海中挥去。因为想着她，就意味着我不必去想尼可 · 彼德逊的姐姐，不必去想水库那里会有什么在等着我。我也不愿费心去想，其实惹怒那两个墨西哥人是犯了一个严重的错误。如果没有激怒他们，如果我保持冷静，想办法和他们周旋，也许就能阻止他们把那个女人带走。可能性不大，却也不是不可能。但对于这件事，换个时间再来愧疚吧。

开车到恩西诺的路不长，尽管路上空空荡荡的，我还是磨蹭了半天，不急着赶到那里。特里 · 伦诺克斯曾住在恩西诺，一栋仿英式的大宅子里，属于一片占地几英亩的高级房产。当年，他的妻子还活着，他和她复婚——他们结了两次婚，也许这就可以解释什么叫祸不单行。

我依然很想念特里。他对自己来说是个灾区，但他是我的朋友，在这个世界上，在我的世界，这是弥足珍贵的——我很难交到朋友。我不知道他现在在哪里，过得好不好。最近一次听到他的消息，是他在墨西哥，花着亡妻的钱。钱花到现在一定所剩无几，我想，特里是那种很会花钱的人。我告诉自己，这几天我要再去一次维克托酒吧，喝一杯琴蕾来纪念他。那是我们常去的地方，我和特里，那时我以为他死了，我去了好几次为他干杯。有一阵，特里把我们全都骗过了。

我累坏了，差点撞进“禁止入内”的标志。我转到右边，立刻看到了前面亮着灯。有两辆巡逻车紧挨着停在路边，此外还有伯尼那辆破旧的雪佛兰，以及一辆救护车，后背的门敞开着，里面的灯光透出来。那是一个奇怪的场景，在这么一个偏僻的地方，在哨兵一般的松树底下。

我开了进去，当我钻出车子，后腰几乎不能动了，开了这么趟车，我浑身僵硬。我是那么想念我的床，即使克莱尔·卡文迪什不在上面。看来我老了，不适合这种工作了。

伯尼和一个穿白大褂的家伙站在一起，后者我认为不是医护人员，就是验尸官。他们脚边放着一具像是尸体的东西，上面盖着毯子。我正抽着一根烟，但我把烟扔在地上踩灭了。我往前走了几步，又退回来，确保烟头完全灭了。也许这玩意就能将西好莱坞烧个精光，尼可·彼德逊住的那条街上的老家伙警告过我，这么做很危险，但在恩西诺是另外一码事。恩西诺如果起火，会令洛杉矶一半的保险公司严重破财。特里·伦诺克斯的房子——应该说是他老婆的房子——价值十多万。但我不必担心，在最近这场雨过后，地面很湿润，一切闻起来都是湿漉漉的，带有树脂的气息。

离伯尼不远的地方站着三四个穿制服的警察，和两个戴着帽子的便衣，他们正用手电筒对着地面照来照去。松叶在灯光中若隐若现。我感觉没有人在用心搜查。此时一对开着车的墨西哥人早就已经穿过了过境，而且，可能还没有线索指向他们。

“你怎么来得这么晚？”伯尼说。

“有好几次我停下来欣赏风景，诗兴大发。”

“可不是吗。拜托——我走了以后你干了些什么？”

“赶着做针线活。”我说。我看着地上盖着毯子的尸体。

“是她？”

“根据她的驾照来看没错。确认身份并不那么容易。”他用一只笨重的鞋尖掀起毯子的一角。“你觉得呢？”

好吧，墨西哥人对她一点儿也不客气。比起上一次看到她，现在她的脸大了一圈；肿得像南瓜，到处都是黑一块青一块的。五官都扭曲了。另外，她的脖子上被开了第二张嘴，一个深深的洞，就在下巴下面。那应该是洛佩兹用他的小刀干的。一时间我回想起林恩站在彼德逊住处的水斗边，手里拿着冰格，转身告诉我加拿大干姜水放在哪里。

“是谁发现她的？”我问道。

“两个孩子开着车想找个僻静的地方热吻一下。”

“她是怎么死的。”

伯尼哼了一声，像是在笑。“看看她——你觉得呢？”

穿白大褂的家伙开腔了。“颈前三角区有一个很深的连续性的横向伤口，切断了静脉和动脉结构，造成了致命伤。”

我瞪着他。他是个老家伙；他已经见怪不怪，显得一脸疲惫，像我一样。

“对不起，”伯尼连忙说，“这是法医，名叫——你说叫什么来着？”

“托兰斯。”

“这是托兰斯医生。医生，这是菲利普·马洛，王牌侦探。”他转向我。“他是说，她的喉咙被人割断了。事情发生的时候，我会说这还算走运。”他挽起我的胳膊，拉着我一同转身，朝外走了几步。“说实话，马洛，”他小声说，“这个女人是你什么人？”

“今天——昨天——是我第一次遇见她。为什么这么问？”

“医生说这些家伙在她身上找了好些乐子。你明白我的意思吗？

后来他们又开始用点燃的香烟、铜指套和小刀折磨她。我很遗憾。”

“我也很遗憾，伯尼。但这没有用——顺着这个方向你查不出什么。我从没见过她，只是这一次，我们还没聊上几句，墨西哥人就闯进来了。”

“你们一起喝了一杯。”

我把胳膊抽了回来。“喝一杯不代表我们准备去买订婚戒指。我和各种各样的人都喝过一杯，一直都这样。我肯定你也一样。”

他往后退了一步，看着我。“老墨对她动手之前，她一定是个挺美的妞儿。”

“伯尼，拜托。”我叹了口气。“我并不认识林恩·彼德逊，不是你想的那样。”

“好吧，你不认识她。她碰巧撞见你把她弟弟的房子翻了个底朝天——”

“看在上帝的分上，伯尼，我没有把它‘翻个底朝天’！”

“不管怎么说，她撞见了你，接下来就是两个老墨跟着她进来，打了你的脑袋，恶狠狠地带着她离开。现在她死在恩西诺一条偏僻的路上。如果你是我，你觉得你会怎么说，‘没事，马洛，别担心，走吧，去忙你的吧，我相信这个不幸的女人被杀，和你一点儿关系也没有，即便你正在寻找她那位应该已死的弟弟’？嗯，对吗？”

我又叹了口气。这不仅仅是因为我受够了奥尔兹的嘲讽——而是我真的累坏了。“好吧，伯尼，”我说，“我知道你只是在履行职责，他们付你工资就是让你干这个。但如果你坚持认为我和此事有牵连，你会浪费很多时间，还会把自己给逼疯的。”

“你确实和此事有牵连，”伯尼几乎是在吼了，“是你在到处打探，调查这个彼德逊的下落，现在他姐姐死了。这不算牵连算什么？”

“我知道她死了。你刚才让我看到了，那边的艾尔伯特·施威策也把血淋淋的细节一字不落地记了下来。但听着，伯尼：这和我一点关系也没有。真的，你必须相信这一点。我就是他们所谓的无辜的旁观者。”伯尼哼了一声。“我，没有撒谎，”我说，“这是巧合，你懂的。就好像你在银行出纳的窗口前，正好有两名歹徒从后面冲过来，抢走了金库里的每一分钱，开枪把经理打死，然后带着赃物逃之夭夭。事实是，你正在那里办点事，把钱存进账户或是取点存款，这并不能说明你同抢劫有关。对吗？”

伯尼一边思考着，一边咬着大拇指的侧面。他知道我说得没错，但在这样一个案子里，所有警察都不愿放过一条他们认为有可能的线索。最后他厌恶地咒骂了一声，拍了我一下，像是在拍打一只苍蝇。“滚吧，”他说，“滚出这里。我讨厌你，你这个道貌岸然的小丑。”

被人这么骂很不舒服。道貌岸然我还能接受，但被说成“可可”[①]这种形象——画着红鼻子，穿着二十号尺码的鞋子——那就是另一回事了。“现在我要回家了，伯尼。”我说，尽量保持友好、平静，甚至毕恭毕敬的语气。“我熬过了漫长而艰难的一天，我需要把这颗疼痛的脑袋放倒，好好休息。如果我发现任何有关尼可·彼德逊，或是他姐姐，或是他任何家人或朋友的情况，如果我觉得和这个案子有关系，我保证不会瞒着你。好吗？”

“滚吧，你个死人头。”他说。接着他转身离去，回到托兰斯医生那儿，后者正指挥其他人把林恩·彼德逊那具伤痕累累的尸体抬进救护车的后车厢。

---

① 拉脱维亚人波拉科夫斯扮演的角色，名叫“小丑可可”，麦当劳叔叔的形象由此而来。

16

我以为事情到此为止了。伯尼查不到那些墨西哥人的下落，正如我所料。他说他联络了一个在蒂华纳边境警局的朋友，调查有关戈麦斯和洛佩兹的去向，但这个朋友一点也帮不上忙。就此，有好几件事情令我感到意外。首先，伯尼在蒂华纳居然有朋友，这么多地方，偏偏是蒂华纳。第二，那个地方居然有边境警局。这么说待在那些路口的家伙就是边防警察了，他们通常穿着土黄色的衬衫，腋窝的地方沾着汗渍，用不耐烦的眼神看着你，挥挥手示意通过，嘴里叼着根牙签，懒得拿出来。下次我开车去墨西哥的时候，一定要记得对他们更恭敬一点。

总之，我不知道伯尼费了多大劲，来追查杀害林恩·彼德逊的凶手。她不是什么有头有脸的人物，不像克莱尔·卡文迪什之类的。事实上林恩·彼德逊是一名舞女，在海湾城的各大夜总会表演。我对这样的生活略知一二，明白其中的酸甜苦辣。我可以想象她是怎么过的。那些手背上长着卷毛的家伙们总想对你动手动脚。夜班经理们对员工有着自己的潜规则。酒精和毒品，深夜里的醉眼蒙眬、精疲力竭，以及廉价旅店里灰蒙蒙的晨光。我喜欢她，虽然我对她了解不多。她应该过上更好的生活，不该就这么死去。

我必须让自己不再去想那两个墨西哥人。对于他们，我感到一团闷闷的怒火烧进了内心。你必须收起失落感，继续往前走。我脸上的伤口正在顺利地愈合，后脑勺的肿块缩小到只有一个鸽子蛋的大小。

几天后，我去了林恩的葬礼，举行的地方是格兰戴尔的一家殡仪馆，我不知道为什么在那儿——也许那是她曾经住过的地方。她的尸体被火化，像她弟弟一样。仪式持续了三分钟。到场的悼念者只有两个，我和一个心不在焉的老姑娘，她顶着一个钢丝爆炸头，歪歪扭扭地涂着唇膏，假装自己嘴很小。之后，我想要同她聊两句，但她刻意避开我，像是她以为我是个刷子推销员。她说她要回家了，她的猫现在一定饿了。她不说话的时候一直努着涂了唇膏的嘴，似乎在不出声地咕哝着什么。我在想她是谁——不是林恩的母亲，这一点我相当肯定。也许是个姨妈，要么只是她的房东。我想要问她有关林恩的情况，但她急着要走，我也不想勉强她。有只饥饿的猫要喂呢。

我开车回到办公室，把奥兹停好。卡汉加大楼的门外，有个穿着红绿格子外套、戴着卷边帽的瘦瘦的年轻人，他原本靠在墙上，突然蹦出来挡在我跟前。“你是马洛？”他长着一张又瘦又黄的脸，颧骨突出，眼睛的颜色很难形容。

“我是马洛，”我说，“你是谁？”

“我的老板想和你谈谈。”他瞄了瞄我身后停在路边的一辆黑色大汽车。

我叹了口气。当这么一个家伙把你堵在上班的路上，通知你他的雇主希望同你见面，你就知道麻烦来了。“你的老板是谁？”我问道。

“上车，好吗？”他稍稍掀开外套的右襟，让我看见里面藏着把又黑又亮的玩意儿，别在肩带枪套里。

我信步走向那辆车。那是一辆驾驶座靠右的本特利，一定是从英国进口的。这个腋下夹着凶器的孩子打开后门，站在一旁让我钻进去。当我俯身的那一刻，我一度以为他会把手放在我头顶，就像电影里警察的做法一样，但我用眼神示意他别太过分了。他在我身后关上了门。啪的一声，非常厚重，像是银行金库的门被关上。接着他又走回去靠在墙上。

我环顾这辆车。满眼都是铬黄和光亮的核桃色。浅奶油色的内部装饰充满了崭新的皮革的气味，皮革味在这种昂贵的英国车里总是特别强烈。前面的驾驶座上坐着一个戴司机帽子的黑人。我上车的时候他一动不动，只是看着前方的挡风玻璃，虽然有一瞬间我从后视镜里瞥见了他的眼睛。眼神可不友好。

我转向身边的那个家伙。“好吧，”我说，“你想要和我谈什么？”

他微微一笑。一个温暖、高贵的微笑，一个快乐、成功的人特有的笑容。“你知道我是谁吗？”他客气地问道。

“知道，”我说，“我知道你是谁。你是卢·亨德里克斯。”

“很好！”他笑得更开心了。“我不喜欢那种费劲的自我介绍，你说呢？”他有一种拿腔拿调、刻意伪装的英国口音。“浪费宝贵的时间。”

“当然，”我说，“无聊得很，尤其是对我们这种大忙人。”

他似乎并不介意被我调侃。“是的，”他轻松地说，“你是马洛，好吧，我听说过你很会耍嘴皮子。”

他是一个大块头的男人，足以占据这辆超大汽车后座的整整半边。他的脑袋形状像个鞋盒子，矗立在三四层肥肉之上，完全看不出下巴在哪里，一撮染成柚木棕的、厚厚的、油光光的头发横搭在他那平坦的头顶上。他的眼睛很小，透出愉悦的神情。他穿着一件双排扣外套，显然用去了好几尺淡紫色的绸子；他松垮垮地系着一条深红色领带，上面还别着一枚珍珠别针。作为一个地痞流氓，他算是穿得很考究了。如果低头一看发现他穿着鞋罩，我也不会意外。亲爱的卢卢，他们背地里这么称呼他的。他拥有一家开在沙漠里的赌场。他是维加斯的大亨之一，和兰迪·斯塔尔以及另外几个家伙一样，都是赌博界难啃的骨头。据说他在派拉蒙皇宫酒店旁边经营着多种产业：卖淫、毒品，诸如此类。他像个大男孩，我们的卢卢。

“根据可靠消息，”他说，“你在寻找某个人，这个人我有兴趣亲自关心一下。”

“哦？那会是谁？”

“一个叫彼德逊的男人。尼可·彼德逊。如雷贯耳，这个名字，是不是？”

“在我听来是嘀嗒的雨声而已，好吧，”我说，“是谁告诉你这个可靠消息的？”

他的笑容露出匪气。“啊，你看，马洛先生——你不会透露你的消息来源，你以为我会这么做吗？”

“你说得有道理。”我掏出烟盒，拿出一根香烟，但没有点燃。“我想你一定知道，”我说，“尼可·彼德逊死了。”

他点点头，使得那多层的下巴晃动起来。“我们都这么以为，”他说，“但现在我们似乎全都错了。”

我玩弄着那根没有点燃的香烟，在手指上转动着。我要好好想想，他是怎么知道本该死去的彼德逊被人看见了。亨德里克斯这种人，不像是和克莱尔·卡文迪什有来往。我还同谁谈过彼德逊的事？乔·格林和伯尼·奥尔兹，还有酒保特拉维斯，以及住在纳比尔街彼德逊家对面的老家伙。还有谁？也许这已经够多了。世上没有不透风的墙；很多讯息都是自己往外流的，总是如此。

“你认为他还活着？”我问道，依然在拖延时间。他显得得意洋洋，露出愉快的笑容，眯起那对明亮的小眼睛。

“哦，拜托，马洛先生，”他说，“我是个大忙人，我肯定你也一样。我们一开始谈得这么愉快，但现在你在故意推三阻四。”他费力地挪了挪身子，显出一副大块头笨重的模样，从口袋里掏出一块大大的白色手帕，大声地擤了擤鼻子。“这城市里的雾霾，严重影响了我的呼吸道。”他斜睨着我。“对你有影响吗？”

“有一些，”我说，“但我这个部位早就已经出问题了。”

“哦，是吗？”

突然间，他似乎不再介意浪费时间了。

“膈膜碎裂。”我说着指向我的鼻梁。

“啧啧，那一定很痛。怎么会这样？”

“上大学的时候，做（美式）足球前锋受了伤，接着一个庸医再次打断了我的鼻子，情况更加严重，接着又试图修复它。”

“哎呀。”亨德里克斯瑟缩了一下。“我连想都不敢想。”尽管如此，我看得出他希望我说下去。我想起别人说他是个抑郁症患者。罪恶的人生造就了这么多不折不扣的怪人，这究竟是怎么一回事？

“你知道彼德逊的姐姐被人杀了吗？”我说。

“是的，没错。牵扯上两个南方来的野蛮家伙，据我所知。”

“你消息很灵通啊，亨德里克斯先生。报纸上可没说凶犯从哪儿来。”

他傻笑起来，像是我给了他很大的夸奖。“哦，我随时把耳朵贴在地上，”他谦虚地说，“你知道我的意思。”他从外衣的袖子上捡出一丝小得看不见的灰尘。“你认为那些南方来的绅士们也在找她弟弟？其实你碰上了他们，对吗？”他又发出啧啧的声音。“我想，或者应该说，他们碰上了你——你脸上的淤青很能说明问题。”

他同情地看着我。他这样的人知道痛的滋味——那种施加在别人身上的痛，应该那么说。接着，他摆出一副谈生意的态度。“不管怎么说，回到手头上的事情——能和我们的朋友尼可聊一聊，我将感激不尽，如果他还活着的话。要知道，他曾经为我办事，定期在老墨和毒贩的地盘上跑腿——没什么大不了的玩意，只是一些在这儿很难弄到的小东西，这里的法律严得过头了。就在他死掉的时候，他要给我的一些东西也不知下落。”

“一只手提箱？”我说。

亨德里克斯长时间、警惕地看着我，眼神闪闪烁烁。接着他放松下来，让自己宽阔的、布满浅紫色褶皱的身躯，舒服地陷在柔软的皮革座位里。“塞德里克，带我们绕公园转一圈，好吗？”

塞德里克的目光透过后视镜，再一次和我相遇。这一次显得稍稍友善一点。我猜想，到了现在，他知道我身上没什么值得他怨恨的。他将车开离了路边。汽车的引擎定是一直空转着，但我听不到一丝噪音。显然英国人对于制造汽车很有一手。我转过身，瞥见那个戴着卷边帽、靠着墙的孩子突然蹦起来，急急忙忙地举起一只手，但塞德里克和他的老板都毫不理会。这样的打手一毛钱就能买来一打。

我们静悄悄地驶进卡汉加大街上的车流中，一路向南，稳稳地保持着二十五码的速度。坐在这么大又这么安静的车子里往前移动，感觉很奇怪。梦中的行车旅程就是这样。亨德里克斯打开身边的车门上安装的一个核桃色小柜子，拿出一管什么东西，拧开盖子，挤出一英寸厚厚的白色膏状物，开始往手上涂。这玩意儿散发出的香味似乎很熟悉。我看了一眼标签：“山谷百合护手霜”。是兰格利什公司出的。这或许是个有趣的巧合，不然就是这座城市里生活在温饱线以上的人，大都使用兰格利什的产品。总之，在我看来就是这样——自从遇见克莱尔·卡文迪什以来，这该死的香味无处不在。

“告诉我，”亨德里克斯说，“你怎么知道我感兴趣的是一只手提箱？”

我转开视线，望向车外卡汉加沿路的房子和店面。我该怎么对他说？我不知道这个词是怎么来的；它就是这么蹦了出来，连我自己也很意外。事实上，我脑子里跳出来的那个词不是“手提箱”而是西班牙语 maleta，我不由自主地翻译了它。

Maleta。我是听谁说的呢？只可能是墨西哥人。当戈麦斯在尼可的房子里，用他那坚硬的银色手枪重击我的头部，令我倒地之后，我一定是还听到了些什么。当我躺在他们脚边，眼冒金星，仿佛有一群叽叽喳喳的小鸟绕着我的头打转——就像希尔维斯特猫被崔蒂小鸟重重敲了一下倒在地上似的[1]，他们一定就在那时开始拷问林恩·彼德逊。

亨德里克斯开始用他那香肠般的手指拍打着身边的皮革扶手。“我等着你回答我，马洛先生。”他说话的口气依然显得亲切友好。“你怎么知道是一只手提箱？难道你和尼可谈过了？你有没有见过那个东西？”

“我猜的。”我心虚地说，再一次把视线移开。

“那么你一定是通灵的高手。这是一种很有用的才能啊。”

塞德里克已经载着我们驶离了卡汉加，现在我们正沿着钱德勒大街向西前进。漂亮的街道，钱德勒大街，沿路没有什么不顺眼的地方：宽阔、干净、夜晚灯火通明。但这里不是公园；这只是亨德里克斯的一个小爱好。他是个爱开玩笑的人，这一点我看得出来。

“听着，亨德里克斯，”我说，“拜托你能不能告诉我这到底是怎么回事？说彼德逊拿着你的手提箱，说他死了，而你拿不到箱子，还是他没死，他拿走了箱子。这些跟我有什么关系？”

他哀伤地看着我，显得失望又生气。“我说了，”他说，“彼德逊把自己弄死了，然后他突然又没死，接着我听说你在调查他的下落。

---

① 希尔维斯特猫和崔蒂小鸟都是华纳公司动画片里的角色。

这引起了我的兴趣。如果我好奇得心痒痒，我一定要挠一挠——原谅我这个粗俗的比方。”

“手提箱里有什么东西？”

“这一点我也已经说过了。”

“不，你没有。”

“你想要一份详细的物品清单，是不是？”

“不需要很详细。”

他的脸色变得难看起来，突然间，他让我想起大学时认识的一个胖男孩，名叫马克逊，如果没记错的话。马克逊是个有钱人的儿子，备受溺爱，脾气暴躁。他很容易怒形于色，就像亨德里克斯一样，特别是当他不开心，或是被人告知他无法获得他想要的东西。过了几个学期，他离开了——有人说被退学了，原因是把一个女孩偷偷带进他的房间痛打了一顿。我不喜欢这个世界上像马克逊这样的人；其实，这种人的存在，是我干这行的原因之一。

“你是不是准备说出我想知道的东西？”亨德里克斯说。

“告诉我里面是什么东西，也许我就会告诉你。也许我还是不会说。”

他看着我，摇摇头。“你是个顽固的家伙，马洛先生。”

“别人都是这么说的。”

“我会被你惹得非常生气——就因为你的态度，没有别的。我在想也许我应该叫塞德里克掉头去接吉米——吉米就是那个戴着可怜的帽子、请你上车的年轻人。吉米为我出手越多——怎么说来着——事情越是麻烦。”

“那个混蛋敢对我动一根手指，我就打断他的后背。”我说。

亨德里克斯瞪大了他那猪一样的小眼睛。“啊哈！”他说，“冷不防我们都是硬骨头。”

“我不知道什么我们，”我说，“但我就是这样，如果有必要的话。”

此时亨德里克斯窃笑起来，弄得他浑身乱颤，就像一块穿着西服的大果冻。“你是个廉价的探子。”他说，并没有提高嗓门。“你知不知道我会叫手下对你做什么？小吉米也许没有威慑到你，但我向你保证，马洛，他的家乡有更多吉米，而且一个比一个块头大，一个比一个凶狠。”

我轻轻拍了拍那个黑人的肩膀。“你可以在这里放我下来，塞德里克。我想舒展一下双腿。”

当然，他没有理我，而是不为所动地继续开车。

亨德里克斯靠回椅背上，摩擦着双手——这次不是为了涂护手霜。“让我们继续下去，马洛先生，”他说，“我们在你办公室外面接你的时候，你看上去不像是有急事要办，那么现在何必急着走呢？多待一会儿，好好享受这次行程。我们可以聊聊别的，如果你愿意的话。你对什么话题感兴趣？”

我突然想到，凭借假装的英国口音和神经质的作风，也许他在卡维拉俱乐部很吃得开。我在想他是否已经是那里的会员。接着我突然想到：弗洛德·汉森一定把我的事情告诉了他。我怎么会忘了自己去过卡维拉俱乐部，和那个经理谈过话呢？我的指尖依然夹着那根香烟，这时我点燃了它。亨德里克斯皱起眉头，按下扶手上的一个按钮，啪的一声打开了身边的车窗，我对着他吐了几口烟，装作不是故意的。

“也许我们可以做个交易，”我说，“你告诉我你对于彼德逊的死知道些什么，然后我告诉你有关他复活的事情。”这是一个风险很大的赌注，特别是因为我对彼德逊死而复生的内情也知之甚少，我手上的消息几乎无关紧要，只是一堆小筹码——其实，连一堆也算不上，仅有的几个筹码都没什么价值。但你还是要赌一把。

亨德里克斯注视着我，观察着，思考着。我猜他也在数着自己的筹码。“就我所知，”他说，“至少根据我所听说的，一个漆黑的夜晚，那个可怜的家伙在太平洋帕利塞德被车撞倒，司机很不负责任，没有停下来。”

“你有没有上那儿去，到事发的地方去看一看？”

他又皱起眉头。“为什么？”他说，“我应该去吗？”这次的皱眉是因为焦虑，而不是厌恶我的香烟。我认定他真的以为我知道大量情况却不告诉他。我还能愚弄他多久？

“好吧。”我说，装出一种暗自得意、深知内情的口吻。“如果他没有被撞死，那么那天晚上发生了什么？是有一具尸体，被送到停尸房，被认作是彼德逊，接着就火化了。那是经过精心安排的。”

说实话，对于这一点，我自己也没有仔细想过。确实有一具尸体，确实有人死了，不管是谁，林恩 · 彼德逊说那是她弟弟。但如果彼德逊没有死，那么死者是谁？也许是时候再去找弗洛德 · 汉森谈一谈了。

也许没有必要了。也许是时候把尼可 · 彼德逊、他姐姐、卡维拉俱乐部以及克莱尔 · 卡文迪什都给忘了——但是，等等，克莱尔？其他的很容易抛在脑后，但对这个黑眼睛的金发女郎我可做不到。我曾说过这句话，我知道我还会再次说起，那就是：女人只不过是祸水，不管你说什么，做什么。我想起床边的台灯上画的玫瑰花。那个色调，就像奥斯卡的墙纸，注定是要褪去的。

亨德里克斯又陷入了沉思。别看他说起话来能言善辩，脑子转起来就不那么灵了。“尼可一定是自己安排了这一切，”他终于说话了，“事故、逃逸的车子、尸体火化。这很明显，不是吗？”

“他一定需要协助。再说，他需要一具尸体。我想他不可能找到自愿的人——不可能有这么乐于牺牲的朋友。”

亨德里克斯再次沉默了一会儿；接着他摇摇头，像是有苍蝇绕着他。“这都无所谓，”他说，“这些我一点也不关心。我想知道的就是他是否还活着，如果是这样，他在哪里。他拿着那个手提箱，而我要拿到它。”

“好吧，亨德里克斯，”我说，“我会对你说实话。我说了你可别对我发火——别忘了我可不是自愿要上这辆车的。”

“好吧，”他愁眉不展地说，“说吧。”

我把香烟往我这边扶手上的烟灰缸里敲了敲。烟灰缸有个带弹簧的盖子。有人——我想应该是塞德里克——忘了把它清理干净，里面透出一股刺鼻的气味。如果我的胸腔被打开，散发出的可能就是这种味道。有时候我觉得自己应该彻底戒烟，但如果真的戒了，那除了下棋我就再没有别的嗜好，在棋盘上我总是能战胜自己。

我做了个深呼吸，避开烟味。“事实是，”我说，“关于彼德逊什么的，我知道的一点也不比你多。我受人委托调查他的死因，因为他到底死没死确实成了一个问题。我同一些人谈过，包括他姐姐——”

“你和她谈过？”

“谈了大约五分钟，主要是关于她为我调制的饮料，我希望加点什么。接着两个来自南方的家伙闯了进来，就是这样。”

“林恩·彼德逊什么也没告诉你？”此刻他一动不动地坐着，全神贯注地看着我。

“什么也没说，”我说，“我发誓。没有时间。”

“关于那个手提箱，她对你说了什么吗？”

“没有。”

他想了想。“你还和谁谈过？”

“没几个人。一个住在彼德逊对面的老家伙，还有巴尼餐厅的酒保，彼德逊过去常在那儿喝一杯。卡维拉俱乐部的经理”——现在轮到我观察他了——“名叫汉森，弗洛德·汉森。”这个名字没有带来我希望的效果——事实上，它毫无效果，我甚至不知道他有没有听出这个名字。“认识他吗？”我问道，尽可能显得随意。

“什么？”他没有在听。“是的，认识，我认识他。我有时候会去那里，上那个俱乐部，吃晚餐什么的。”他眨眨眼睛。“汉森和其中的事情有什么关系吗？”

“彼德逊是在卡维拉俱乐部外面被撞死的。”

“我知道这个——我早就知道了。”

“汉森是那天晚上最先到事故现场的人之一。”

“没错。”他顿了一下，咬着嘴唇。“他有什么要说的——有什么告诉你的？”

“没有。”

此时亨德里克斯拿出兰格利什妈妈的山谷百合护手霜，给双手做了第二次温柔的护理。也许这个举动能安抚他的神经，或是帮助他思考。在这方面，凡是有好处的东西，能用的他都会用上。“听着，马洛，”他说，“我喜欢你。我喜欢你做事的风格。你很有脑子，这一点显而易见。另外，你知道如何守口如瓶。我会用你这样的人。”

我笑出了声。“问都别问。”我说。他举起一只手，大小像块小猪肉似的。为什么胖子一定要戴着戒指？指环戴在这样的手指上，总让我想到上等的猪肉。

“我不是要给你提供一份工作，”他说，“我知道那是在浪费时间。但我想委托你寻找尼可·彼德逊。”

我再次发笑，这次是真的觉得有点好笑。“你没听到吗？我已经在寻找彼德逊了，为了其他人。”

他闭上眼睛摇摇头。“我是说尽全力的调查。显然你没有把心思完全放进去。”

“你为什么这么想？”

他睁开眼睛，盯着我看。“因为你还没有找到他！我知道你，马洛，我知道你是什么样的人。只要你把心思放在某件事情上，就一定会做成。”此时他的英国口音褪色得厉害。“你收多少钱，几百块？我给你一千。塞德里克！”他伸出手。前座上的黑人歪到一边，眼睛还是看着前方的路，他咔的一声打开工具箱，拿出一个厚厚的黑色皮革钱包，从肩膀上方送过来。亨德里克斯接过钱包，打开搭扣，从里面的一个小口袋里掏出五张崭新的百元大钞，像拿着一把牌似的在我面前扇着。“现在一半，事后一半。你觉得怎么样？”

“算了吧。”我说。我把香烟往烟灰缸里弹了弹，让弹簧盖子啪的关上。“已经有人雇我去寻找彼德逊了——如果他还活着，这可能性很小。但如果他还活着，我找到了他，我这么做不是为了你。你明白吗？我有我的原则，不是那么高尚，也不是那么伟大，但反过来讲，它们不能用钱来交换。现在如果你不介意，我要回去工作了。塞德里克，停车——这一次要么停车，要么我把你的头拧下来。”

塞德里克望向后视镜，看着亨德里克斯，后者草草地点了下头，于是我们开到右边停下来。亨德里克斯手里还拿着钱，但这时他叹了口气，把钞票塞进钱包里，啪的一声关上搭扣。“没关系。”他说着抿起了嘴，于是看上去像个小孩——应该说是小河马。“如果你找到他，我会知道的。然后我就来要人。等到那个时候，我希望你不要插手，马洛先生。”

我打开车门——感觉里面含有大量的钢材，像是轮船的舱壁——一只脚踏上路面。然后我回过头去。“要知道，亨德里克斯，”我说，“你们全都一样，你们这一行的家伙都一个德性。你以为，你有一沓沓数不完的钞票，一群跟在你后面的保镖，所以没有人会对你说不。

好吧，有人刚刚说了不，他会继续说不，不管你派出多少个吉米追杀他。”

亨德里克斯微笑地看着我，似乎由衷地感到愉快。“啊，马洛先生，你是个有骨气的人，没错，我敬佩你这一点。”他开心地点点头，全身上下再次显出优雅的英国绅士风度。“希望我们后会有期。我预感到会有这么一天。”

“如果真有这么一天，小心别搞砸了。再见。”

我钻出来，在身后关上了门。随着车子骨碌碌地驶进车流，我听见亨德里克斯再次擤起鼻子。那声音像是远处的汽笛声。

17

时间早已过了午夜，我穿着衬衣躺在床上，抽着香烟，瞪着天花板。床边的台灯亮着，那些画上去的玫瑰把影子投射到各面墙上——它们看起来像是一块块血迹，被洗刷到一半，接着又被放弃了。

我东想西想，想的都是克莱尔·卡文迪什。我现在躺的这边是她曾经睡过的地方，我可以嗅到枕头上她头发留下的香味，也可能这只是我的幻想。我告诉自己，让她走是对的。她不仅美貌，而且有钱，而这种女人恰恰不适合我。远在巴黎的琳达·洛林也是同一种类型，正因为如此，我不乐意同她结婚，虽然她一直要求。我和琳达曾经上过床，我猜想她确实爱我，但我不知道为什么她认为爱情必然要走向婚姻。她的妹妹嫁给了特里·伦诺克斯，结果是她的头部中弹，脸被打烂了。几乎找不出什么婚姻幸福的例子。再说，我也不再年轻了，也许我不会同任何人结婚。

电话铃响了，我知道那是克莱尔。我不知道我怎么会知道，但我就是知道。我和电话有种缘分——我恨它们，但似乎又和它们存在着一种有趣的默契。

“是你吗？”克莱尔说。

“是的，是我。”

“很晚了，我知道。你睡了吗？如果吵醒你的话很抱歉。”她的语速很缓慢，像是精神恍惚。“我想不出还能打给谁。”

“出什么事了？”

“我在想——我在想你能不能到家里来一趟？”

“去你家？现在？”

“是的。我需要——我需要人——”她的声音开始发颤，于是不得不停了一会儿，调整一下。她听起来有点歇斯底里。“是瑞德。”她说。

“你弟弟？”

“是的——埃弗瑞特。”

“他怎么了？”

她再次顿了一下。“如果你能来这里我感激不尽。你觉得你能来吗？我的要求是不是太过分了。”

“我会来的。”

我当然会来。就算她是从月球的背面打来，我也会去找她。这很奇怪，事情如此变化无常。一分钟前我还在庆幸自己摆脱了她，但此刻像是有一扇门在我内心猛地打开，我飞奔进去，手里拿着帽子，外衣后摆扬起。为什么我要说着愚蠢的俏皮话，摆出一副混蛋的模样，然后把她赶走？我到底是怎么了，把这么个美丽华贵的女人赶到黑夜里，任由她紧紧地抿着嘴唇，额头气得发白？难道我自以为是个情场高手，如此将她推开也无所谓，就好像这个世界上像克莱尔·卡文迪什这样的女人多的是，我只需要打个响指，就会有另一个和她一样的美女忙不迭地迈上台阶，低着头，两脚交替着走出小8字，来到我的门前？

外面，街道上空无一人，一阵温暖的雾气从山上飘下来。对面的桉树一动不动地伫立在路灯的光芒里。我坐进奥兹，它们如同一排控诉人默默地瞪着我。难道它们不是在控诉我吗？难道它们不是在说我蠢得要命，因为那天夜里，我站在红杉木台阶上目送克莱尔·卡文迪什匆匆走下，却无意挽留她？

我驶向城市的另一边，开得飞快，好在没有巡逻车出现。随着我开到海岸边转向右侧，一弯钩月穿过了薄雾。幽灵般的海浪在月光下碰撞、碎裂，在更远的地方，夜色是一片虚无的黑暗，看不见海平线。*我需要人*，她说。*我需要人*。

我拐进兰格利什小屋的大门，根据克莱尔的要求，调低车头灯。她不希望任何人知道我的到来；“任何人”。我猜想她指的是她母亲，也许还有她丈夫。我开车绕到房子的一边，在暖房的对面停下。有几扇窗子里透出灯光，但貌似这几个房间都没有人。

我关掉引擎，摇下车窗坐着，听见远处的海浪声，以及古怪的海鸟昏沉的鸣叫。我想抽根烟，但又不想点火。朦胧的雾气贴在脸上温暖又潮湿。我无法确定克莱尔知不知道我已经到了。她告诉我在哪里停车，说她会找到我。我静下心来等着。深夜坐在车里，鼻孔里是陈腐的烟味，耳边是夜鸟的叫声，这是我人生故事的一部分。

我不需要等很久。刚过了几分钟的时间，我就看见一个人影穿过薄雾，向我走来。那是克莱尔，她穿着一件长长的深色外衣，紧紧地裹住脖子。我下了车。

“谢谢你过来。”她小声说，口气很焦虑。我想把她搂进怀里，但没有这么做。她抓住我的手腕，又立刻放开，接着转身走向房子。

我尾随在她身后。法式大门敞开着，我们走到里面。她没有开灯。她熟门熟路地穿过黑乎乎的房子，而我只能小心翼翼地走在黑乎乎的家具之间。她带我走上一段长而弯曲的楼梯，又走过一条铺着地毯的走廊。这里亮着壁灯，但灯泡调得很暗。她在楼下已经脱去了外衣，里面穿着一条奶油色的裙子。她的白鞋子湿了，因为在花园里走过，她的脚踝纤细而优美，后侧骨头和跟腱之间的凹陷光滑而白皙，像是贝壳的内壁。

“这里面。”她说着又焦急地抓起我的手腕。

这个房间的布置有种舞台的感觉，我说不清为什么。也许是灯光的关系。有两盏灯，一盏小灯摆放在一张梳妆台上，一盏大灯放在床边，深棕色的灯罩直径足有两英尺。那张床的大小不亚于一条救生艇，埃弗瑞特·爱德华兹三世躺在上面显得非常娇小，他不省人事，身上盖着纠结在一起的几层被褥。他仰面躺着，双手握在胸前，像是早期绘画大师在油画中所描绘的殉道者遗体。他的脸色和被褥一样苍白，又长又软的头发垂下，因为汗水而湿透了。他穿着一件贴身内衣，前襟上带有擦干的呕吐痕迹，他的嘴角还沾着干掉的白沫。

“他怎么了？”我问道，虽然我大致能猜到。

“他病了。”克莱尔说。她站在床边，低头凝视着她的弟弟。她看起来像是殉道者的母亲。“他吸了些东西。”

我抬起他的左臂，把它转过来，发现了针孔，有新的，也有旧的，从手腕一直歪歪扭扭地延伸到手肘内侧。“针头在哪里？”我问道。

她用手做了一个甩开的动作。“我把它扔了。”

“他这样多久了？”

“我不知道。也许一个小时。我发现他倒在楼梯上。我猜想他先是在房子里闲逛，然后就昏过去了。反正，我把他送到这里——这是我的房间，不是他的。我不知道还能做什么。我就是在那时给你打了电话。”

“他以前有过这种情况吗？”

“从没像现在这样，没有，从来没有这么严重过。”她转向我，一脸苦闷。“你觉得他会死吗？”

“我不知道，”我说，“他的呼吸不算太差。你叫医生了吗？”

“没有。我不敢。”

“他需要就医，”我说，“这里有电话吗？”

她把我带到梳妆台边。电话机是定做的，黑色，带有闪闪发亮的银色装饰物。我拿起话筒，拨了号码。见鬼，我自己也不知道我脑袋里怎么会有这个号码——就好像记住这个号码的是我的手指，而非我的大脑。电话通了很久；接着一个干脆冷漠的声音说：“你好。”

“洛林医生，”我说，“我是马洛，菲利普·马洛。”

我听见对方抽了口气。那边沉默了一会儿，只有嗡嗡声；接着洛林开腔了。“马洛。”他说，像是在说一个被诅咒的词。“你为什么在半夜里打电话给我？你到底为什么要打电话给我？”

“我需要你的帮助。”

“你怎么敢——？”

“听着，”我说，“这和我没有关系——我是在为一个朋友求助。这里有个男人晕倒了，他需要帮忙。”

“所以你打给我？”

“如果还能想到别人，我就不会打给你了。”

“那我现在要挂了。”

“等等。你们这些人遵循的誓言是什么来着？这个人如果得不到帮助可能会死掉。”

对方一阵沉默。在这个过程中，克莱尔一直紧紧地站在我身边，看着我，就好像她能从我的脸色看到洛林那边的反应。

“这个人是什么情况？”洛林问道。

“他服药过量。”

“他是要自杀？”

“不，他注射吸毒。”

“注射吸毒？”我可以想象他鄙夷地皱起眉头。

"是的，"我说，"他是个瘾君子。那又怎么样？瘾君子也是人。"

"你竟敢教训我！"

"我不是在教训你，医生，"我说，"现在很晚了，我很累，你是唯一一个我能想到的人——"

"这个人没有家属吗？难道他们没有自己的医生吗？"

克莱尔依然看着我，仔细听着每一句话。我别过脸去，用一只手罩住话筒。"这家人姓卡文迪什，"我小声说，"也姓兰格利什。这么说你明白吗？"

又是一阵沉默。洛林有个好处，他是个势利小人——我是说，在这种情形下不失为好处。"你说的是多罗西亚·兰格利什吗？"他问道。我听得出他的语气变了，里面多了一点敬畏的成分。

"没错，"我说，"所以你明白了吗，必须谨慎一点。"

他稍稍犹豫了一下，接着说。"把地址告诉我。我马上过来。"

我告诉他如何前往兰格利什小屋，还说明要放低车头灯，停在暖房那边，就像我一样。接着我挂上电话，转向克莱尔。"你知道那是谁吗？"

"琳达·洛林的前夫？"

"没错。你认识他？"

"不认识。我从没见过他。"

"他是个严厉的人，自恋的家伙，"我说，"但碰巧还是个好医生——而且做事谨慎。"

克莱尔点点头。"谢谢你。"

我闭上眼睛，用指尖揉了揉眼皮。随后我看着她问道："你觉得你能弄杯喝的来吗？"

她一度显得很无助。"有理查德的威士忌，"她说，"我去看看能找到什么。”

“顺便问一句，理查德在哪里？”我说。

她耸耸肩。“哦，你知道的——出去了。”

“如果回来发现你弟弟这副样子，他会怎么样？”

“会怎么样？迪克也许会大笑，接着去睡觉。他不太管我和瑞德之间的事情。”

“你母亲呢？”

她的脸上闪过一丝警觉。“母亲绝对不能知道。她绝对不能。”

“不应该告诉她吗？毕竟他是她的儿子。”

“那会伤了她的心。她不知道毒品的事情。理查德对我生气的时候，总是威胁我要告诉她。那是他控制我的又一种方式。还有很多别的方式。”

“我明白了。”我说。我又揉揉眼睛；我的眼睛感觉像是在一处明火前微微烤了一下。“喝的呢？”

她走了，我回到床边，坐在床沿上，看着这个衣服上沾有呕吐物、头发乱糟糟、失去知觉的年轻人。我觉得他不会死，但说到毒品和吸毒者，我不太懂。埃弗瑞特三世显然是个老手——他手臂上的一些针眼是很久以前留下的。如果他无法留在家里享受母亲的疼爱，母亲迟早会发现亲爱的儿子都干了些什么。我只是希望，她不会通过那种残忍的方式发现事情的真相。曾经经历了那样的丧夫之痛，在人生的这个阶段，她最不能接受的就是另一个家人也死于非命。

克莱尔拿着一瓶南方解忧酒①和一只雕花玻璃的平底酒杯回来。她倒了满满一杯递给我。我站起来，轻敲杯子的边缘对她表示感谢。我不喜欢南方解忧酒——太甜腻，不适合我的口味——但这杯还不

① 一家美国酒厂生产的用波本酒配制成的利口酒，其中加有桃子等水果成分。

错。我掏出烟盒，但又改变了主意。总之，这会儿在克莱尔·卡文迪什的卧室里抽烟看来并不太妥当。

我再次低头看了看她弟弟。“他从哪儿弄到毒品的？”

“我不知道他现在从哪里弄到。”她没有正视我，咬着嘴唇。即使一脸愁容，她还是那么美。“尼可曾时不时地给他一点，”她说，“我们就是这么认识的——埃弗瑞特介绍我们认识的。”她露出一丝苦笑。“你很吃惊吧？”

“是的，”我说，“有一点。我没想到你和彼德逊还有那种关系。”

“你什么意思？哪种关系？”

“你和一个毒贩上床。”

她瑟缩了一下，但很快恢复了镇定。她的精神一点点好起来，既然知道有人会来帮忙，就不用为所有的事操心了。“你一点也不了解女人，对吗。”她说。

我突然想到，我有没有听到过她叫我的名字，她有没有叫过我菲利普。我觉得她没有，即便是我们一起躺在床上，沉浸在那些血红色玫瑰的光影中。“是的，”我说，“我想我真的不了解。有这样的男人吗？”

“有的，我就认识这样的男人。”

我喝着饮料。确实是甜得发腻；他们一定是往里面加了焦糖之类的玩意儿。“你对我说的是实话吗？”我问道，“那天你真的在市场街看到了彼德逊？”

她睁大了眼睛。“当然了。我什么要撒谎？”

“我不知道。就像你说的，我不了解你。”

她在床边坐下，双手握在一起，放在膝盖上。“你说得没错，”她小声地说，“我本不该和他牵扯在一起。他”——她不知道该怎么说才好——“他一文不值。听上去奇怪吗？我不是说他辱没了我——天晓得，我也没有比他高贵多少。他很有魅力，很有趣，而且有一种优雅的态度。从某种程度上说，他甚至很勇敢，但内心只是一片空洞。”

我注视着她的眼睛。透过她的双眼，我看到她的心去了一个异常遥远的地方。在我看来，她在谈论的不是彼德逊，她只是以他的名义说着另一个人。一定是这样；我很确定。并且从某种程度上来说，那个人对她非常珍贵，是像尼可·彼德逊这样的人永远比不上的——从某种程度上说，像我这样的人也永远比不上。突然我很想吻她。我不知道为什么，我是说为什么现在我想吻她，此时此刻她离我那么遥远，想着某个她深爱的人。我不了解的不只是女人——我也不了解我自己，一点也不了解。

她突然抬起头，举起一只手。“我听到汽车的声音，”她说，“一定是洛林医生。”

我们穿过昏暗的房子走下楼去，沿着我来时的路，走到外面的花园里。洛林的车到了，停在我的车后面。我们走到那里时，洛林刚好打开车门钻了出来。

洛林长得很瘦，留着一小撮山羊胡子，神情傲慢。我们曾有过粗浅的交流，我们两个。我不清楚他知不知道他的前妻想要嫁给我。这应该也没什么关系；反正他早就对我厌恶到了极点。再说一段时间以前他已经和琳达断绝了关系。“马洛，”他冷冰冰地说，“我来了，你看到了。”

我把他介绍给克莱尔。他简单地同她握了下手，说：“病人在哪儿？”

我们返回房子，来到克莱尔的卧室。我在身后关上门，转过身，背靠在门上。我认为现在克莱尔能够应付过来了。埃弗瑞特是她弟弟，我最好尽可能远离洛林的视线。

他走到床边，把他的黑包放在床单上。“怎么回事？”他说，“海洛因？”

“是的，”克莱尔低声说，“我想是的。”

洛林摸了摸埃弗瑞特的脉搏，把他的眼皮翻起来，查看瞳孔，伸出一只手放在他的胸口，轻轻地压了几次。他点点头，从包里翻出一支皮下注射器。“我会给他打一针肾上腺素，”他说，“过一会儿他就会醒过来。”

“你是说问题——问题并不严重？”克莱尔问道。

他很不友善地瞥了她一眼。当他生气或愤怒的时候，双眼似乎会在眼窝里缩小，他时常这样。“我亲爱的女士，”他说，“你弟弟的心跳频率不到五十，呼吸频率不到十二。我可以说今晚有一段时间他处于死亡的边缘。好在他很年轻，相对来说比较健康。然而”——他拿着一小瓶澄清的液体，倒过来，用注射器的尖端刺破它的橡皮盖子。——“如果他继续放任自己，这肯定会害死他，用不了多久。有些人可以和海洛因共存——他们活得并不好，但还是可以活下去——但你弟弟，我清楚地看到，不是这种类型。”

他把针头扎进埃弗瑞特的手臂，抬头看着克莱尔。“他很虚弱，浑身上下都表明了这一点。你应该把他送到一家诊所去。我可以提供给你一些名字，联系人，和就诊的地方。要不然，毫无疑问，你会失去他。”他把针头拔出来，连同空瓶子一起放进包里。他再次转向克莱尔。“这是我的名片。明天打电话给我。”

克莱尔再一次在床边坐下，双手紧握在膝头。她看上去像是被人重重打了一拳。她弟弟扭动着发出呻吟。

洛林冷不丁地转过身去。“我和你一起出去。”我说。他冷冷地瞪着我。

我们穿过昏暗的房子往下走。洛林是那种沉默时比说话更有威慑力的人。我感觉到轻蔑和敌意如同一股股热浪从他身上散发出来。他妻子离开他，如今想要嫁给我，这不是我的错。

我们穿过黑乎乎的暖房，走到外面的夜色中。薄雾贴在脸上像是一条湿答答的围巾。远处的海上停泊着一条小船，桅杆上的灯光若隐若现。洛林打开车门，把他的包扔了进去，接着转向我。“我不知道你为什么一直要打扰我的生活，马洛，”他说，“我不喜欢这样。”

“我自己也不怎么喜欢。”我说，“但我很感谢今晚你来这里。你觉得他也许会死掉？”

他耸耸肩。“我说了，他还年轻，年轻人总是能熬过各种各样的自残方式。”他正要钻进汽车，但又停了下来。“你和这家人是什么关系？我以为你不会混进这样的上流社会。”

“我在替卡文迪什夫人办点事情。”

他哼了一声，换作别人应该是笑出声了。“如果她不得不找上你，她一定是碰到大麻烦了。”

“她根本没有麻烦。她委托我寻找某个人——她的一个朋友。”

“她为什么不找警察？”

“这是私事。”

“是啊，你最擅长打探别人的私生活了，不是吗。”

“听着，医生，”我说，“我从来没有要故意伤害你。你妻子离开你我很遗憾——”

我能感觉到黑暗中他愣住了。“你怎么敢提到我的婚姻。”

“我不知道我怎么敢说，”我疲倦地说，“我希望你知道我对你没有恶意。”

“你以为我在乎这个？你以为你的事情我都会感兴趣？”

“没有兴趣，我猜没有。”

“顺便提一句，你的脸怎么了？”

“有个家伙用枪管打了我。”

他再次发出这种冷笑。“你打交道的都是好人啊。”

我往后退了几步。“不管怎么说，谢谢你过来。如果你挽救了一条人命，总不算是坏事。”

他似乎想再说些什么，但没有说，而是钻进车里，砰地关上门，发动引擎，快速掉头，随后擦着碎石路面，开走了。

我在潮湿的黑夜里站了一会儿，抬起受伤的脸对着天空，呼吸夜里带有咸味的空气。我想着要不要返回房子里，接着又决定还是不回去了。我没有什么要对克莱尔说的，至少今晚没有。但是她回到了我的生活中。哦，是的，她回来了。

18

在我年轻的时候，很久很久以前，我曾经认为我知道自己在做什么。我意识到这个世界的反复无常——披着我们的希望和欲望跳着山羊舞[①]，出尽洋相——但说到我自己的行为，我很有自信，自己端端正正地坐在驾驶座上，双手紧紧地握着方向盘。现在我知道不是这么回事。现在我知道，我们以为自己做出了决定，其实只是马后炮，并且，事情真实发生的时候，我们只能放任自流。我明白，对于自己的事情往往难以掌控，这一点我倒是很看得开。大部分时间我乐于随波逐流，用手指滑水，逗弄那些不合群而落单的鱼。然而在有些情况下，我希望自己至少付出了一些努力去展望未来，预估自己的行为会造成什么样的结果。此刻我在考虑第二次造访卡维拉俱乐部，我很有把握地认为，这一次会和第一次大有不同……

那天是下午，这个地方很热闹，像是在举行某种集会，有很多人，大部分是老人，穿着彩色的衬衫和花格子百慕大短裤，手里端着长长的杯子在九重葛花丛间转悠，有些人看起来颤颤巍巍的。他们都戴着红色的无边毡帽，像是带有流苏的倒扣的花盆。那个抽筋的门卫马文打电话到经理办公室，随后挥手示意我开进去。我把奥兹停在一棵有树荫的大树下，走向俱乐部房子。在半路上我遇到了上次和我搭讪的老小孩。他正在把落叶从走道上扫开。他似乎没有认出我。我还是和他打了招呼。

“还记得虎克船长吗？”我问道。他紧张地看了我一眼，继续扫地。我又试了一次：“那些失落的男孩今天怎么样？”

他固执地摇摇头。“我不应该和你说话。”他咕哝着。

“是吗？谁说的？”

“你懂的。”

“船长？”

他像是很警惕，露出犹豫不决的样子，“你不应该提到他，”他说，“你会给我带来麻烦。”

“好吧，我不希望这样。只是——”

一个声音在我们身后响起。“拉马尔？难道我没有告诉过你不要骚扰客人吗？”

拉马尔愣了一下，随即缩起肩膀做了一个闪避的动作，像是以为有人要揍他。弗洛德·汉森大步走上前，像往常一样，一只手插在貌似刚熨好的宽松长裤的口袋里。今天他穿着一件浅蓝色的亚麻外套和一件白色衬衫，系着一条细细的领带，用一个牛头饰品绑住，那玩意儿是用某种光亮的黑色石头雕刻出来的。

“你好，汉森先生，”我说，“拉马尔并没有骚扰我。”

汉森对我点点头，显得皮笑肉不笑的，并且把一只手放在拉马尔的肩上——拉马尔上身穿着卡其衬衫——温和地对他说，“你现在可以走了，拉马尔。”

“当然，汉森先生。”拉马尔结结巴巴地说。他瞥了我一眼，又是怨恨，又是害怕。接着他拽着扫把拖着步子走开了。汉森带着一种宽

---

① 起源于罗马尼亚的一种舞蹈，表演者戴着山羊面具，披着羊皮，于新年的前夕进行表演，象征万物的繁衍。

容的表情目送他离去。

“拉马尔心肠很好，”他说，“只是爱幻想。”

“他觉得你是虎克船长。”我说。

他点点头，露出微笑。“我不知道他是怎么知道彼得·潘的。我想一定是有人曾给他念了这个故事，或是带他去看了一场演出。毕竟，这个世界上就算拉马尔这样的人也是有母亲的。”他转向我。“我能为你做什么，马洛先生？”

“你有没有听说林恩·彼德逊的事？”我说。

他皱起眉头。“听说了，当然。太惨了。在报道她死讯的报纸上，我好像是看到了你的名字？”

“你肯定看到了。凶手把她抓走的时候，我和她在一起。”

“我明白了。那一定让你心里很不好受。”

“是啊，”我说，“不好受，就是这个感觉。”

“像你说的，他们为什么要‘抓走’她？”

“他们在找她弟弟。”

“即使他已经死了？”

“他真的死了吗？”

对此汉森没有作答，只是长时间若有所思地看着我，头歪到一边。“你来这儿是不是还有些关于尼可的问题要问我？”他说，“我真的没有更多的情况可以告诉你了。”

“你认识一个叫卢·亨德里克斯的家伙吗？”我问道。

他想了想。“那个在沙漠里开赌场的人？我见过他。他到俱乐部来过一两次。”

“他不是会员？”

“不是。他的身份是客人。”

在草坪的另一边，参加聚会的人发出一阵刺耳的欢呼，汉森朝他们望了一眼，用一只手遮挡在眼睛上方。“今天我们接待圣地兄弟会[①]，”他说，“你看到了吧。他们在举办一场慈善高尔夫球赛。他们似乎有点吵。你要来杯喝的吗？”

“我想那不会有什么坏处，只要不是茶。”

他微微一笑。“走这边。”

我们从前门进入，经过那张华丽的桌子，和那位戴着蓝色眼镜、活泼可爱的前台接待员。只见走廊上、酒吧间和餐厅里都有一群群戴着毡帽的老家伙晃来晃去。“去我的办公室，”汉森说，“那里比较安静。”

他的办公室又高又宽敞，十分漂亮，严谨地摆放着上等的浅色家具，地上铺着一些非常精美的正宗印度地毯。墙上嵌着樱桃木镶板，还有一张书桌和前台的那张差不多，只是更宽大，更华美。显然汉森在物质享受方面丝毫没有亏待自己。但我一点儿也没有看到他私人生活的痕迹——比如镶框的照片，里面是妻子和孩子们，或是一位风姿绰约的女朋友烫着一头大波浪，拿着一根烟之类的，像汉森这样的人通常会把照片放在桌上醒目的位置，但这里没有。也许他不喜欢追求女人，也许俱乐部不乐意看到私人物品——那又有什么关系呢？不管怎么说，这个干净整洁的地方给人一种奇怪的感觉。

“请坐，马洛先生。”汉森说。他走向另一边的餐具柜，只见上面放着一排酒瓶。“想要来点什么？”他问道。

“威士忌就行了。”

他查看了一个个酒瓶。“我这儿有老乌鸦[②]——可以吗？我自己只喝马提尼。”

---

① 类似共济会的一个宗教组织。

② 一种波旁威士忌。

他给我倒了一杯很烈的酒，加了一点冰块，走过来把杯子递给我。我坐在一张干净整洁、四条木腿往外倾斜的高靠背小沙发上。“你不坐下喝一杯？”我问道。

“上班的时候不行。坎宁先生对于酒精的风险持强硬的态度。”他又露出他的苦笑。

“介意我抽烟吗？坎宁先生是不是对烟草也有看法？”

“请抽吧。”他看着我点火。我把烟盒递给他，但他摇摇头。他走在书桌前，靠在边缘，双手抱胸，两腿的脚踝交叉。“你是一个很有毅力的人，马洛先生，”他轻描淡写地说。

“你是说，我是个讨厌的跟屁虫。”

“我可没这么说。我很欣赏有毅力的人。”

我抿了口饮料，抽了口烟，环顾房间。“你到底做些什么，汉森先生？”我问道，“我知道你是经理，但这需要你做些什么？”

“有一大堆管理方面的工作，包括经营这么一个俱乐部——你没想到吧。”

“坎宁先生全权委托你管理吗？”

他的眼睛微微眯起。“多少算是吧。我们之间，可以说，有一种默契。”

“具体来说是？”我认识不少彼此间达成默契的人。

“他放手让我独立管理这个地方，遇到麻烦的时候我也不会去打搅他。除非这个麻烦——该怎么说呢——我自己无法对付。”

“那会怎么样？”

他露出微笑，眼角起了皱纹。“那时坎宁先生就会接手，”他温和地说。

我发现自己在眨眼，好像眼睛里有灰尘似的。这波旁威士忌似乎起效神速。“我看得出来，”我说，“你很敬重你的雇主。”

“他是个值得敬重的人。对了，你觉得这酒怎么样？”

“这酒非常好。它尝起来像是秋天的午后，在肯塔基偏远的林子里燃烧的核桃木。”

“我真的认为你有种诗人的气质，马洛先生。”

“我这辈子读过一两句济慈的诗。还有，雪莱的。”我到底在说什么？我的舌头似乎突然不听使唤了。“但我来这里不是为了谈论诗歌。”我说。我觉得自己从沙发上往下滑，于是挣扎着坐直了一点。我看着手里的杯子。里面的液体晃动着，冰块碰撞在一起，发出柔和的声响，就好像它们彼此之间在议论着我。我再次朝周围扫了一圈，又眨了眨眼。窗子那边的阳光很强，像剑刃一样穿过木质百叶窗的缝隙。

汉森目不转睛地看着我。“你来这里是为了什么，马洛先生？”他问道。

“再一次同你谈谈有关彼德逊的事情，不是吗，”我说，“尼可·彼德逊，没错。”我再次无法控制我的舌头；它似乎肿胀到原来的两倍大，像是我嘴里含着一个外皮上长满刺的、热乎乎软绵绵的土豆。“还有他姐姐，当然啦，”我皱起眉头，“尽管我已经提到了她，对吗？林恩，她的名字。生前的名字。挺好看的女人。迷人的眼睛。迷人的绿眼睛。当然，你认识她。”

“我认识吗？”

“你当然认识。”现在我很难发出“识”这个字；它被挡在我的门牙后面钻不出来，像是打了结的牙线。“她在这里，那天我来拜访你的时候。那是什么时候？不管怎么说，这不要紧。我们看见她走出来——从，怎么说来着——游——游泳——游泳池出来。”我俯身把这个平底杯放在沙发前的一张玻璃矮桌上，但没算准，还差几英寸就放手了，于是它砸在玻璃上发出清脆的碰撞声。“你知道吗，”我说，

“我想我——”

接着我发不出声音了。我再次往下滑去。汉森似乎离得很远，高高在上，好像在摇晃，而我仿佛沉入了水下，透过晃动的水面看着他。

“你没事吧，马洛先生？”他问道，这声音在我听来轰隆隆的。他依然靠在书桌边，依然双手抱胸。我看得出他在微笑。

我使劲发出声音。“你在酒里放了什么？”

“你指什么？你好像有点口齿不清。我本以为你很能喝酒，马洛先生。看来我错了。”

我伸出一只手疯狂地挥舞，想要抓住他，但他离得太远，而我觉得自己的手指也没有力气抓住任何东西。突然间我失去了控制，感觉自己像是一袋谷子，重重地瘫倒在地上。渐渐地，我的眼前一片漆黑。

19

这不是我人生中第一次被人在酒里下药，应该也不会是最后一次。就像别的事情一样，你要学着怎么应付它，至少是应付后续的问题。比如，像现在，当我醒过来的时候，我知道最好不要马上睁开眼睛。一方面，当你处于那种状态下，即便是最柔和的日光射进眼睛，也像是溅入了一滴酸水。另一方面，最好让那个给你下药的人以为你还晕迷不醒——这样你就可以争取一点时间把事情的经过回想一遍，也许能想出下一步该怎么做，同时让自己的身体调整一下，以便适应当前所处的环境和状况。

我首先意识到的是我被绑住了。我坐在一张直靠背的椅子上，被一圈圈的绳子绑在上面。我的双手也被绑在了身后。我没有动，只是保持着这个瘫坐的姿势，下巴靠在胸前，闭着眼睛。周围的空气很温暖，感觉很混浊，我似乎听到有轻轻的水流声，带有空洞的回响。我是在一个浴室里吗？不对，这个地方要大得多。接着我闻到了氯气的味道。那么，是在游泳池。

我的脑袋里像是塞满了粗棉花，而洛佩兹在我后脑勺留下的瘀伤重新痛了起来。

不远处有人在呻吟。呻吟中还夹杂着呼噜呼噜的声音，说明他很痛苦，也许快死了。有一刻我甚至弄不清这是不是我自己的声音。接着几码开外的一个声音说道："给他来点水，让他醒过来。"

这个声音我认不出来。这是个男人，年纪不轻。声音有点粗。不管他是谁，他习惯于发号施令和别人的服从。

随后有人呛到了，发出刺耳的咳嗽声，还有水溅到石头上的声音。“他快不行了，坎先生。”另一个声音说道。这个声音我似乎是知道的，至少听到过。熟悉的是口音而不是说话的口气。

“先别放开他，”第一个声音说，“放走他之前，他还得受点罪。”短暂的沉默之后，我听见有脚步声在靠近，像是皮鞋的后跟踏着大理石地面，发出尖锐、带有回音的声音，它在我面前停下。“这个人呢？他现在应该醒过来了。”

一只手突然从后面抓住我的头发，把我的头猛地往上拉，于是我的眼睛像个布娃娃似的啪一下睁开了。光线不很刺眼，但最开始，我只能看见一团热乎乎白茫茫的雾气中，有几个模模糊糊的人影在移动。“他醒了，好吧，”第一个声音说，“很好。”

雾气开始散开。我在室内游泳池。这个地方又大又长，上方是一个高高的拱形玻璃屋顶，阳光透了进来。墙面和地上都铺着一大块一大块带有纹理的白色大理石。泳池足有五十英尺长。我看不见我身后的是谁，他依然拽着我的一把头发。在我面前稍稍偏向一边的是汉森，一脸苍白的病态，穿着他那件浅蓝色的外衣，戴着用牛头饰物绑起的领结。

汉森身边是个矮小、敦实、上了年纪的男人，头发全秃了，头尖尖的，黑色的眉毛非常浓密，像是画上去的。他脚上穿着及膝的棕色靴子，亮得像刚剥开的栗子，下身穿着一条斜纹布裤子，上面穿着一件黑衬衫，领口敞开着。他脖子上戴着一条绳子串起的狼牙项链，上面还有一个印第安人的护身符，是用某种骨头做成的，中间画着一个大大的、歪斜的蓝眼睛。他的右手握着一根马六甲白藤手杖，英国人称之为轻便手杖，我想。他看上去像是缩小版的塞西尔·德米尔[①]和一名退休驯狮员的综合体。

此时他走近我，光头歪到一边斜睨着我，同时用手杖轻轻拍打自己的大腿。他停下脚步，俯身把脸凑近我的脸，他那燧石般的蓝眼睛似乎能看穿我的灵魂。“我是威尔伯福斯·坎宁。”他说。

我必须费力地活动一下嘴唇和舌头，才能再次发出声音。“我猜到了。”我说。

“是吗，好吧。你很好。”汉森在他身后焦虑地晃来晃去，似乎以为我会挣脱绳索，扑向这个小矮个。没可能。除了绳子把我紧紧地绑在椅子上，我现在浑身无力，像只病猫一样。“你脸上的伤疤是怎么来的？”坎宁问道。

“蚊子咬的。”

“蚊子不会咬人，只会叮人。”

“嗯，这只蚊子有牙齿。”

我的视线掠过坎宁，瞥向游泳池。蓝色的池水看起来相当诱人。我想象着自己漂浮在凉爽柔和的水面上，平静又放松。

“弗洛德告诉我，你是个喜欢刨根问底的人，马洛先生。”坎宁说，他依然俯身注视着我的脸。他故作关心地用手杖的一头碰了碰我的脸颊、和脸上的伤疤。“爱刨根问底，会让人觉得很不舒服。”又是一阵哀号；声音是从右边传来的。我想看看右边，但坎宁的手杖重重地抵着我的脸，不让我转头。“现在你只要注意我，”他说，“把注意力集中在手头的事情上。你干吗要问那么多关于尼可·彼德逊的问题？”

“那么多问题？”我说，“在我看来，问题只有一个。”

“哪一个？”

---

① 1881—1959，美国电影导演。

“他是真的死了，还是诈死。”

坎宁点点头，往后退了一步，后面的人也放开了我的头发。此刻我可以动了，于是转过头去。那是戈麦斯和洛佩兹，他们在距离泳池右边十几英尺的地方，面对水面，并排坐在两把直靠背的椅子上，就像我一样，被细长的麻花绳紧紧地捆绑着。我看得出洛佩兹已经死了。他的脸上血肉模糊，布满了伤口和淤青，花衬衫的前襟上有一大摊亮晶晶的、半干的血迹。他的右眼闭着，很肿，左眼眼球爆出了眼窝，严重充血，可怕地瞪着别人。有人重重地打在他脑袋的这一边，重得足以让眼球弹出来。这会儿他的兔唇裂开了好几个口子。

戈麦斯也是满身血污，粉蓝色的衬衣被撕裂了，上面溅满了血迹。两人中至少有一个大小便失禁，那股气味很不好闻。发出呻吟的是戈麦斯。听起来他昏昏沉沉的，吓得要命，像是一个人梦到自己从高楼顶上掉下来。在我看来，他加入同伴的行列、前往极乐世界，似乎只是时间的问题。一个人被活活打死，另一个奄奄一息，这画面触目惊心，但我不会为这两个人哀悼。我回想起那晚林恩·彼德逊被扔在路边的空地，躺在松针上，喉咙被人割开，又想起伯尼·奥尔兹告诉我的她死前的遭遇。

此时拽我头发的人站到一边，我能看见他了。那是管家巴特莱特，也就是我第一次来俱乐部的时候，给我和汉森端茶的老家伙。他穿着他那件条纹背心和黑色的晨裤，外面系着一条白色的长围裙，围裙的绳子在身后绑了个漂亮的蝴蝶结，衬衫袖子卷了起来。他看起来不比上一次年轻，皮肤还是又灰暗又松弛，但不管怎么说，他和他们不太一样。他曾是什么样的硬汉，结实、满身肌肉，胳膊又粗又短，前胸壮得像木桶？我猜，他曾经是一名拳击手。他的围裙前摆溅上了血迹。他的手握着一根金属棒，这是我见过的最利索的家伙，因为用得多，所以显得又光又亮。好吧，我猜想，管家在上班时往往会被叫去处理各种的工作。我不知道这根金属棒是不是他从洛佩兹手上夺来的，就是洛佩兹用来对付我的那根。

“我知道，你一定还记得这些绅士们。”坎宁指向那两个墨西哥人。“巴特莱特先生在这儿对他们进行严肃的询问，你看到了。好在当时你睡得那么沉，因为他们之间的交流很吵闹，有时候看着很痛苦。”他转向管家。“把他们弄出去，好吗，克莱伦斯？弗洛德会协助你。”

汉森惊恐地看着他，但他毫不理会。

“好嘞，坎宁先生。”巴特莱特说道。他随即转向汉森。“我负责这位先生，你负责那位。”

他走到戈麦斯的椅子后面，抓住椅背，将其后仰，重心落在两条后腿上，开始拖向泳池另一边的门，那天我瞥见林恩·彼德逊时，她正是从这扇门穿过，头上裹着毛巾。一脸厌恶的汉森拉起洛佩兹的椅子后仰，跟在巴特莱特的身后。椅子脚在大理石地砖上擦出刺耳的声音，就好像指甲刮在黑板上。洛佩兹的头歪到一边，眼珠子晃动着。

坎宁再次转向我，再次用轻便手杖轻敲自己的大腿。“他们不是很配合。”他说，并朝墨西哥人离去的方向摆了摆头。

“哪方面的配合？”我问道。我突然非常想抽烟。我不知道自己会不会落得和墨西哥人一个下场，被打得不成人样，拖出去的时候还被绑在这该死的椅子上。多么糟糕、丢脸的死法。

坎宁大幅度地摇着那颗秃头。“说实话，我一开始就不指望他们会吐出多少东西来。”他说。

“那对他们来说一定是种解脱。”

“我可不是要给他们提供解脱的门路。”

“是的，这一点我看出来了。”

“你同情他们吗，马洛先生？他们只不过是两头野兽。不，连野兽也算不上——野兽不会以杀人来取乐。”

他开始在我面前踱来踱去，往这边走三小步，往那边走三小步，鞋跟踏在地砖上啪啪作响。他是那种容易纠结的、不安分的小个子，而此时他显得非常焦虑。我感到舌根有种熟悉的金属味道，像是吞了一枚硬币。那是恐惧的味道。

“你觉得我可以抽根烟吗？”我说，“我保证不会用它把这些绳子什么的烧掉。”

“我不抽烟，”坎宁说，“低劣的嗜好。”

“你说得对，没错。”

“你有香烟吗？放在哪里？”

我用下巴指着我外衣胸口的内袋。“在里面，还有火柴。”

他把手伸进我的外衣，掏出我那个带有名字缩写的银色烟盒，以及一片纸板火柴，我都忘了这是从巴尼餐厅拿来的。他从烟盒里抽出一根烟，把它塞进我的嘴唇之间，点燃火柴，递上火苗。我深深地满满吸了一口热乎乎的烟。

坎宁把烟盒扔进我的口袋，继续踱步。“那些拉丁裔的人，”他说，“我对他们没什么敬意。唱歌、斗牛、为了女人决斗，胡作非为。你同意吗？”

“坎宁先生，”我一边说，一边把香烟挪到嘴角。“我现在这个样子，有资格说不同意吗。”

他笑了，发出尖细的笑声。“那倒是真的，”他说，“你没有资格。”他又开始踱步了。似乎他必须保持运动状态，就像一条鲨鱼。我不知道他是怎么赚到钱的。石油，我猜，或者是水，在早期洛杉矶人选址建城的这个干旱峡谷，水几乎同样珍贵。“在我看来，优秀的种族只有两个，”他说，“连种族都算不上，其实——应该说是国民的类型。你知道是什么？”我摇摇头，立马感到疼痛，后悔不该摇头。

一团烟灰无声无息地落在我的衬衫前襟，再掉到我的膝盖上。“美洲印第安人，”他说，“和英国绅士。”他瞥了我一眼，神情愉悦。“奇怪的组合，你觉得是不是？”

“哦，我觉得不奇怪，”我说，“我看得出来他们有共同之处。”

“比如说？”坎宁停下脚步，转向我，挑起一边浓密的黑色眉毛。

“坚守土地？”我说，“热爱传统？热衷狩猎——？”

“没错，你说得没错！”

“——再加上对于阻挡他们的人格杀勿论。”

他摇摇头，伸出一根手指摆了摆，表示反对。“现在你开始滑头了，马洛先生。我不喜欢耍滑头的人，就像我同样不喜欢刨根问底的人。”他又开始踱步，转过来又转过去。我一直留意着那根轻便手杖；要是被那玩意儿劈在脸上我会难忘好一阵。

“有时候杀戮是必要的，”他说，“要么，应该称之为淘汰。”他的脸色阴沉起来。“有些人不配活在世上——这是个简单的事实。”他再次凑近，并在我被捆绑的椅子边蹲下。我有种不安的感觉，他是要做一番自白。“你认识林恩·彼德逊，对吗？”他说。

“我并不认识她，不。我遇见她——”

他轻蔑地点点头。“你是最后一个看见她活着的人类。如果不算”——他对着门口点点头——“那两个人渣。”

“我想是的，”我说，“我喜欢她。我是说我喜欢她给人的感觉。”

他从侧面打量着我的脸。“是吗？”他左边的太阳穴有块肌肉在抽动。

“是的，她应该是个正经人。”

他心不在焉地点点头。一丝怪异而紧张的神色出现在他的眼里。“她是我女儿。”他说。

我好一会儿才回过神。我不知道该说什么，于是什么也没说。坎宁依然看着我。他的脸上有种悠远而深沉的悲伤；但只是一闪而过。他站起来，走到泳池边，在那里静静地站了一会儿，背对着我，低头看着水面。接着他转过身。“别装得自己一点也不吃惊，马洛先生。”

“我没装，”我说，“我很吃惊。只是我不知道对你说什么才好。”

我的烟抽完了，这时坎宁走过来，一脸厌恶地把烟头从我嘴里拔出来，用拇指和另一根手指夹着，就好像这是只死蟑螂，他把它送到角落的一张桌子上，扔在那儿的烟灰缸里。随后他又走了回来。

“你女儿怎么会姓彼德逊？”我问道。

“她跟了她母亲的姓，谁知道为什么。我妻子并不是个可敬的女人，马洛先生。她有一部分墨西哥血统，所以我也许早该觉悟。她为了钱嫁给我，等到她花钱花够了——或者，我应该说，等到我不让她继续挥霍了——她跟着一个家伙跑了，那家伙其实是个骗子。不是什么动人的往事，我知道。对于那段特别的人生经历，我不会说我感到自豪。我只能为自己辩解说当时很年轻，昏了头。”他突然咧嘴一笑，露出牙齿。“或许被戴上绿帽子的男人都会这么说？”

“我无法体会。”

“那么你是个幸运的男人。”

“此一时，彼一时，坎宁先生。”我低头看了看绳子。“此时此刻我的好运并不在手上。”

我的脑袋又开始晕了，很可能是因为被绳子绑着，血液循环不畅。但我的体力在一点点恢复，我能够感觉到，除非这只是尼古丁带来的效果。我在想，目前的情况还会持续多久。我也在想——再一次——面临死亡是什么滋味。我想到洛佩兹爆出的眼球和衬衫前襟上的血迹。威尔伯·坎宁正在扮演一个温和的老男孩，但我知道他一点儿也不温和，或许，除了对他死去的女儿还有一点温情。

“听着，”我说，“我是不是应该认为，既然林恩是你的女儿，那么尼可就是你儿子了？”

“他们都是我的孩子，是的。”他说，并没有看着我。

“那么我很遗憾，”我说，“我从没见过你儿子，但我说过，林恩在我看来还不错。你怎么没有出席她的葬礼？”

他耸耸肩。“她是个贱货，”他轻描淡写地说，“而尼可是个小白脸，在他还没堕落的时候。他们都很像母亲。”现在他真的在看我。“我对儿女的态度令你震惊对吗，马洛先生，即使我已经失去了他们两个？”

“我不是那么容易震惊的。”

他没在听。他又开始踱来踱去，看着他我感到头晕。“我没法抱怨，”他说，“我确实不是个好父亲。他们先是胡作非为，然后跑了。我没有设法去找他们。后来，要补偿他们为时已晚。林恩恨我。尼可应该也是，只是他有求于我。”

“他想从你这里得到什么？”他不理会我的问题。“也许你不像你自己想的那么糟糕，”我说，“父亲对自己的评价往往太过严苛。”

“你有孩子吗，马洛？”我摇摇头，同时再一次感到有对巨大的木头骰子在我的脑袋里骨碌碌地转着。“那么你根本不知道自己在说什么。”他说，口气前所未有的悲哀。

虽然天色一定是在渐渐暗下，但这个又大又高的房间越来越热。感觉有点像萨凡纳[①]八月的午后。再加上湿气逼人，我胸前和手腕上的绳子似乎勒得更紧了。我不知道麻木的上臂还能不能恢复知觉。

① 美国佐治亚州大西洋岸港口城市。

"听着，坎宁先生，"我说，"要么告诉我你要对我怎么样，要么放我走。我他妈一点也不同情那两个墨西哥人——被你的万能管家修理，他们是罪有应得。对他们来说，就地正法绝对公平合理。但你没有理由把我弄得像只星期天火鸡似的架在这儿。我对你、对你儿子或女儿什么也没做。我只是一个低头讨生活的小侦探，而且干得也不太漂亮。"

看来我的话至少让坎宁停下了脚步，这让我感觉好点了。他走上来站在我面前，双手叉腰，把轻便手杖夹在胳膊下。"问题是，马洛，"他说，"我知道你在为谁工作。"

"你知道？"

"拜托——你把我当成什么了？"

"我没有把你当成什么，坎宁先生。但是我不得不说，我非常怀疑你根本不知道我的客户是谁。"

他俯身凑过来，把脖子上挂的护身符递给我看。"知道这是什么东西吗？这是卡维拉神的眼睛。非常有趣的部落，卡维拉。他们拥有占卜的能力，经证明科学有效。对这些人撒谎毫无意义——他们能看穿你。我有幸作为一名荣誉勇士被吸纳。仪式的一部分就是赠予我这个珍贵的图案，这洞察一切的眼睛。所以，别想对我说谎，或是装蒜，转移话题。快说。"

"我不知道你要我说什么。"

他失望地摇摇头。"我的手下，用你的话说，万能管家，很快会回到这里。你看到他是怎么教训墨西哥人的了。我不想被迫让他对你下同样的狠手。不管怎么说，我对你还是有某种敬意的。我喜欢头脑冷静的人。"

"问题是，坎宁先生，"我说，"我不知道你想从我身上得到什么？"

“不知道？”

“真的，我不知道。我受人委托，寻找尼可·彼德逊。我的客户和其他人一样，以为尼可死了，但接着又在大街上看到了他，于是来找我，请求我打听他的下落。这是一件私事。”

“那么这男的是在哪里看到尼可的，你的客户，根据你的说法。”

这男的。所以他以为自己知道什么，其实并不知道。这令我松了口气。我不愿意想象克莱尔·卡文迪什在这里，被绑在椅子上，这个恶狠狠的矮个疯子在她面前趾高气昂地走来走去。

“在旧金山。”我说。

“所以他现在在这里，对吗？”

“谁？”

“你知道我说的是谁。他在旧金山做什么？他在找尼可？是什么让他怀疑尼可没有死？”

“坎宁先生，”我尽可能耐心、平和地说，“你说的这些在我看来毫无意义。你弄错了。那只是无意中看到尼可——如果那是尼可的话。”

坎宁再一次站在我面前，双手握拳撑在腰间。他长时间默默地注视着我。“你怎么想的？”最后他说，“你觉得那是尼可吗？”

“我不知道——不好说。”

又是一阵沉默。“弗洛德告诉我你提到了卢·亨德里克斯。为什么？”

“亨德里克斯在街上请我上车，带我坐在他的梦幻好车里兜了一圈。”

“然后呢？”

“他也在找尼可。人缘真好啊，你的儿子。”

“亨德里克斯认为尼可还活着？”

"他似乎也不知道他是死是活。和你一样，他听说我在四处打听，设法追踪尼可的下落。"我没有提到那个手提箱，我后悔对亨德里克斯提到了那个。"我也没有什么可以告诉他的。"

坎宁叹了口气。"好吧，马洛，随你的便吧。"

说着说着，泳池另一端的门开了，巴特莱特和弗洛德·汉森回来了。汉森看上去比以往更苦恼。他的脸色灰中带绿，上好的亚麻外衣和先前洁白无瑕的裤子上都沾到了血迹。处理两具遍体鳞伤的尸体——可以假设，第二个墨西哥人被送到弃尸地点的时候已经死了——对你的衣服来说是场灾难，尤其当你和汉森一样注重打扮。显然他不习惯看到血，特别是那两个墨西哥人血流成河的场面。但他不是说他曾在阿登高地打过仗吗？我早该明白不能把他那些话当回事。

巴特莱特走过来。"都办好了，坎宁先生。"他用伦敦腔说道。

坎宁点点头。"解决了两个，"他说，"还有一个。马洛先生不愿意合作。也许浸浸水会让他的脑子清楚点。弗洛德，给巴特莱特先生帮个忙，好吗？"

巴特莱特走到我身后，开始解绳子。绳子松开后，他不得不扶着我站起来，因为我的腿麻了，撑不住。他也给我的手松了绑，我舒展了下胳膊，让血液流通。他押着我来到泳池边，把一只手放在我肩膀上，迫使我跪在大理石地砖上。水面比池边只低了一两英寸。巴特莱特拽住我的一只胳膊，汉森走过来拽住另一只。我以为他们要把整个我浸到池里，实际上他们却在我背后猛拉住我的手臂，巴特莱特又抓住我的头发，把我的头往前推，一把按到水里。我来不及深吸一口气，于是立刻体会到了溺水者的恐慌。我试图把脸往侧面转以便吸到一点空气，但巴特莱特的手指强悍得像是斗牛犬的牙关，我动弹不得。很快我便觉得肺快要炸了。接着，我终于被拉了起来，水流到我的领子里面。坎宁走过来站在我身边，弯下腰两手撑在膝盖上，把脸凑近我的脸。“现在，”他说，“你准备告诉我们你知道的情况吗？”

“你弄错了，坎宁，”我喘着气说，“我什么也不知道。”

他又叹了口气，对巴特莱特点点头，于是我再一次被按到水里。即使在最绝望的情况下，你还是会注意到有趣的东西。我睁开眼睛，看见远远的下面，在泳池浅蓝色的底部，有一枚小小的戒指，一个简单朴素的金色圆环，这一定是从某位女性泳客的手指上滑下来了，她本人没有注意到。至少这一次，我学乖了，吸足了气，但这也没什么两样，过了一分钟左右，我又成了一个快要溺死的人。我从没在水里呆过这么久，当然，也从没学会像游泳好手那样屏气。我在想，也许下方的戒指将是我看到的最后一样东西。当一个人吐出——或者对我而言，无法吐出——最后一口气的时候，我想人的视线可能会落在更可怕的画面上，我能看到这个已经不错了。

巴特莱特能感觉到我开始惊慌失措，差点张开嘴吸上一口气，他不准备让我死，现在还不行。他和汉森再次把我拉起来。坎宁俯下身，凝视着我的脸。“你准备开口了吗，马洛？你知道第三次下去会怎么样。你不想和那两个拉美混蛋一样，被扔到垃圾堆上，对吗？”

我不作声，只是垂着滴水的脑袋。汉森在右侧，在我身后拧着我的胳膊；我能看见他那双漂亮的便鞋和白色亚麻裤子的裤脚。巴特莱特在另一侧，拽住我的左臂，右手还是紧抓住我的后脑勺。我想这次他们一定会溺死我。我必须采取行动。我情愿被打死，也不愿淹死在水里。但我能做什么？

我从来不是一个善于打斗的人——当你过了四十，就更别说了。我打过架，好几次，但都是逼不得已。对抗别人的攻击，和主动攻击别人存在着很大的不同。但我学到了一件事，就是平衡的重要性。即便是最彪悍的家伙——巴特莱特尽管年纪不轻，身材矮小，却很是壮实——如果你找准时机出手，打准部位，还是可以把他们打翻在地。

巴特莱特，当他准备再次把我往下按的时候，注意力全部集中在发力的右手，也就是抓住我后脑勺的那只手，那一刻他放松了我的手臂。为了把我按到水里，他不得不踮起脚，我把我的手臂从他左手的掌控里挣脱开，折起手肘猛戳他的肋骨。他发出一声低吼，放开了我的头。汉森依然抓着我的右胳膊，但他的心思不在这上面，我挣开他，他退了一步，害怕我会给他同样的一击。

坎宁在我身后嚷嚷着什么，我不知道。我把注意力放在巴特莱特身上。我站起身，伸出左拳划了一道大弧线，不偏不倚地打在他脖子的一侧，他又发出一声闷闷的呻吟，摇摇晃晃地站在池边，挥舞着双臂，如果这是电影，会显得很搞笑，接着他往后一倒，头部朝下，倒进水里。他溅起的水花很壮观，水珠飞起形成一个巨大而透明的漏斗，接着又以奇怪的慢动作掉落——一定是因为迷药的作用，我的脑子依然转得很慢。

我转过身。不过几秒钟的时间。我知道时间紧迫，坎宁和汉森会立刻反应过来，朝我扑来。但他们不用扑上来。我看见汉森手里拿着武器，一把手枪，一把黑色、带有长枪管的大家伙——韦伯利，我想。这是从哪儿来的？一定是坎宁的；他应该喜欢英国制造的武器，你们这些上等的英国绅士会用的那种枪。

“站住别动。”汉森说，就像B级片里所有的坏蛋那样。

我小心翼翼地打量着他。他的眼睛里没有杀手的煞气。我走上前，枪管晃动起来。

“开枪！”坎宁喝道，“快点，扣下那该死的扳机！”他可以叫嚷，好吧，但他还是在退缩。

“你不会杀我的，汉森，”我说，“这一点我们都知道。”

我看得出来，他的前额和唇上冒出了汗珠。你没有对人开枪并不能说明你是个懦夫。杀人绝非易事。我眼角的余光瞥到巴特莱特拖着沉重的步子爬出泳池。我又上前一步。枪口指在我的胸口。我抓着枪管，一把扭到一边。也许汉森惊呆了，来不及反抗，也许他只是想要摆脱这个武器，他放开了枪，往后退，举起双手，在我面前展开，似乎它们能够挡住子弹。那把疯狂的手枪重得像块铁砧，我不得不用双手举着。这不是韦伯利，也不是英国货。事实上，这是德国制造的威赫劳施三八式手枪。难看的武器，但显然很有威力。

我转过身，朝巴特莱特的右膝盖开了一枪。我没有刻意瞄准他的膝盖，但中枪的就是那里。他发出怪异的哀鸣，从侧面倒下，躺在那里，弓着背挣扎着。一大摊血从他那湿透的裤腿上流下来，扩散开。我的背后传来声音。我立即跑到一边，坎宁踉踉跄跄地走过去，咒骂着，双手无助地伸在面前。他停下来，转过身，似乎准备再一次冲向我。我想着也对他开一枪，但没有这么做。“我不想杀你，坎宁，”我说，“但如果逼不得已，我会的。”我朝着汉森的方向挥了挥枪。“过来，弗洛德。”我说。

他走过来，站在他老板身边。“你这该死的软蛋！”坎宁恶狠狠地对他说。

我笑了。在现实生活中，我从来没听过任何人真的说出“软蛋”这个词。接着，我继续大笑。我认为自己是处于某种受惊过度的状态。不管怎么说，过去半分钟左右发生的事情，从某个角度来看，显得非常滑稽，非常荒诞，像是查理 · 卓别林经典的表演桥段。

巴特莱特紧紧捂住受伤的膝盖下方，另一条腿在地砖上不断地画圈，像是在用慢动作骑自行车。他依然发出那种呜呜的声音。不管你有多强悍，碎裂的膝盖都痛得要死。看来需要好一段时间，我想，他才能回去送下午茶了。

我的胳膊依然痛得像被无数根针扎着，还得端着那挺沉甸甸的德国大炮，努力使枪管保持水平。坎宁看着我，眼神轻蔑得吓人。“好吧，马洛，”他说，“现在你想干什么？我猜，不管怎么样，你一定会杀了我。更别说我这忠诚的管家了。”汉森厌恶又怨恨地看了他一眼。

“到泳池里去。”我对他们两个说。他们都瞪着我。“马上。”我说，用枪示意他们。“到水里去。”

“我——我不会游泳。”汉森说。

“这是你学习的机会。”我说着，又笑了起来。这次是咯咯的笑。我很不对劲。汉森艰难地咽了下口水，开始解开他那光亮的鞋子。“不行，”我说，“穿着——什么都不许脱。”

坎宁依然瞪着我。他那疯狂的小眼睛充满了冷酷和愤怒，但他的神情显得很笃定，又像是在幻想。我猜他正在温柔地幻想着，如果逮到机会，他会让巴特莱特——或者应该说是巴特莱特的接班人——对我做什么。

“快点，坎宁，”我说，“下水去，除非你想和快乐的万能老管家一个下场。顺便说一句，把手杖放下。”

坎宁把轻便手杖扔在大理石地面上，就像一个孩子被告知必须归还别人的玩具，只得悻悻地扔下。接着他转身走向另一头，泳池较浅的一端。我这时才注意到他的O形腿有多么严重。他双手握拳垂在两边。像这样的家伙突然被人发号施令，又无力反抗，他们根本就是手足无措。

汉森用恳求的眼神看着我，开始说着什么。我把枪管朝着他的脸挥了一下，让他闭嘴——他的声音令我心烦，先前那么阴阳怪气，现在则又尖又细，絮絮叨叨的。“跟着进去，弗洛德，”我说，“水里很舒服。”他悲哀地点点头，转身跟在坎宁身后。“好样的。”我冲着他的后背说。

等到坎宁来到泳池的远端，他转过身，隔着泳池看着我。我似乎可以听见他在自问，还有没有办法逆转局面。“我就是从这里也能射中你。”我对他喊道，在高高的玻璃穹顶之下，我的声音在水面上回响。他又犹豫了一会儿，接着步入水中，艰难地拖着罗圈腿，走下通往水里的白色台阶。“继续走，”我说，“走到中间。”弗洛德·汉森此刻已经走到了泳池的一端，稍稍迟疑了一下，也小心翼翼地下到水中。“继续走，直到水淹到下巴，”我对他说，“然后你就可以停下来。我不想让你们淹死。”

坎宁涉水向我走来，直到水淹到他的胸口，接着用蛙泳的姿势一直游到泳池中央，停下来，在水面上载浮载沉，一边划动双臂，一边踏水。汉森也从水里走过来，走到水没过肩膀就突然停下。“继续走，弗洛德，”我喝道，“我说过，走到水淹到你的下巴。”他又痛苦不堪地往前挪了一步。即使站得那么远，我还是能看到他眼里的恐慌。至少他没有声称他服役的是海军。“对了，”我说，“现在停下。”他看起来只有一颗脑袋浮在水面上，这情景相当怪异。我想到了施洗者约翰①。

一生中有那么一些时刻，你知道自己永远忘不了，事情过后，你会回想起其中生动、有力、梦幻般的细节。

“好了，”我说，“我要走到门外，等上一段时间——你们不知道会有多久——在这段时间里，如果我听见你们谁从泳池里爬出来，我就回来对谁开枪。听懂了吗？”我用枪指着坎宁。“你听明白了吗，老头？”

“你以为你就能一走了之？”他说，“无论你跑到哪里，我迟早会

① 《圣经》人物。本名约翰，为祭司撒迦利亚和他妻子伊丽莎白之子。孩童时曾居于旷野，成年后开始传道。曾在约旦河为犹太人施行洗礼，因而人称施洗者约翰，连耶稣基督也曾接受他的洗礼。后因反对加利利分封王希律娶其弟媳而遭斩首。

逮到你这个猎物。”

“你会有好一阵没法出去打猎了，坎宁先生，”我说，“因为你会待在监狱里，穿着一套条纹的衣服，晚上给自己铺床。”

“去死吧，马洛。”他说。他早已呼吸困难，在那里漂浮挣扎着。他要是待上更长一段时间，可能会溺水。我才不管他会不会溺水呢。

当然，一旦我出了门，自然不会逗留。再说了，坎宁也不可能相信我会留着不走。我决定不要冒险从前门离开——说不定前台有个按钮，一按下就召来一大群打手——于是我在找边门。我很快找到一扇门，而且这扇门我走过。我打开一扇又一扇门，快速穿过一个又一个房间，接着转进了一道貌似眼熟的走廊，又推开了另一扇门——我想是随机的——于是我来到了会客室，里面摆着印花布扶手椅和齐头高的壁炉，也就是上一次我和汉森散步之后，他带我来的地方，当时巴特莱特作为一名恭敬的仆人，给我们端来了茶。我穿过房间，打开嵌有玻璃板的门，踉跄地走进室外的阳光和橙树微妙的香气中。

圣地兄弟会的成员们依然在场地上摇摇晃晃地走来走去。一半人已经喝得醉醺醺的，剩下的人也快要醉了。此时他们的毡帽都歪到一边，声音听起来更加刺耳。在药效达到高峰的状态下，我一度以为自己闯进了《阿里巴巴和四十大盗》的场景中。我沿着小道往前走，沿路都是怒放的九重葛。

我依稀记得停车的地方怎么走，于是顺着这个方向去找，这时，在小道的拐角，一个红头红脸的家伙挡住了我的去路，他戴着一顶稍有磨损的毡帽，身材高大得不亚于一个家用冰箱。他穿着一件黄绿色的衬衫和一条紫色的裤子，一只粉色的大手紧握着一只威士忌酒杯。他看着我，咧嘴露出灿烂开心的笑容，接着皱起眉头，指着我的脑袋假装表示不满。“你光着头呢，伙计，”他说，“这是不允许的。你的毡帽呢？”

"被一只猴子偷了，它钻到树丛里逃走了。"我说。

这话让这个胖子由衷地放声大笑，他的肚子隔着耀眼的黄绿色衬衫抖动起来。我意识到我还拿着威赫劳施，这时他指着枪。"哎呀，看啊！"他说，"你拿的真是把好家伙。你从哪儿搞到的？"

"他们在俱乐部里面发放，"我说，"经理盗用俱乐部资金，正在组织一批人追捕他呢。快点去，你也能参加。"

他张大嘴看着我；接着泛起一个狡黠的笑容，脸上的颜色和光泽活像一块圣诞火腿。他竖起一根手指，俏皮地对我摇了摇。"你在逗我吧，伙计，"他说，"对吗？我就知道。"

"你说对了，"我说着举起手里的枪，"这玩意儿只是一个模型。这里的老大，那个叫坎宁的人收藏它们——模型枪，就是这样。你应该请他让你看看他的枪支陈列室。可壮观了。"

那胖子把头缩回去，眯起眼睛看着我。"啊哈，"他愉快地说，"我会的。上哪儿去找他？"

"他在游泳池里。"我说。

"他在哪里？"

"游泳池。凉快凉快。往那边走。"我翘起拇指往身后一指。"你就能找到他。见到你他会很高兴。"

"哦，谢谢你，伙计。你真是太好了。"

随即他开心地朝俱乐部房子的方向摇摇晃晃地走开了。

等到他绕过转角，消失在视线中，我四下张望着——我想我是不是有点疯了。我在考虑怎么处理这把枪。在过去的几天和几小时里经受了这般折磨，我的脑子依然不太好使。我的身边是一面高墙，墙上垂下一簇簇繁茂的圣克莱门特市花，此刻我就地把武器扔开，我听见它撞到墙上，又发出啪的一声闷响，掉在墙脚的泥土上。此后，它会让伯尼·奥尔兹的手下花两天的时间去搜寻。

当然，阳光满满地洒在车上，里面热得像个蒸笼。我不在意——方向盘能把我的手掌烤到焦透，但我几乎感觉不到。我往前门的方向开去。在路上的一个转弯处，我突然一阵头晕，差点撞上一棵树。我的胳膊因为被绳子绑过，依然疼痛。门卫马文对我投来戒备的眼神，脸拉得像个屋檐上的滴水嘴，但是他没有起疑，升起了栏杆。我开到第一个电话亭停下，打电话给伯尼。我说话还是含糊不清，起初他听不懂我在说什么。接着他明白了。

20

接下来的剧情就有点乏味了，或者说在我看来是这样，因为先前发生的事情是那么精彩刺激。伯尼和他的手下闯入卡维拉俱乐部，发现巴特莱特依然在池边，因为失血过多失去了知觉。喝得醉醺醺的圣地兄弟会成员在室外到处晃悠，他们费了不少劲儿挤过人群。弗洛德·汉森在海湾城海边的寓所里被捕。当时他正在打包行李。伯尼说，要不是汉森忙着收拾这么多东西准备带走，他本有时间逃跑的。

“哎呀，你应该看看他住的地方，”伯尼说，“墙上挂着一个个大相框，上面都是肌肉男，衣橱里挂着一件件紫色丝绸睡衣。”他无力地甩了甩手，故作娘炮，并轻柔地吹起口哨。“喔-哦！”

当然我想知道坎宁的情况。听说和汉森不同，他逃走了，我倒是毫不意外，不知道为什么。那天晚上，伯尼带领一班人搜查坎宁在汉考克公园的房子，但鸟早就飞了。用人说不出他去了哪里；他们只知道他匆匆忙忙地回到家，身上的衣服看起来像是被大水冲过了，他下令打包好一件行李，立刻准备车子送他去机场。郡治安官办公室马上清查起飞航班的乘客名单，同时，伯尼的手下赶到机场，拿着坎宁的照片盘查机组人员。一个办理登机手续的女孩认出了他，但他报出的名字不是坎宁。至于他叫什么，她想不起来了。他乘坐的航班先是直飞多伦多，下一段飞往英国伦敦，但她不知道他机票上的目的地是哪里。伯尼打电话到办公室，告诉他的手下，密切注意加拿大航空飞往多伦多的夜间航班的旅客名单，看看会有什么收获。

我和伯尼，我们自己出去喝了一杯。我建议去维克托，于是伯尼开到了那里。我给自己和他都点了琴蕾。据我所知，维克托是唯一一家能调配出道地琴蕾的酒吧——也就是一半琴酒，一半玫瑰牌青柠汁，加碎冰混合而成。其他地方都会加入糖和苦味酒之类的配料，但全都不对。介绍我去维克托的是特里·伦诺克斯，于是我常常跑到那里去，举杯纪念这段过去的友情。伯尼听说过特里，但不像我这么了解。

我问起弗洛德·汉森现在何处，伯尼告诉我他们已经把他带回了市里，审讯室的小伙子们立即审讯了他。他们没有费很大劲儿。当他们问到泳池边的血迹是从哪里来的，他一五一十地说出墨西哥人的事情，巴特莱特是如何按照坎宁的命令严刑逼供，随后结果了他们。汉森甚至主动提出带他们去卡维拉俱乐部，指认那个石灰坑，那是在俱乐部园地内一个偏僻的角落里，也就是他和巴特莱特抛下两具尸体的地方。“那泥土似乎是强酸。”伯尼说。

“所以是石灰？现成的，一个坑里都是，如果你需要抛尸的话正好用上。”

伯尼不予置评。“这饮料真不错。”他说着，抿了一口琴蕾，咂了下嘴。“很提神。”他没有在看我；伯尼有时候会这样，虽然睁大了眼睛，却没在看什么。“我能猜到坎宁想从你和墨西哥人手里得到什么讯息，”他说，“我们的老伙计彼德逊，对吗？一个令人讨厌的家伙。”

我掏出烟盒，递给他。他摇摇头。“你还在戒烟？”我问道。

“哪有那么容易。”

我把烟盒和纸板火柴放在吧台上。伯尼不是那种应该戒烟的人，这只会让他更容易烦躁。我点了烟，吐出三个烟圈，三个全都很完美——我也没想到自己这么厉害。

伯尼愁眉不展。他确实需要一根烟。他沉着脸，看了我一眼，眼神像是在说“说实话，不然就看着办”。“好吧，马洛，”他说，“我们来谈谈。”

“伯尼，”我说，“偶尔叫一声我的名字会害死你吗？”

“为什么这么说？”

“因为一整天别人都在叫我马洛，紧接着就是一番恐吓威胁，再接着就是被暴打一顿。我烦透了。”

“所以你希望我叫你菲尔——”

“叫‘菲利普’就行了。”

“——然后我们就算是好哥们儿了，对吗？”

我别过脸去。“算了吧。”我说。

酒保正好经过，好奇地抬起眉毛，我对他摆摆手。面对琴蕾，你必须一口一口慢慢喝下，除非你希望第二天早上醒来时，脑袋里装着一笼叽叽喳喳的鸟。我听见身边的伯尼呼吸粗重。要知道，当伯尼开始大声哼着鼻子，事情可就不妙了。

“让我来为你算算账，马洛。”他说着，开始用他那肉滚滚的大手指打着钩。“首先，彼德逊这个家伙死了，接着他也许没有死。有人委托你调查这件事。在你调查的过程中，撞见了彼德逊的姐姐。接下来，彼德逊的姐姐死了，这个案子没有任何疑问，因为我们看见她的喉咙被整个儿切开了。我请你到犯罪现场来，好声好气地问你，把你知道的都告诉我。你对我说没门儿，我自己去——”

“拜托！”我反驳说，“我已经很客气了！”

“——接着我又接到你的电话，这一次有两具尸体，某个狗奴才躺在一座泳池边，腿上中了弹，一个有钱的家伙溜了，另一个差点溜走。我对自己说，伯尼，这真是一份见鬼的差事。这种差事，马洛，当治安官听说这个案子，不管什么时候，他会要求我用加倍的速度查清楚。这个叫坎宁的家伙，你知道他是谁吗？”

“不，不太清楚。我听你说啊。”

“他是这些地区最大的房地产投资人之一。他拥有百货公司、工厂、住宅区——你能想到的他都有。”

“他还是彼德逊的父亲，”我说，“也就是林恩和尼可的父亲。”

这话令他好一会儿说不出话来。他把头往前探，眉头拧在一起，那让他看起来像是一头公牛准备冲向一个特别恼人的斗牛士。“你在开玩笑。”他说。

“我会对你开玩笑吗，伯尼？”

他呆坐着思考着。伯尼陷入沉思的时候令人敬畏。突然他伸出手抓过我的烟盒，抽出一根烟，塞在嘴里，点燃一根火柴。他拿着燃起的火柴顿了一会儿，眼里的神情既哀伤又不服气，像是一个罪人准备屈服于他的罪恶。接着他点燃香烟，长时间缓慢地吸了一口。“啊。”他叹了口气，吐出烟雾。“天啊，味道真好。”

我看着酒保的眼睛，伸出两根手指。他点点头。他叫杰克。正是在这里，在维克托，我第一次遇见了琳达·洛林，而杰克依然记得她。这并不奇怪，琳达是那种令人难忘的女人。也许我应该和她结婚，如果她还有兴趣的话，也许她已经不想了。我有没有提过她是特里·伦诺克斯的小姨子？被谋杀的是西尔维亚·伦诺克斯，特里的妻子，特里成了替罪羊。事实上，杀害西尔维亚的是一个被嫉妒心逼疯的女人——她的丈夫和西尔维亚是情人——她只是气疯了。总之特里想要人间蒸发，所以他伪造了自杀的假象，在墨西哥一个名叫奥塔托丹的肮脏的无名小镇上——虽然没几个人知道那是假的，连伯尼也不知道。我为什么要告诉他？特里是个混蛋，但我就是喜欢他。他是一个有风度的混蛋，而我就是欣赏有风度的人。

杰克拿来两杯新调好的琴蕾。此时伯尼一边吸烟，一边思考着问题，每吸一口就重重地吐气。我需要这饮品，甚至这杯喝完还想再来一杯。

“听着，伯尼，”我说，“在你重新思考，扳着手指梳理事情之前，让我再说一遍我已经告诉过你的内容：我被卷入彼德逊的案子是纯属偶然。和坎宁、和墨西哥人、和林恩·彼德逊被杀都没有关系，再说——”

“啊哈，好家伙！”伯尼说着举起一只手，这只手大得能停住海湾城大街上的车流。“稍稍倒回去一点。你对我说坎宁是彼德逊这个家伙的老爹？”

“我是这么说的。”

“但怎么——？”

“因为坎宁告诉我的。他听说我在打听他的儿子——所以他把我绑来，叫他的手下把我按在泳池里。”

“那么，那两个他叫‘手下’暴打致死的老墨呢？他们究竟怎么会被抓来的？”

“他们被抓来是因为他们杀了他女儿——他们杀了林恩·彼德逊。”

“我知道——但是为什么呢？”

“什么为什么？”

“他们为什么要杀她？他们为什么在尼可·彼德逊的住所把她抓走？他们一开始为什么要跑去彼德逊的住处？”他停下来，叹了口气，把额头靠在手上。“告诉我，我是个蠢货，马洛，告诉我，干了这么多年的警察之后，我的脑子像是被油炸过了，但我就是想不明白。”

“喝你的酒吧，伯尼，”我说，“再来根烟。放松一下。”

他猛地抬起头，瞪着我。“我会放松的，”他说，“等到你不再妨碍我，告诉我这他妈到底是怎么回事的时候。”

“我不能告诉你，”我说，“我不能告诉你，因为我也不知道。我也是偶然被卷进这些事情当中的。让我再说一遍：我受人委托，调查一个应该已经死去的人。接着，我发现自己踩进了死人堆，陷了进去，我他妈的自己也差点成了一个死人。但听我说，伯尼，拜托，听我再说一次。我不知道，就像你也不知道，这是怎么一回事。我觉得自己像是在一个美好的早晨出门散步，在第一个街角发现自己碰上了十辆车连环相撞的事故。到处都是血和尸体，燃烧的车子，鸣叫的救护车，一片狼藉，全都是倒霉蛋。我就站在中间，像斯坦·劳雷尔①一样挠着头。这是一团乱麻，好吧，伯尼——但不是我造成的。你能相信我吗？”

伯尼咒骂了一句，接着忿忿地拿起新调的酒，一口气全部喝下。我愣住了。你不会这样对待一杯琴蕾，这是世界上最有内涵的饮料之一——简单，但很有内涵。再说，全世界最有内涵的饮品必须细细啜饮，不然它会像颗深水炸弹那样令你炸开。

随着琴酒炸弹往下沉，瞄准目标，伯尼眨了好几下眼睛；接着他再次把手伸向我的烟盒，又点了根致癌小棍。我看着他，心想，我绝对不想成为伯尼的妻子，接着又想到，就是做伯尼的猫也不行，因为今晚奥尔兹回到府上必定会对它大声嚷嚷，拳脚相向。“你必须告诉我。”他说，香烟和刚刚涌过声带的烈酒令他的嗓音变得沙哑。“你必须告诉我是谁雇你寻找彼德逊。”我已经掏出了烟斗，但他一把握住我的手腕。“别摆弄这该死的玩意儿！”

“好吧，伯尼，”我心平气和地说，“好吧。”我把烟斗放回口袋

① 1890—1962，英国喜剧演员、作家、导演。

里，于是又拿了一根烟，趁伯尼还没把它们全都抽完，我得抢一根。我环顾四周，设法转移话题。“告诉我汉森被迫说了些什么。”我说。

“你什么意思，什么叫他被迫说了什么？”

“我是说，当你的手下带着刑具审问他时，他对他们说了什么？他供认了什么罪状？”

伯尼转向一边，似乎要吐痰，接着又转了回来。“没什么有价值的，”他厌恶地说，“他什么也不知道。我猜想坎宁并不信任他，总之关键的事情不敢交给他。他说坎宁想弄清楚你对尼可·彼德逊的事情知道多少，他是否还活着，如果还活着，该上哪儿去找他。这几乎不是什么新线索。至于墨西哥人，坎宁知道他们杀了那女孩，于是去找他们报仇。”

“坎宁是怎么找到墨西哥人的？汉森说了吗？”

“他在南部边境有同伙。他们抓住了老墨，把他们送到这里。有钱还怕交不到朋友，呃？”他拿起空杯子，哀伤地往里面看。“真是一团糟啊，”他说，“真是没完没了，不可收拾，这麻烦堆得跟帝国大厦一样高。”他抬起头，满眼惆怅地注视着我。“你知道我为什么在这里，马洛？你知道我为什么在这里和你又是喝酒又是抽烟的？因为等我回到家里，会发现老板已经打了七八个电话给我，想知道我有没有抓到那些混蛋，有没有把你妥妥地关进监狱，还有坎宁那些在市政府和其他地方的了不起的朋友——他们大部分和他是一伙的——他要怎么对他们解释，我们突击了他的俱乐部——叫什么来着？”

“卡维拉。”

“我们怎么会全面搜查卡维拉俱乐部——那些人都是会员——却没有事先征求他的意见，得到他的同意。”

“什么？”我说，“你没有告诉老大就跑到那里去了？”

治安官唐纳利最近刚刚当选，他在选举中以几千张选票的优势击败前任，令所有人大跌眼镜，包括唐纳利本人，我猜想。被他踢走的那个家伙从一战以来一直坐在那个位子上，总之感觉上就是这样，而唐纳利必须证明自己。当他坐到治安官的座位上，那把椅子还是热的，从第一天开始他就作威作福，给伯尼和手下的官员很大压力。也许他们是活该——在前任的治下，他们也许已经变得软弱不堪。

"事态紧急，"伯尼说，"从你描述的俱乐部的勾当来看。如果我上报唐纳利，那么在我们行动之前就有好几个火圈要钻，等我们赶到那里，俱乐部里的每个人，包括门卫和园丁，早就会溜之大吉了。"他停下来，看着我。"现在是怎么回事？"

我定是情不自禁地浑身一颤。一个念头击中了我，一个巨大的、肮脏的、恶心的、再明显不过的念头。

"有名单吗，在那里工作的人，俱乐部的？"我问道。

"名单？你什么意思？"

"一定会有一份员工记录。"我说，更像是自言自语，而不是在对伯尼说话。"人事清单或是薪酬名单之类的。"

"你在说什么？"

我抿了口酒，再次感受到青柠汁和琴酒的芳香相辅相成，妙不可言。好家伙老特里——如果说他做了什么好事，那就是给我介绍了这款极好的鸡尾酒。"当时我在那里，在俱乐部里，"我说，"这个家伙，名叫拉马尔，他走过来同我说话。他有点，怎么说呢"——我用一根手指按着太阳穴——"神神叨叨的，但没有恶意，我猜想。他说他看见我和虎克船长聊天，而他是失落的男孩之一。"

"虎克船长。"伯尼平淡地重复了一遍，点了点头。"失落的男孩。看在上帝的分上，这是什么意思？"

"弗洛德·汉森告诉我俱乐部有一条政策，雇用像拉马尔这样无依无靠的、无家可归的流浪汉，没有过去也没什么未来的人。像是在做慈善事业，虽然我认为威尔伯·坎宁不是什么大善人——应该是他父亲的主张。”

我没有往下说。伯尼等了会儿，接着不耐烦地说道，“就这样？到底怎么回事？”

“如果尼可·彼德逊还活着，他只是诈死，那么必须有一具尸体——林恩·彼德逊在停尸房见到了尸体，确认那是她弟弟。也许她在撒谎，为了掩盖尼可还活着的事实，整件事就是一桩阴谋。”

伯尼想了想。“你是说停尸房里的尸体，可能是在俱乐部工作的一个流浪汉？尼可在那里杀了某个人，和他换了衣服，在尸体上来回碾压，使得他面目全非难以辨认，接着把他扔在路边，随即离去？”

我慢慢地点点头。我依然在自顾自地思考这个问题。“‘失落的男孩们，’拉马尔说，‘我们是失落的男孩们。’”

“究竟谁是失落的男孩们？谁是虎克船长？”

“他是《彼得·潘》里的一个人物。你知道吗——是J·M·巴里写的？”

“神经兮兮的，但爱好阅读，这个拉马尔。”

“他说的是弗洛德·汉森。汉森就是虎克船长。尼可·彼德逊应该死去的那天晚上，第一个到达现场、做了初步辨认的就是汉森。你把汉森带回来，这次适当地吓吓他，我敢打赌你会从他嘴里挖出所有的真相。”

伯尼沉默了一会儿，同时玩弄着我的纸板火柴，在吧台上用手指来回翻转。“你还是坚持说，除了我们都知道的情况，其他的你什么都不知道？”

“我坚持，伯尼，是的。也许你注意到我已经说了好几遍了。你是否认为我说的是实话？”

"全都是从你开始的，马洛。"伯尼说，他的眼睛低垂，看着纸板火柴，语气算是温和的。"你是这一切的关键，不知为什么，我知道。"

"我怎么可能——"

"闭嘴。我不关心彼德逊，甚至是他姐姐。还有老墨——两个死掉的湿背佬算什么？那个衣冠楚楚的汉森我也无所谓，还有坎宁手下那个拿着条纹金属棒的艺术家。但坎宁——坎宁就不一样了。这个名字明天会登上各大报纸，除非有人插手，封锁消息。"

"哦？"我说，"那会是谁？"我虽然在问，但脑子里突然冒出了答案，心开始往下沉。

"我猜想有很多事情你并不知道。"伯尼说，口气一半是生气，一半是他特有的自鸣得意。"其中之一就是威尔伯·坎宁是哈伦·波特亲密的生意伙伴。"

这话在他肚子里酝酿了好久。我往杯子里看去。我在想是谁发明了琴蕾。他是如何想出这个名字的？这世界上满是这样的小问题，只有老天爷才知道所有的答案。

"啊。"我说。

"什么意思？"

"意思就是'啊'。"

哈伦·波特在这片加利福尼亚海岸拥有大量产业，以及十几份报纸，根据最近的消息，他碰巧还是琳达·洛林和已故的西尔维亚·伦诺克斯夫人的父亲，当然也就是特里·伦诺克斯的岳父。看来我在人生的每一个转角都会遇见特里，看到他露出他那哀伤的微笑，用白皙的手指转动着盛满琴蕾的杯子。真有意思——大部分人都以为他死了，就像他们都以为尼可·彼德逊死了，但他并没有死，虽然对我来说，他就像是往生的人一样阴魂不散。

如果我娶了琳达·洛林，我想，那么哈伦·波特就会成为我的岳父。这种幻想像是喝了三杯琴蕾。我对酒保杰克做了个手势，他微微点头回应，这个点头几乎看不出来。

“这么说，”我说着，缓缓地吐出一口气，“哈伦·波特。好吧，好吧。他本人就是公民凯恩①。”

“放尊重些！”伯尼说，他忍不住想要偷笑。“你几乎成了那个家族的一员——我听说波特的女儿依然为你举着爱情的火把。你会让她点亮你灰暗又渺小的人生吗？”

“别欺人太甚了，伯尼。”我平静地说。

他举起双手表示妥协。“嘿，冷静点。你的幽默感都快没了，马洛。”

我转动吧凳以便正对着他。他转开视线，不看我的眼睛。他知道他越过了界限，但我还是要说他两句。“听着，伯尼，你可以随便拿你感兴趣的事情来打击我，但不要干涉我的私生活。”

“好吧，好吧。”他咕哝着，显得不好意思，依然皱着眉头看着地面。“对不起。”

“谢谢。”

我转回去面对吧台，不想让他看见我脸上藏不住的得意。我可不是常有机会让伯尼脸红，一旦逮到机会，我就会好好利用。

杰克送来了我们的饮料。我看得出伯尼不是真的想要再喝一杯，但由于刚才说错话得罪了我，他不好意思拒绝。

“不管怎么说，你也许是对的。”我说，给他一些台阶下。

“哪方面？”

---

① 《公民凯恩》是由奥森·威尔斯于1940年拍摄的一部传记影片，影片讲述了报业大王凯恩的一生。

"波特会确保他的朋友坎宁不被明天的报纸说得体无完肤。"

"嗯哼。"他抿了口饮料，带着一副忧心忡忡的表情，把杯子放回吧台上。也许他很快就得去见唐纳利，如果满嘴酒气，事情会很不好看，总之他现在就是这样，因为两杯琴蕾下了肚。"这个城市，"他说，"我快受够了。"他伸出一只手横托着下巴。"你知道我干警察这行快二十五年了吗？想想看。这机构是部绞肉机，我甚至还不是最好的牛排。"

"拜托，伯尼，"我说，"我快要被你弄哭了。"

他郁闷地看着我。"那你呢？"他说，"难道你要假装你的世界比我混的圈子干净一点？"

"全都一样，"我说，"但事情要这么看。有你我这样的家伙在这一头，天平就不会完全倒向另一头，也就是坎宁和波特坐的那头，他们大腿上放着成袋成袋的金子。"

"是啊，当然，"伯尼说，"今晚你真是个盲目的乐天派，对吗。"

我没有继续说下去，倒不是因为伯尼的嘲弄，而是怀疑该不该把哈伦·波特和威尔伯·坎宁归在一起。波特是个狠角色，不靠投机取巧、不靠残酷厮杀，你不可能获取他那么可观的财富——据说他身家上亿。但能养育出琳达·洛林这样的女儿，可见他并非十恶不赦。我曾经和他谈过一次话。一开始他威胁我，接着教导我说，我们这些人是多么可悲的一群人，接着又威胁我，最后随意地说他会考虑放些生意给我，如果我不惹麻烦。我说谢谢，但不用。至少，我以为我说了谢谢。

伯尼看着他的表。这手表大得像个土豆，但戴在他的手上还是显得很小巧。"我要走了。"他说着从吧凳上挪开。

"你还没有喝完呢，"我说，"要知道鸡尾酒可不便宜。"

"听着，我现在是在上班。给。"他掏出钱夹，把一张五元钞票扔在吧台上。“算我的。”

我看了他一眼，拿起那张钞票，折好，塞进他那件蓝色哔叽外套的胸前口袋里。“你看不起我吗，伯尼，”我说，“是我叫你来喝酒的，应该我付钱。这是一种他们所谓的社交惯例。”

“好吧。我不太懂社会上的规矩。”他露出微笑，我也微笑着回应他。“回头再找你，菲尔。”他说。

“一定要找我吗？”

“这是我的工作。”他戴上帽子，调整好位置，伸出一根手指在帽檐上一挥表示敬礼。“今天，就再见了。”

我喝完了我的酒，考虑着要不要把伯尼剩下的酒喝完，但有些界限我们马洛这样的人是不会逾越的。于是我付了账单，拿起我自己的帽子。我看得出杰克想要问我，我的女性朋友这些天还好吗，意思是琳达·洛林。趁他还没问出口，我假装突然想起在别处约了人，于是急急忙忙地离开了。

这是一个晴朗凉爽的夜晚，一颗庞大的星星低垂夜空，在好莱坞山区的中心洒下了一道又细又长的光。蝙蝠也出来了，它们吱吱叫着，扑腾着翅膀，像是火堆边扬起的焦黑纸片。我寻找着月亮，但没有找到。这样也好——月亮总是令我感伤。我无处可去，也无事可做。我想起我没有开车，于是招了一辆出租车，叫司机送我回家。他是意大利人，像伯尼一样是个大个子，脾气也和他一样好。每次遇到红灯，他都会低声咒骂。骂的是意大利语，但我不需要翻译就知道那是什么意思。

房子里空气很闷，像是有一大群人一整天都挤在这里，门窗紧闭。我根据一本书摆好了一局棋，拉斯克对卡帕布兰卡，其中卡帕布兰卡用他那最美妙最致命的残局打败了这位德国大师。下棋并没有让我好过一点。我没有心情玩这个。因为喝下的琴酒，我脑子里还是嗡嗡的，但我不想让这种感觉散去。有时候你会希望自己的大脑停止运转，而今晚我想得实在太多了，心静不下来。有些想法你极力赶走，但它们还是会闯进来。

我坐上奥兹，开到巴尼喝了六杯波旁威士忌，要不是好心的老特拉维斯——吧台后我的守护天使——拒绝提供更多酒，我会接着喝下去。他逼我交出车钥匙，把我扶到街上，推我上了一辆出租车。此后，我什么都不记得了。总之，我自己爬上了红杉木台阶，走进前门，甚至进了卧室，半夜我醒来时，发现自己歪斜地俯卧在床上，衣服都没脱。我臭得像只浣熊，渴得像只骆驼。

我踉踉跄跄地来到厨房，靠在水斗上，直接从水龙头喝下约有一夸脱的水，随即又跌跌撞撞地跑进浴室，俯身面对马桶，吐了两三夸脱。前面的一夸脱是水，接着是浅绿色的液体混合物，我认得出来，一半是琴蕾，一半是胆汁。真是漫长的一天。

事情还没结束。半夜里电话铃声吵醒了我。起初我以为是火灾警报，要不是因为我怎么也打不开前门，我差点就跑到外面去了。我惊慌地拿起听筒，就好像它是一条响尾蛇的蛇头。那是伯尼，他打来告诉我，弗洛德·汉森刚刚被发现吊死在牢房窗子的一根栏杆上。他把床单撕成条状，绑在一起，做成一根绳子。窗子不够高，他只得双脚着地，弯着膝盖把自己吊在那里。他一定过了好久才死去。

“所以那就成了一只不会叫的鸟。”伯尼说。我告诉他他心肠太好了。他笑了，但不怎么欣赏这话。“你怎么了？”他问道，“你听起来像是嘴里含着什么。”

“我喝醉了。”我告诉他。

“你什么？我听不清楚你在说什么。”

“我说我喝醉了。喝多了。神志不清。醉生梦死。”

他又笑了，这次是由衷的。我猜想这一定很搞笑，听到某个人像我这样喝得烂醉如泥，却费力地说出这些词，尤其是最后一个。

我深吸了一口气，这令我感到一阵晕眩，但接着我的脑袋清楚起来，想到要问巴特莱特的情况。

“谁是巴特莱特？”伯尼说。

“上帝啊，伯尼，小声点。”我说着把听筒拿离耳朵。“巴特莱特就是管家——拿着金属棒的老家伙，被我开枪打中膝盖的那个。”

“哦，是他啊。他情况不太好。昏迷中，据我所知。失了一桶血。他们在给他输血。也许他能撑过来，也许不行。你很得意吗，狂人比尔①？”

“妈的他差点淹死我。”我吼道。

“那个老家伙？你快疯了吧，马洛。”

“又来了，又叫我马洛了。”

“好吧，好啦，我可以用更难听的外号来称呼你。就因为你给我买了几杯酒，并不能说明我成了你的好朋友和好伙伴。我一到办公室就醒酒了——唐纳利参加了某个美妙的基金筹款会，他穿着燕尾服，系着黑领带进来，满身都是古龙水和女人刺鼻的香水味。你有没有注意过在那种到处都是女人的晚会上，会是什么气味？”

“我去过这种晚会吗？”

“就是让你觉得晕晕乎乎，大脑反应也迟钝了。总之，被人从那个宴会上拉出来，那让唐纳利很不高兴，但远比不上他后来发的火，当他听说在卡维拉俱乐部发生的事情后，你射中了管家，坎宁像是爬上了印度人的通天绳，凭空消失了。”

“伯尼，”我说，声音像是诗人笔下某个无比温柔、无比痛苦的角

① 描述黑帮的电影《狂人比尔》中的主人公。

色，“伯尼，我喝醉了，我很不舒服，我的后脑勺像是有个家伙开着手提钻在卖力地干活。今天我差点淹死。我也射中了一个家伙，也许他并不打算淹死我，也许我不该打中他，但枪击坏人会让人精疲力竭。所以，我可以回到床上去睡觉吗？”

“好吧，你去吧，去睡吧，马洛，我们这些人就必须熬夜，设法要从一团乱麻中理出头绪，而据我所知，这都是你引起的。”

“很遗憾你入错行了，伯尼。你想要做什么，幼儿园教师？”

接着他爆发了，连珠炮似的吼出了一番话。有时候你会去那种窗帘总是拉上、门上没有牌子的书店里，买几本用朴素的棕色纸张包装的书。他的那些话在那种书上也找不到。我任由他发作，终于他吼累了，收住了声，虽然我能听见他对着话筒忿忿地喘着气。接着他问我是怎么处理那把枪的。

“什么枪？”

“什么枪？就是你射中巴特莱比的那把枪。”

“是巴特莱特。我把它扔了。”

“扔在哪里？”

“扔进九重葛花丛。”

“扔进哪里？”

“花丛里。卡维拉俱乐部里的花丛。”

“你这个愚蠢的混蛋。你在想什么？”

“我什么也没想，”我说，“我凭直觉做事。你还记得什么是直觉吗，伯尼？它一般是主导普通人的行为，不包括那种在警察部门工作了二十五年的人。”

随后我挂上了电话。

21

我一直睡到中午。醒来的时候感觉怎么样？像是住宅区里有只流浪猫一直在讨好我，希望我能收留它，让它来打理我的生活。它是只又脏又臭的泰国猫，但当然，它以为自己是埃及公主转世。有一天我打开后门，看见法老的女儿弓着背坐着，嘴里叼着应该是某种鸟类的残骸。它用迷人的眼神看了看我，小心翼翼地把鸟的尸体放在我脚边。我猜想那是给我的礼物，类似让它搬进去之前支付的头款。

好吧，那只鸟就是我，目光呆滞，感觉从头到脚被咀嚼了一遍，当我躺在那里，在一团乱糟糟、汗津津的被褥里面，看着天花板上的灯饰，它似乎以椭圆形的轨迹慢悠悠地转动着。记住我的建议：绝对不要三杯琴蕾下肚之后再喝六杯波旁威士忌。当我费力地扯开嘴唇、张开嘴的时候，我以为嘴里会喷出浓浓的绿色烟雾。

我起身下了床，费劲地走进厨房，挪动得非常小心，像是一个极为年迈的老人，又脆弱又虚弱。我舀了一点咖啡到滤壶里，把它放在炉子上，在下面点火。接着，我久久地站着，靠在水斗的边缘，愣愣地看着后院。外面的阳光像柠檬汁那么刺眼。最近的雨水令万物焕发生机。到了现在，帕路沙夫人种的马铃薯藤上，大部分花朵都开始凋谢了，但垃圾桶后面的夹竹桃花丛还是盛开着一片粉红色的花朵，其间六七只小蜂鸟正忙着授粉。啊，大自然，而宿醉的我是这片风景中唯一的污点。

滤壶开始骨碌碌地叫着，就和我的胃一样。

我披上一件袍子，走出门，把报童抛在门廊上的报纸捡起来。在凉爽的荫凉里，我浏览着头版。在第七栏有一篇关于卡维拉俱乐部发生“意外”的报道。几个身份不明的歹徒闯入俱乐部，被保安人员制服——没有提到巴特莱特的名字——导致两人死亡。显然俱乐部经理弗洛德·汉森（原文如此，像他们说的那样）是里应外合的同谋，此后在警局拘留期间意外身亡。俱乐部老板威尔伯福斯·坎宁昨晚深夜离开，前往国外，具体地点尚未查明。我吹了声口哨，摇摇头。你必须交给哈伦·波特。如果他要封杀一个消息，会做得相当彻底。

我回到屋里，从滤壶倒了一杯咖啡，喝了下去。味道太强烈，有点苦。也许，由于刚刚读到的内容，我的嘴里已经充满了苦味。

过了一会儿，我在浴室里把上半身的睡衣脱下，巴特莱特的绳子在我的手臂上、胸口和肋骨上留下的勒痕让我吓了一跳。它们有的是灰褐色，有的是青红色，还有的是硫磺一般恶心的黄色。我的肺部很酸痛，因为长时间被捆绑造成压迫，接着头又被按到水里必须努力憋气，更别提昨晚在巴尼，我抽了好几根烟，同时又在波旁威士忌的酒瓶里越陷越深。

我觉得糟糕透了，但总比死了的好，虽然好不到哪里去。

等到我刮了胡子，冲了澡，尽可能振作了一点，我穿上一件白衬衫，一件灰西装，戴上一条深色领带。经过一个醉酒的夜晚，最好穿得素雅一些。我又倒了一杯浑浊的咖啡，咖啡到现在还是温热的，我端着杯子来到起居室，坐在沙发上，点了一根烟尝尝看。尝起来像是苦艾，或者说我想象中苦艾就是这个味道。我怀疑在宿醉之后最糟糕的做法就是喝咖啡，同时吸入尼古丁，但你总得做点什么吧。

当邮差把今天的第二批邮件从投信口扔进来，它们啪的一声掉在门厅的地砖上，我一听到声音就跳了起来。我就是处于这种状态。我走出去，捡起一捆信封。水电煤账单。内布拉斯加的一家公司给我提供了上等腌制肉眼牛排的报价单。太平洋煤电公司通知我电力账号过期了。还有一个奶油色的信封，上面用蓝紫色的墨水、娟秀的圆体字写着我的名字和地址。我闻了一下。兰格利什蕾丝的香味，微弱，但绝不会错。

我把信拿到沙发上，用拇指和另一根手指捏着，举着它，凝视着它。我回想起那一天克莱尔·卡文迪什在暖房里，坐在锻铁小桌边，用她那精致的钢笔在笔记本上写着什么，现在看来似乎是很久以前的事了。我把信封放在咖啡桌上，又看了它好一会儿，直到抽完我的烟。那可能是一封分手信，告诉我她要和我断交，给我最后的致命一击？或是一张便条，指控我和一位客户陷入了不正当关系？还是要把我解雇了？要么只是一张支票，付清账单，简单地说再见。

要找出答案只有一个办法。我拿起信封，把一根手指滑到封盖的下面，同时，我想象着克莱尔舔着封盖，她那红红的小舌尖迅速扫过，沾湿了凝固的胶水。

我很想知道，你在我委托你调查的事情上是否获得了新的消息。至此我希望看到重要的进展。请尽快让我知晓。

*CC*①

就这些。没有寄信人地址，没有问候语，没有名字，只有缩写。她一点儿也不想冒险。这是手写文字版的精神炸弹。我开始生气，但接着告诉自己别傻了。发火会伤肝，他妈的一点好处都没有。

我把克莱尔·卡文迪什那张冷冰冰的条子放到一边，坐回沙发

① 克莱尔·卡文迪什的缩写。

上，又点了一根烟，既然逃不过，我就得好好想一想。尼可·彼德逊的事情从一开始就不太合理，但现在看来完全说不通。我最近无意中看到一个绝妙的词：重写本。字典上说那是一种手稿，把一部分原有的文字擦去，覆盖上新的内容。我在此处理的问题有点类似这样。我深信在一切已经发生事情的背后，有一个我看不到的版本。不管怎么样，我知道那是存在的。要不是训练出一只善于嗅出疑点的鼻子，一个人不可能像我一样，在这份工作上撑这么久。

在宁静的午间时分，我坐在沙发上，把事情重新整理了一遍——我住的地方是在一条死路上，好处就是没什么车来车往，所以噪音始终很小。但事情的来龙去脉还是和以前一样，我无路可走，或者说没有新的路可走。我非常确定的一点，唯一确定的一点，就是克莱尔·卡文迪什是一块放不进去的拼图。尼可·彼德逊这个人我有点谱了。他是个有钱人的儿子，人生目标是靠自己赚钱，藐视他的父亲，只是他没有他父亲的头脑、魄力、手段，和其他能赚到百万钞票所需要的能力。他在经纪人这行一事无成——就连曼迪·罗杰斯都会觉得他无能——他的堕落也许是因为交错了朋友。

我还怀疑，尼可用一个手提箱从墨西哥给卢·亨德里克斯运送走私物品，东西非常值钱：你不会为了几毛几分钱诈死。而且我相当肯定弗洛德·汉森和尼可串通一气，将一个“失落的男孩”的尸体当作尼可的替身。我估计威尔伯·坎宁不知道汉森和尼可在策划什么，并且相信尼可已经死了，直到我插手这件事。至于戈麦斯和洛佩兹，我猜想，随尼可一起消失的那只手提箱，不管里面装着什么，两个老墨才是箱子原本的拥有者，所以他们跑来找尼可，想要回他们的东西。

还剩下克莱尔·卡文迪什。她委托我寻找一个男友，后者用一种夸张的方式耍了她，先是假装死去，后来又活着现身，但我不信那一套。从一开始我就无法相信像她这样的女人会和彼德逊这种人纠缠在一起。当然，有些女人喜欢涉足泥淖——拿自己的名声，甚至健康来冒险，觉得很刺激。但克莱尔·卡文迪什不是这种人。我可以相信她对一个流氓投怀送抱，但必须是她看得上眼的流氓，有地位，有品位，有钱。好吧，她也和我上了床，一个不会开外国豪华跑车的家伙。我无法解释。每当我想起这个，脑子里唯一的画面就是那天晚上她躺在我床上，在灯光下靠在我身上，用指尖轻触我的嘴唇，任由她金色的头发披散在我的脸上，我还能怎么样？也许我让她想起某个她曾经认识的人——甚至是曾经爱过的人。要么，她也许只是哄着我，以便他妈的继续随心所欲地利用我。这种可能性我宁可没有想到。然而，一旦你想到了一件事，就会一直想着它。

我手边就有电话，我还没想好要干什么就拨了她的号码。有时候，你会发现自己紧跟直觉，就像一只训练有素的狗紧跟着主人的脚后跟。一名女佣接了电话，告诉我等着别挂。我听得见她走远了，脚步声回荡在走道上。会造成这么大的回声，这房子该有多大啊。我想起多罗西亚·兰格利什一脸不可思议的表情，当她说到自己靠碾碎的花瓣赚取了一大笔财富。真是个有趣的世界。

“是哪位？”克莱尔·卡文迪什说道，声音冷得足以让塔霍湖①的湖面结上一层冰。我告诉她我想见她。“哦，是吗？”她说，“你有事情要向我报告？”

“我有事情想问你。”我说。

“你不能在电话上问吗？”

“不行。”

---

① 位于美国加利福尼亚州和内华达州边界上、内华达山脉北部断层形成的淡水湖。面积为500平方公里。

对方沉默了一会儿。我不知道她为什么这么冷漠。那天夜里在我的住处，我们不欢而散，但当她弟弟服药过量，她打电话叫我去帮忙，我还是去了。那不足以让我成为她心目中的圣人格拉海德[1]。但我认为，用这么冷淡的态度对待我，或是寄来一张这么无礼的纸条，这并不应该。

“你有什么建议？”她说，“到家里来不是个好主意。”

“吃午餐怎么样？”

她再一次陷入沉默。“好吧。哪里？”

“丽兹贝弗利。”我说。我第一个就想到那里。“我就在那里见了你的母亲，和她聊了聊。”

“是的，我知道。今天母亲出城去了。我半小时后就到。”

我走进卧室，对着衣橱的镜子看着自己。那件灰西装显得很寒酸，此外，我的脸上也是这种气色。我换上一件深蓝色的衣服，解下我戴着的领带，系上一条红色的。我甚至想着要擦亮我的皮鞋，但身体太虚弱，想到弯腰便很不乐意。

当我走出前门，看到路边空空荡荡的，一开始以为奥兹被偷了。接着想起昨天晚上特拉维斯把钥匙从我身上拿走，叫了辆出租车送我回家。我沿着大街走向月桂谷。太阳照射在桉树上，空气中充满了它们清新的气息。我告诉自己感觉没有那么糟糕，我还差点相信了。一辆出租车从我身边经过，我在后面吹了个口哨，它停了下来。司机壮得像头麋鹿，我看着他，愣了一下马上反应过来：他是昨天晚上我在维克托门外召来的意大利司机，同一个人。这座城市似乎一天天地变小了。他的情绪没有任何改善，每次遇到挡在前面的交通灯一定会骂骂咧咧，好像每当他靠近路口都有人故意转成红灯。

---

① 亚瑟王的圆桌骑士之一，圣洁之人。

这一天显然充满了巧合。在贝弗利，我被领到和兰格利什夫人坐的同一张桌子边。服务员也是同一个。他还记得我，并担忧地问兰格利什夫人会不会来。我说不会，他露出微笑，像是正好想到了圣诞节。我叫了一杯伏特加马提尼，见鬼，并告诉他要调得越干越好，干得像盐湖城一样。“我明白了，先生。”他和气地说，如果他俏皮地眨眨眼我也不会奇怪。他是个有经验的家伙，毫无疑问，在百步开外就能看出一个宿醉的酒鬼。

我环顾四周，等着我的酒上来。今天就连纳芙蒂蒂塑像凹凸有致的前胸和翘臀也提不起我的兴趣。一些桌子边像往常一样，坐着戴帽子和白手套、正在享用午餐的女士们，还有一些穿着素色西服的生意人显得一本正经，干练有力。一对年轻的爱人并排坐在一张靠背软垫长椅上，挨着一棵倾斜的棕榈树。度蜜月的新婚夫妇——他的脸上堆满了那种显而易见的傻笑，而她的脖子一侧有个吻痕，大小和颜色都像一个蚌壳。我默默地祝福他们快乐好运。为什么不呢？就算是和猪头一样迟钝的人，看到年轻人表现出来的恩爱，也会情不自禁地露出善意的微笑。

我的马提尼被放在一个闪闪发亮的托盘上端了过来。它是冰冷的，有一点油，杯子愉快地撞到我的牙齿上，发出银铃般清脆的声音。

她来得不算晚。服务员把她带到我的桌子边。她穿着白色的羊毛套装，一件紧身外套和一条窄裙。她戴着一顶奶油色的草帽，有黑色的绑带和一圈宽大的帽檐。我感到嘴很干。她瞪着我，一脸震惊——我可以想象我是什么样子——当我将脸凑过去，她在离我脸颊几英寸的地方，对着空气迅速地吻了一下，并嘀咕着：“我的天啊，出什么事了？”

服务员在附近晃悠，我转向他。“这位女士也来一份马提尼。”我说。

克莱尔正要反对，我假装没有注意到；这顿饭只喝酒。她把她的黑漆皮小包放在桌子上，慢慢地坐下来，眼睛依然看着我。“你气色很差。”她说。

“你看上去就像你母亲的银行存款。”

她没有笑。这不是好的开始。“出什么事了？”她再一次问道。

“昨天可以说是‘难堪’的一天。你看到今天早上《时报》上的消息了吗？”

“什么消息？”

我咧着牙齿露出微笑。“卡维拉俱乐部发生了可怕的意外，”我说，“你想象不出那个地方出了什么事，里面死去的墨西哥人是怎么回事，那个经理被证实是卑鄙小人又是怎么回事。当然，你认识弗洛德·汉森。”

“我不能说我认识他。”

服务员送来她的饮品，几乎是毕恭毕敬地把杯子放在她面前。我看得出来，他对她进行了迅速而全面的鉴赏，服务员最擅长这种事。也许他的嘴也干了。她对他微微一笑以示感谢，他躬身后退着离开。

“我猜想报纸上说的并不是真实情况，对吗。”克莱尔说。她的一只眼睛从倾斜的帽檐下面看着我。

“几乎都不是真的。”

“你当时在俱乐部？我想，这就是为什么你这天过得那么——你用什么词来着——难堪。”我不作声，只是一直看着那只犀利的眼睛，保持着硬邦邦的微笑。“怎么会没有提到你的名字？”她问道。

“上面有我的朋友。”我说。

“你是说琳达的父亲？”

“哈伦·波特很可能打了个电话，是的，”我说，“琳达有没有告诉你，我和她有多熟？”

此时她确实在对我微笑，但很假。“她没有告诉我，但从她谈起你的口气我可以猜到。你对她也有同感？”

我点了一根烟。“我来这里不是要谈论琳达·洛林的。”我说，没想到自己的口气这么生硬。她畏缩了一下，但我认为，那是她故意的。

“对不起，”她说，“我不是要打听个人隐私。”

她打开小包，翻出她的香烟——看来今天抽的是黑俄罗斯——把一根烟安在黑檀木烟嘴上。我凑过去递上一根点燃的火柴。“好吧，”她说，对着天花板吐出烟雾，“你来这里到底是要谈什么？”

“好啊，”我说，“我猜想我们之间只有一个话题，卡文迪什夫人。”

她愣了一会儿，琢磨着我称呼她的口气。“恢复一本正经的生意关系，”她小声说，“太晚了点，你不觉得吗？”

“我认为那会比较好，”我说，“如果我们严格地公事公办。”

她又对我闪过一丝微笑。“是吗？”

“好吧，你寄给我的纸条就很正经。”

她有些脸红。“是的，我想那相当唐突无礼。”

“听着，卡文迪什夫人，”我又说了一遍，“我们之间存在一些误会，你和我。”

“什么样的误会？”

我告诉自己现在不是肆意发火的好时机。“就是，”我说，“我想澄清的误会。”

“那么我们该怎么做？”

“那就要看你的了。首先，关于尼可·彼德逊的事情，你要对我说实话。”

“对你说实话？我不确定我知道你在说什么。”

我的杯子空了——我甚至吃了那颗橄榄。我示意服务员，他点点头，转身向吧台走去。我突然觉得很累。我的胸口和上臂依然痛得要命，而脑袋里有一种痛在远远地、闷闷地敲打着，现在看来，似乎一辈子都停不下来。我需要找个凉爽有遮阴的地方躺下，休息上好长一段时间。

“我的话并不难懂，也不费解，卡文迪什夫人，”我说，“虽然我倒是碰到了难懂的问题，我倒是觉得很费解。从我的角度来看一看。起初事情似乎很简单。你跑来我办公室，要求我寻找你失踪的男友。这不是第一次有个女人坐在你坐的那把椅子上，要求我做同样的事情。男人相对来说比较软弱、怯懦，往往当爱情消逝的时候，他们宁可不告而别，也不愿意面对自己的爱人，告诉她，对他们而言她已经成了过去。我听信了你的话，虽然内心还有一点保留意见——”

“是什么？”

她全神贯注地凑过来，烟嘴斜得厉害，烟头冒出一道又细又流畅的烟，直直向上。

“我已经说过，我无法把你和我想象中的尼可·彼德逊这种男人联系在一起，根据你对他的描述。”

“那他算是哪一种？”

“不是你会喜欢的那种。”她正要开口，但被我打断。“别说话，”我说，“让我说下去。”不是只有她才会摆出一副唐突无礼的样子。

服务员给我送来第二杯马提尼。我很高兴被他打断。伴随着脑袋里的鼓点，我自己的声音渐渐变成了一种刮着地面的低音。我抿了一口凉爽的饮品，想起《圣经》里有关鹿倾慕溪水的诗句[1]。好在赞美诗的作者不知道伏特加。

---

① 《圣经》中的原句是：神啊，我的心倾慕你，如鹿倾慕溪水。

我又点了根烟，接着说道，“总之，尽管我有顾虑，我还是对你说了，好吧，当然，我会找到他。接着我发现他去了天堂，接着事情似乎不是这样，因为你在凉爽又时髦的旧金山城里看见他快步走在市场街上。这很有趣，我心里想，事实上，这是一个三套管的问题，一层套一层，于是我戴上猎人的帽子，再次出发去追踪。接着我发现，我周围的人开始一个一个被杀掉。另外，我害得自己差点也被杀掉。这让我停了下来。我回头看着自己走过的曲折道路，看见你远远地在我身后，站在我出发的起点，带着那种难以捉摸的表情，这表情我已经如此熟悉。我问自己，这会像刚开始看起来那么简单吗？当然不会。”

此时我也凑过去，直到我们的脸隔着桌子只剩一英尺的距离。“所以，卡文迪什夫人，我问你，这真像表面看起来那么简单吗？我说我要你对我说实话，就是这个意思。你曾经要求我像巴斯葛一样下个赌注。我答应了。我想我输了。顺便提一句，你还没有碰你的酒。”

我靠回椅子上。克莱尔·卡文迪什往左右两边各扫了一眼，接着皱起眉头。“我刚刚发现，”她说，“这是我母亲最喜欢的桌子。”

“是的，”我说，“太巧了。”

“当然，你们就是在这里见面的，对吗。”

“就是这个位置。”

她心不在焉地点点头。她似乎在思考很多东西，在分析，在盘算，在抉择。她摘下帽子，把它放在桌子上，手提包的旁边。“我的头发难看吗？”她说。

“很好看，”我说，“你的头发。”

我说的是真心话。我依然爱着她，用某种痛苦、无望的方式爱着她。我真是个傻子。

“我们在说什么？”她说。

我想她是真的走神了。我闪过一个念头，也许她知道的确实不比我多，也许她委托我寻找尼可·彼德逊和后来发生的事情并无关联。毕竟，有这种可能性。生活中充满了乱七八糟、没有关联的片段，虽然我们自己不愿意承认。我们希望每件事都合情合理，尽善尽美，于是不断编造出情节，把它们强加于事情真实的样貌。这是我们的一个弱点，但我们拼尽宝贵的生命坚持这一点，因为没有了它，生命就毫无意义，还管什么宝贵不宝贵。

“我们在说，”我说，“应该是我在说，我在问，你委托我寻找尼可·彼德逊，同彼德逊的姐姐被绑架杀害，接着凶手本人被杀，弗洛德·汉森自杀，威尔伯·坎宁出逃国外，以及我最后感觉所有这些四处乱跑的人都是冲着我来的，像是一群水牛，你能否向我解释，这些事情之间到底有什么关联。”

她立刻抬起头，瞪着我。“你说弗洛德·汉森怎么了？报纸上说——”

“我知道报纸上怎么说。但汉森不是意外死亡——他撕了一条床单，做成一根绳子，把它像绞索一样套在脖子上，另一头绑在窗户的一根栏杆上，让自己落下。只是窗子离地面不够高，于是他不得不弯着脚吊在那里，直到完全断气。想想看这需要多大的努力和决心。”

她脸色灰白，这使得她那对黑色的眼睛显得格外醒目，又大又亮又湿润。“天啊，”她喃喃地说，“这可怜的人。”

我仔细地打量着她。我总是能分辨出一个男人是不是在演戏，但对于女人，我永远看不透。“这是件肮脏的丑事。”我说，尽量压低声音，尽可能显得温和。“林恩·彼德逊以残忍痛苦的方式死去。弗洛德·汉森也是，虽然他也许是罪有应得。两个墨西哥人被打死，即使不值得为他们感到遗憾，但事情本身是残忍的，丑陋的。也许你不明白你卷进了什么样的事情里。我希望你不明白，或者至少是过去不明白。现在你不能再伪装下去了。所以你是不是准备告诉我你知道的情况？我相信有些事情你一直在故意瞒着我，你准备告诉我吗？”

她愣愣地看着前方，似乎看见了恐怖的东西，也许她真的是第一次看到它们。“我不能——”她说，接着支吾起来。“我不想——”她攥起拳头，把发白的关节抵着嘴唇。邻桌的一个女人正看着她，此时和对面的男人说了什么，后者也转头看过来。

“喝点酒，”我说，“这酒很烈，对你有好处。”

她很快地摇摇头，拳头依然紧紧地贴在嘴唇上。

“卡文迪什夫人——克莱尔。”我说着再次凑到桌子对面，小声而急促地说，“我一直对你的名字保密。一个非常凶悍的警察——其实是两个警察——给我施压，逼迫我告诉他们是谁在委托我寻找彼德逊。我什么也没说。我告诉他们，我调查彼德逊的下落和其他所有发生的事情都没有关系，我被牵涉进来只是巧合。警察可不喜欢巧合——这不符合他们对这个世界的认识。好在这件事情上，他们相信了我的话，不管有多少怨言。假如结果证明我错了，他们不会相信这是个错误，他们会像耶和华复仇一样怪罪于我。我不介意——我过去曾经历过这种事，而且还更加严重。但如果他们彻查我，就意味着他们会找到你。你不会喜欢那种事情，相信我的话。即便你不担心自己，想想看类似这样的丑闻对你的母亲会有什么影响。很久以前她见识了太多的暴力，经历了太多的痛苦，这辈子够了。别再把她放进那个绞肉机里了。”

我没再往下说。此时我感到自己的声音恶心得要命，原来我脑袋里只有一个鼓点，如今又加入了一整个打击乐队，一群业余的乐手努力地敲敲打打，掩饰自己不够专业。今天我还没吃过什么东西，伏特加在燃烧，像浓酸一样刺激着我毫无防护的内脏。克莱尔·卡文迪什弓着背坐在我面前，依然呆呆地看着前方，突然间她在我眼里变得丑陋，我真希望自己不在这里，去哪儿都行，只要不在这里。

“给我一点时间，”她说，“我需要时间想一想，去——”

我等着。我看得出她不准备说下去。“去干什么？”我说，“有什么人你一定要请示吗？”

她马上抬头看着我。“没有。你为什么这么说？”

“我不知道，”我说，“我看你像是在考虑着，把我们今天谈话的内容告诉某个人，看那个人会怎么说。”

那是真的：她似乎真的在想着某个人，就像那天晚上在她的卧室里，她想着同一个人，虽然我不知道自己是怎么猜到的。人的心上有一扇门，平时一直紧闭着，直到有一天，外面的冲击再也挡不住了，于是铰链松开，门一下子打开，所有的东西轰然涌进来。

“给我一点时间。”她又说了一遍。此时她双手都握成了拳头，并排用力地按在桌子上。“请你尽可能理解我。”

“这正是我在做的，”我说，“尽可能理解你。”

“我知道。我很感激——”她又抬头瞥了我一眼，带着一种恳求的眼神。“真的，我很感激。”

她突然忙碌起来，把烟和烟嘴收好，放进手提包里。她又拿起帽子，戴在头上。帽檐慵懒地低垂在额头，像是有一阵微风轻柔地吹拂着它。我怎么会觉得她很丑呢，连一秒钟都不会这么想啊？她正是我所见过的、可能会遇到的最美好的可人儿，我怎么会觉得她不是呢？我的横膈膜震了一下，像是一条车道在地震中震出了波纹。我正在失去她，我正在失去这个珍贵的女人，即使从一开始我就没有真正拥有过她，这个想法令我充满了哀伤，那种哀伤我认为没有人能够承受、能够熬过。

“别走。”我说。

她看着我，快速地眨着眼睛，像是忘了我也在场，或是记不得我是谁了。她站了起来。她有些发抖。“太迟了，”她说，“我——我约了其他人。”

显然，她在撒谎。没有关系。她从小就被训练说这样的谎话，那些善意的、社交场上必需的谎言，任何人都会认为理所当然，总之就是她圈子里的任何人。我站起来，我的肋骨在淤伤的皮肉下吱嘎作响。“你会打电话给我吗？”我说。

“会的，当然。”

我觉得她没有听见我的话；那也没有关系。

她转身走了。我想要伸出一只手阻止她，把她拦下，让她不要离开我。我看见自己伸出手抓住了她的手肘，但那只是我的想象，她一边嘀咕着一个我听不清楚的词，一边完全转过身去背对我走开，绕过一张张桌子，毫不理会那些抬头目送她离去的男人。

我又坐下来，虽然感觉更像是崩溃了。桌上放着她没有动过的酒，一颗孤零零的橄榄浸在里面。她那根碾在烟灰缸里的香烟上沾着口红印。我看着自己半空的杯子，看着一张皱巴巴的纸巾，看着桌子上一两片一口气就能吹散的烟灰。这些是被遗弃的东西；这些是留在记忆中的东西。

我叫了一辆出租车去巴尼拿回我的车。挡风玻璃上夹着三张停车票。我把它们撕了，扔进水沟里。天没有下雨；只是在我眼里下着雨。

22

那是第二次我几乎要放弃。我的身体和心灵都在疼痛，在这条道路上我看不到任何希望，我似乎已经走了很久很久，虽然只有一个星期左右。暑气看来不会升起，这些天的早上，一层厚厚的棕蓝色烟雾笼罩在大街小巷，阳光努力地想要穿透它，但不太成功。这座城市像是一个巨大的、阻塞的肺。

我在办公室里脱了外衣，敞开衬衫领子，双腿搁在办公桌上，呆坐了好几个小时，无精打采地望着空气，或是看着一群苍蝇绕着天花板上垂下的灯饰没完没了地飞着。我不止一次想要从书桌的抽屉里拿出酒瓶，但我很清楚如果拿了会有什么后果。

一些本可能成为客户的人走进来，但他们都没有久留。其中有个女人确信她的隔壁邻居设法要毒死她的猫。她很眼熟，随后我想起她几年前曾来找过我，抱怨同样的问题，我同样也拒绝了她。我猜想她尝试了电话簿里所有的私家侦探，现在正在试第二遍。我想我本该大声呵斥着赶她走，但我为她感到难过。由于我的内心阴云笼罩，我为一切感到难过，甚至是盆栽的树，一棵日本枫树，那是一天我心血来潮买来的，想要装点办公室，在无事可做、没有电话的时候陪伴我度过漫长的办公时间，但它濒临死亡，尽管我费了很多劲儿想要挽救它，或许正是因为我费了太多力气才把它害死。

在一个时间过得特别缓慢的上午，就连苍蝇都转得累了，我打电话给伯尼·奥尔兹，问他事情进展得怎么样了，在哈伦·波特允许媒体关注的一两天里，报纸上称之为卡维拉俱乐部凶案。没什么新消息，伯尼说。他听起来和我一样无精打采。他的声音有点刺耳，我猜想，自从那天晚上他在维克托戒烟破功之后，一定一直在抽烟。是我害得他破了功，现在觉得很内疚。

“找不到坎宁，”他说，“巴特莱特还是什么也没说——因为他无法开口——你显然狠狠修理了他，马洛，凭你快枪手的本事。好像是你往他膝盖上打进的子弹炸开了一条动脉。他们对他不抱太大希望了。而那些墨西哥人的身份还没有查明。”

“你和蒂华纳边境巡逻站的朋友们又谈过了？”我问道。

“有什么好谈的？他们什么也不知道，那些家伙，也不在乎。我猜想，那两人是在寻找被你朋友彼德逊带走的东西，本该属于他们的，接着他们误打误撞地和坎宁以及那个他所谓的管家缠上了。”

他停下来咳嗽。他听上去像是一部老旧的纳什汽车，汽化器损坏得非常严重。“你呢？”他说，“你和委托你寻找彼德逊的神秘男子还有联系吗？”

“我们的合同没有期限，”我说，“我还没拿到报酬呢。”

“就这样？那么想想看你因为他遇到的这些麻烦。”

“冷静些，伯尼，”我说，“我不希望你因为同情而哽咽。”

他窃笑着，但这又让他咳嗽起来。“一定要拿到你的钱。”等到咳嗽平复之后，他又嚷嚷着。“烟酒不会便宜下来的。”

“谢谢这个建议。我会记在心里。”

他又笑了。“再见了，傻瓜。”他说，我能听见他挂上的时候呼哧呼哧地喘着气。

我还没来得及把听筒挂到机座上，那玩意儿又响了起来，让我像以往一样吓了一跳。我以为是伯尼又打回给我，再打趣我一番。但不是。

“马洛？”一个男人的声音，低沉，充满戒备。

“我是马洛。”

“菲利普·马洛？”

“正是。”

“私家侦探？”

“有完没完，还有多少问题啊，伙计？”我问道。

对方顿了一下。“我是彼德逊。尼可·彼德逊。”

这会儿是联合车站的上班高峰时间。这座交通枢纽站在我看来始终像是一座巨大的砖砌教堂。我在阿拉米达街停好车，融入了行色匆匆的人流中。感觉上像是跳进了一条汹涌湍急的河流，如果没有暑热，没有汗水、热狗和火车混合在一起的气味。站内广播的声音很嘈杂，没有人听得懂。一个红帽子从我跟前穿过，手推车的后轮碾过我的脚，而他连声抱歉都没有。

我来得有点早，为了打发时间，我在一个报亭前逗留了一会儿，买了包口香糖。我不嚼口香糖，但我想不出该买点什么——我看够了报纸，很长时间都不想再看了。经营报亭的家伙是个胖子，脸上油腻腻地沾着汗水。我们对炎热的天气抱有同感，他送给我一份免费的《时报》，我不好意思拒绝。等我一走出他的视线，就立刻把它扔进了垃圾桶。

我觉得既兴奋又紧张，像是一个少女第一次赶着去参加辛纳屈[①]的演唱会。

当我从人群的缝隙间瞥见彼德逊，我离他很远。我一下子就认出

① 20 世纪最重要的流行音乐人物。

了他。笔直的小胡子、油光光的卷发、醒目的蓝色外衣和浅色的宽松便裤，绝对不会错。他坐在发车告示牌下的一张长椅上，那就是他约好等我的地方。他整个人显得很害怕。他身边放着一个手提箱，他一直握着箱子的把手，像是认为这东西会突然长出腿来一溜烟地跑了。

我犹豫着，内心很复杂，突然涌起的诧异和困惑有如当头一棒。震惊的是我认出了那个手提箱。它是漂白的猪皮做的，有些年头了，配件是金色的。我有段时间没见过它了，但绝对不会认错。

我侧着身体挤过人群，在他面前停下。“你好，彼德逊。”我说。他抬头看着我，一脸怀疑和敌意。他和我想得完全一样，还不止这些。他晒得很黑，一撮油亮的黑色卷发垂在额头，确实很漂亮，像是刻意摆成的这种造型，没准就是。他衬衣的领口开着，两片领子整齐地翻在外套的翻领上面。他脖子上戴着一条精巧的金链子，十字架的挂饰几乎隐匿在一簇铁丝般的黑色胸毛中。“我是马洛。”我说。

“哦，是吗？”

他望向我的身后，看我有没有带来其他人，我猜。“我一个人来的，”我告诉他，“按照你的要求。”

“亮下身份证怎么样？”他没有站起来；他只是坐在那里紧张地抬头看着我。他努力表现出漫不经心、傲慢无礼的态度，但又那么紧地抓着箱子的把手，晒黑的指关节都发白了。他长着和他姐姐一样的绿眼睛。看着它们就让我想到了她，感觉很诡异。

当我把手伸进外套，他不由自主地紧张起来。我慢慢地掏出我的执照，亮给他。“好吧，”他说，“我们去别的地方谈。”他站起来，耸了耸肩膀，让外套服帖一点。我看得出他是个非常自恋的人。

我们正要离开，这时发车告示牌上的数字咔嚓一声变了，他又紧张地畏缩了一下。当你处于他那种风声鹤唳的状态，盛着早餐麦片的碗碎掉听着都像是行刑队的枪声。他是一个战战兢兢的家伙。

他提起箱子。“它看上去挺沉的，”我说，“你为什么不找个红帽子帮你来提？”

“别开玩笑，马洛，”他咬着牙说，“我没有心情说笑。你带枪了吗？”

“没有。”

“没有？你是什么样的私家侦探啊？”

“一种不需要随身带枪的私家侦探。再说，两个墨西哥人毫不客气地拿走了我的武器。”

他的反应跟我预想的不一样。他一点反应也没有。

我们离开大厅找了一家咖啡馆，在角落里的一张桌子边坐下，面对门口。这地方人不多。顾客们一直看着手表，跳起来往外冲，但接着其他人进来了，慢吞吞地占据空出的位子。彼德逊把手提箱塞到他椅子后面，靠在墙上。

“很好的箱子。”我说。

“什么？”

“手提箱。很漂亮的东西，包括金色的配件。”

“这不是我的。”他一直看着门口。他的绿眼睛很警觉，有点凸出，像兔子似的。

“这么说，”我说，“你没死。”

“你真有眼力。”他说，并且不怀好意地窃笑了一声。

服务员走了过来，我们点了咖啡。彼德逊盯着一个硬汉型的家伙看，只见他站在柜台边，戴着一顶灰色软呢帽，系的领带上画着一条龙。

“你怎么会打电话给我？”我问道。

“你说什么？”

“为什么打给我？”

“我听过你的名字，接着我看见报纸上写了林恩的事情，其中提到了你。”

“所以你知道我在找你。”

“你说找我是什么意思？”

“我一直在调查你惨死的前因后果。”

“真的吗？谁委托你的？”

“你猜不到吗？”

他的脸纠结起来，显得很苦涩。“当然，我能猜到。”

柜台边戴着软呢帽的家伙喝下最后一口咖啡，悠闲地晃了出去，还吹着口哨。我能感觉到彼德逊稍稍松了口气。

“我和曼迪·罗杰斯谈过了。”我说。

“哦，是吗？”他漠不关心地说，“不错的孩子。”显然曼迪不再是他心中的重要人物。如果她曾经是的话。

“你姐姐的事我很遗憾。”我说。

他无所谓地耸耸肩。“是啊，她总是很倒霉。”

我想要揍他，但没有那么做，我只是说，“你找我干什么，彼德逊？”

他伸出一根手指，用指甲抓着下巴，发出刺耳的声音。“我需要你帮我办件事，”他说，“我付你一百块。”

“什么样的事情？”

他再次看着门口。“很容易的，”他说，“我需要把这个箱子送到某个地方。”

“哦，是吗？你为什么不自己送呢？”

“忙不过来。”他说。他又窃笑了一声。如果我一再听到这种声音，会忍无可忍。“你接不接受这个差事？”

“说说具体的细节。”我说。

我们的咖啡来了，盛在两只巨大的灰白色杯子里，这种杯子只有在火车站才能看到，调羹不算太油腻。我尝了口咖啡，真后悔不该尝。

“好吧。”彼德逊说，压低声音。“我们说好了。我站起来，从这里走出去，把箱子留在这里，靠着墙。你等一会儿，大概，半个小时，然后拿着它，送到一个叫——”

“卢·亨德里克斯？”我说。

他瞪着我，又露出那种兔子般的眼神。“你怎么知道——？”

“因为，”我说，“亨德里克斯先生邀请我坐上他的黑色大汽车，还发出了威胁，向我保证，如果我不告诉他你在哪里，他会打断我的腿。”

他皱起眉头。“委托你来找我的人不是他吗？”

“不是。”

“他只是在大街上拉你上车？”

“没错。”

他皱起眉头，咬着指关节好一会儿。“那么你对他说了什么？”他最后问道。

“我说我不知道你的下落，即使知道，我也不会告诉他。我说，据我所知，你已经死了。他不相信。有人对他透露了实情。”

彼德逊点点头，努力地思考着。他的额头上浮起薄薄的一层汗。他用手指抚摸着唇须，上面闪着小小的水珠。我不喜欢看着他的胡子。最恶心的就是胡子中间的小缝隙，一个白皙的缺口，感觉是他身上太私密的地方，不适合暴露在公众场合。

我把咖啡推到一边，点了一根烟。“你想告诉我究竟怎么回事吗，尼可？”

他突然大发雷霆。“我不需要告诉你什么！我给你提供一百块钱的差事，就是这样。你准备接受吗？”

我假装在考虑。“如果你强调的是钱，我并不需要。至于这份差事，可以考虑。”

他从外套口袋里掏出一个银色的药盒，倒出一颗白色的小药丸，送进喉咙里。

“犯头疼了？”我问道。

看来他认为这个问题不值得回答。“听着，马洛，”他说，“我赶着要去忙别的事。你同意接下这个箱子，送去给我们提到的那个人，还是拒绝？”

“我还不知道呢，”我说，“再说你最好放慢脚步。你很害怕，你在逃跑，如果我是唯一一个你能想到可以求助的人，那你显然陷入了很大的麻烦。我追踪了你一段时间，有些事情我想弄清楚。现在，你准备说了吗？”

他噘起嘴来，我看得出他像是个生气的孩子。“你想知道什么？”他咕哝着。

“所有的事情，很多问题。我们从这个手提箱说起吧。这里面装着什么东西，让卢·亨德里克斯这么急着要拿到？”

“只是一些东西。”

“什么样的东西？”

“听着，马洛——”

我一把抓起他放在桌子上的手腕，用力地捏着，直到骨头咔咔作响。他想要挣脱，但我抓着不放。

“你弄疼我了！”他吼道。

“好吧，如果你还不说我会让你更痛。箱子里面是什么？”

他再次想要挣开，但我捏得更紧了。“放开我，”他哀号道，“我告诉你，看在上帝的分上！”

我松开手指，他一下子瘫坐在椅子上，像是猛地被抽走了体内所有的空气。“底部有个夹层，”他生着闷气，用低沉的声音说，“里面有十公斤白粉，放在二十个透明纸袋里。”

“海洛因？”

“小声点！”他迅速地扫视了房间。没有人注意到我们。“海洛因，是的，没错。”

“要送给卢·亨德里克斯。卖家是谁？”

他耸耸肩。“就是一个家伙。”他正用另外一只手按摩着被抓的手腕。他的眼里满是怒火。我告诉自己，决不能让他有机会拔出枪指着我。

“什么家伙？”

“一个南方的家伙。”

“告诉我名字。”

他从外套胸前的口袋里掏出一条白色的手帕，用它擦了擦嘴。“你知道曼迪·曼宁德兹吗？”

我愣住了。我没想到是这个名字。曼宁德兹是个流氓，曾经在这些地区非常有势力——其实是最有势力的恶棍之一。但是他搬到墨西哥去了，而我最近一次听说他，是他在亚加布尔科经营生意。赚钱容易的好差事谁不想做，如果这也算一份差事的话。“是的，我认识他。”我说。

“他和亨德里克斯之间有些生意上的往来。每几个月曼宁德兹送来一批货，亨德里克斯负责分销。”

“你负责运输。”

“我做过几次。钱很好赚。”

“每次你都带这么多毒品？”

“多少都有。”

“十公斤的海洛因值多少钱？”

“在街上卖？”他抿起嘴，接着咧嘴一笑。“要看需求了，够你们条子赚一辈子的了。”

他的嘴唇是粉红色的，柔美得几乎像女人。这不会是克莱尔·卡文迪什爱上的男人，那天夜里在卧室，她坐在昏迷不醒的弟弟床边，满怀深情地说起一个人，那个人绝对不是他；只要看着彼德逊，看见那对猥琐的眼睛，听着他那叽叽歪歪的语调，我就知道，她甚至不会用一只黑檀木烟嘴去碰他。是的，一定另有其人，而现在我知道他是谁了。我已经发现了一阵子，我想，但有时候你明明知道一件事情，同时却又不知道自己知道。正因为如此，我们得以承受生活中的遭遇，而没有发疯。

“你知道这么多毒品会毁了多少条人命？”我问道。

他冷笑了一声。“你觉得一个毒虫的命还值得挽救？”

我打量着我的烟头。希望在我们分开之前，我有机会把拳头砸在彼德逊那张俊美黝黑的脸上。“那么你干了什么，”我说，“决定把东西占为己有，然后私自和其他人做一笔生意？”

“我在旧金山认识一个家伙，他说不管我有什么货他都可以全部接下，然后卖给黑手党，别的不要多问。”

“但事情并不成功。”

彼德逊咽了下口水；我听见了。我想他也许要哭出来了。原本事情似乎就是那么简单，老套的调包计。他自己留着箱子，让他的同伙把毒品卖给一个客户，这个客户，就算卢·亨德里克斯听说了这件事也不敢怎么样。同时，彼德逊会逃到某个遥远而安全的地方，口袋里揣着他曾经想都不敢想的大笔钞票。

“我认识的这个家伙，”彼德逊说，“他碰上了致命的意外——他老婆抓到他出轨，朝他脸上开枪，接着开枪自杀了。”

“一个悲惨的故事。”

“是的，当然。很悲惨。于是，我拿着二十袋白粉，没有下家了。”

“你不能自己去找黑手党吗？”

“我联系不到他们。再说了，”他苦笑了一声，“我怕得要命。接着我听说了林恩的事情，这让我更加恐惧。所有的事情似乎——似乎全都围着我，逼近我。我很清楚，如果亨德里克斯抓到我会怎么样。”

“你为什么不直接投降，打电话给亨德里克斯，说你很抱歉，并把箱子交出去？”

“哦，当然。亨德里克斯会说谢谢，从我这里把货拿走，然后叫他的小弟用一把钳子把我的指甲拔光。那只是开胃菜。你不了解这些人。”

这一点他说错了，但没必要反驳他。我杯子里的咖啡表面开始泛出油光，像是缩小版漏油的河面。香烟的烟雾在嘴里尝起来又辛又苦。你会感到自己脏脏的，仅仅是因为身边有彼德逊这么一个卑劣的骗子。

“让我们倒回去一点，”我说，“告诉我你是怎么诈死的？”

他气恼地叹了口气。“你准备把我留在这里多久，马洛，”他质问道，“来回答你这些该死的蠢问题？”

“回答完就行了。我是个很有好奇心的人。满足我吧。”

他又开始心不在焉地按摩着手腕。淤青已经开始出现了。我没想到自己的手指这么强悍。

“我认识弗洛德·汉森。”他说，还是那副阴阳怪气的腔调。“他过去常常让我进俱乐部，老头子不在的时候。”

“什么意思？”

他的脸再次纠结起来，显得很丑陋。“我父亲和我断绝了父子关系，禁止我接近他或是进入他那高贵的卡维拉俱乐部。我喜欢进去，喝个大醉，吐在他的印度地毯上。”

“你给了汉森什么好处？”

“我需要给他好处吗？”

“我认为是的。他让你进去风险很大。我见过你父亲。他在我看来可不是个厚道的人。你付钱给汉森吗？”

他大笑起来；这是我听到他第一次发出真心的笑。“不，”他说，“我不需要付钱给他。我知道他一些事情。我小时候他曾经骚扰过我。后来他说他也不知道自己是怎么想的，求我保证不告诉老头子。我说当然，我不会说。但是我让汉森知道，打那时起我们做了笔交易。”他暗自笑了，对自己的机智很自豪。

“那天晚上穿上你的衣服，放在路边的尸体，”我问道，“从哪儿来的——是谁？”

“某个在俱乐部干活的伙计。”他说。

“你杀了他？”

他往后一缩，瞪着我。“什么，你在开玩笑吗？”

“那么是汉森干的。”我顿了一下。“有意思，我没看出来他会杀人。我以为他没有这个能耐。”

彼德逊想了想。“我没有问他尸体的事情，”他蛮不讲理地说，“我想不管是谁，一定是自然死亡。我没看见他身上有任何伤口。我和弗洛德在俱乐部房子后面给他穿上我的外套，接着用手推车把他送到街上。一整晚我都假装喝得大醉，确保所有人看见我——”

“包括克莱尔·卡文迪什。”

“是的。”他点点头。“克莱尔在场。同样，我和林恩说好让她去认尸，安排火化。一切都计划好了，一切都准备就绪。我把一辆车停在路上，等到我和弗洛德把尸体丢下，我立刻往北撤离，后备厢里放着这个箱子。这件事本该成功的。”他一手握拳砸在另一只手里。“这件事本该成功的。”

“你父亲知道什么吗？”

“我觉得他什么也不知道。他怎么会知道？弗洛德什么也不会说。”他从烟灰缸里捡起一根火柴棍，用两根手指和拇指夹着滚来滚去。“你怎么会见过他？”

“谁？你父亲？我跑到俱乐部去打听你。我和汉森谈了，他一点也不帮忙。接着，后来，两个墨西哥人出现了，就是杀了你姐姐的那两个，他们也在找你，你父亲和巴特莱特抓到了他们，把他们榨得果核都弹出来了。这件事发生的同时，我判断失误，第二次跑到俱乐部，而接着我所知道的就是我被按在游泳池里，他们逼迫我说出所有关于你的情况，你应该去了哪里。令人难忘啊，你父亲。厉害角色。我看得出你和他为什么合不来。”

我注视着站在柜台边的女服务员，她偷偷休息了一会儿。她是个憔悴的金发女孩，眼神哀伤，嘴角下垂。她不停地努出下嘴唇往上吹气，这么一来她额头上一撮湿漉漉的头发就被吹了起来，又落下去。我突然感到心里一阵刺痛，对她很是同情，同情她被束缚在这种恶劣的生活环境，成天在这里跑来跑去，沉陷在吵闹的声音、难闻的气味中，应付着没完没了、来去匆匆、心浮气躁的客人们。接着我又想，我是谁，我有什么资格同情她？我对她和她的人生了解多少？我对其他人又了解多少？

“我恨这个老杂种，”彼德逊用一种恍惚的语调说道，“他毁了我的一切，从一开始就是。”

哦，当然，我想说，这都是那个老头的错——永远都是，对你这样的人来说。但我没有说出口。“你知道他出逃了，”我说，“你父亲。”

这让他来了点精神。“是吗？为什么？”

“他杀了那些墨西哥人，或者说指使别人杀了他们。”

“是吗？”他似乎觉得很好笑，“他去哪儿了？”

“有很多人都想知道这一点。”

“他会去欧洲的某个地方。他在那里藏着不少钱。他会用一个假名来操作。”他暗自笑道，似乎很羡慕。“他们绝对找不到他。”

我们彼此之间沉默了一会儿；接着彼德逊打起精神。“我必须走了，马洛，”他说，“怎么样？你会把这东西交给亨德里克斯吗？”

“好吧，”我说，“我会接下这东西。”

“很好。但别想打什么歪主意——我会让亨德里克斯知道你拿了箱子。”

“随便你。”我说。

他一只手滑进外套里面，掏出一个钱夹放在桌面下的膝盖上，开始数着一把十块钱的钞票。里面有很厚一叠这样的钱。我希望他没有拿曼迪·曼宁德兹的毒品要什么花招，比如拿走一部分供自己享用，然后换上几袋石膏粉。亨德里克斯不会傻到被这种老套的招数给糊弄了。

“我不要你的钱，彼德逊。”我说。

他斜眼看着我，脸上满是怀疑和揣度。“怎么可能？”他说，“你在经营慈善事业？”

“这些钱不知道有什么脏手拿过，我可不想碰。”

“那么为什么——？”

“我喜欢你姐姐，”我小声说，“她有骨气。就算我是为了她才这么做的。”要不是看到我的眼神，他可能会笑出声。“你呢，你有什么打算？”我问。倒不是说我关心这个，只是想确认我再也不会见到他了。

“我有个朋友。”他说。

“另外一个？”

“在南美游船公司工作。他可以给我找份差事。接着等我们来到里约或是布宜诺斯艾利斯之类的地方，我就跳下船，开始新生活。”

“你朋友提供你什么样的工作？”

他假笑道：“一点也不累的活儿。对乘客客气一点，帮助他们解决可能出现的小问题。诸如此类。”

“看来你父亲是对的，”我说，“看来那是公认的。”

“你什么意思？”

“你会成为一个名副其实的、小白脸荣誉协会的正式会员。”

他收起假笑。“会很有钱，”他说，“和一个私家侦探相比。想想看——你会依然徘徊在街头，跟踪别人的丈夫，在他们约会女朋友的时候趁机捉奸，而我会躺在吊床上，沐浴在南方的阳光下。”

他正要站起来，我再次抓住他的手腕，把他拉回来。“我还有最后一个问题。”我说。

他舔了舔他那可爱的粉红色嘴唇，急切地往门口瞥了一眼，随后又坐下来，动作很慢。“什么问题？”

“克莱尔·卡文迪什，”我说，“她说你和她是恋爱的关系。”

他把眼睛睁得老大，眼珠几乎要爆出来了。“她说的？”他扑哧笑了出来。“真的吗？”

“你是要告诉我这不是真的？”

他摇摇头，与其说是否认，更像是觉得不可思议。“我不是说我拒绝了她——我是说，有谁会拒绝她？——但她从来没有正眼看过我。这样一个女人，和我不是一路人。”

我放开了他的手腕。“我想知道的就是这些，”我说，“现在你可以走了。”

但他站在原地不动，眯起眼睛。“是她雇你找的我，对吗？”他说着又点点头。“是啊，那就对了。”

他看着我的表情，就像我看着那个女服务员，眼里满是同情。“他把她送到你那里去的，对吗？他曾经谈起你——那是我第一次听到你的名字。他知道你会被她迷倒，抗拒不了她的眼睛，她的头发，那种冷美人的腔调。你这种人是不会拒绝她的。”他往后靠了靠，灿烂的笑容如同蜜糖一般在脸上渐渐铺开。“哎呀，马洛，你这可怜的傻帽。”接着他站起来走了。

收银机边上有个电话亭。我挤进去，把折叠门在身后关上。里面充满了汗味和热树脂的味道。透过门上的玻璃板，我能看到房间另一头桌子底下、靠在墙角的手提箱。也许我正是希望有人抢走它，逃之夭夭，但我知道这种事不会发生；这种事绝对不会发生，尤其是在你希望它们发生的时候。

我打到兰格利什小屋。接电话的是克莱尔。“我是马洛，”我说，“告诉他我想见他。”

我听到她倒吸了一口气。“谁？”

“你他妈的很清楚我说的是谁。告诉他赶下一班飞机，今晚他就能到。等他到了打电话给我。”

她正要说什么，但我挂了。

我回到桌子边，女服务员走了过来。她用她那种不耐烦的方式对我微微一笑，收起两个杯子。“你没有喝你的咖啡。”她说。

“没关系。我的医生说我这玩意儿喝得太多了。”我给她一张五块钱的钞票，叫她不用找了。她瞪着我，笑容飘忽不定。

“给自己买顶帽子吧。”我说。

23

我应该很善于等待，正因为我选择了以侦探作为谋生方式——如果说我是主动地选择，而不是被动地陷进去，就像掉进一个没有盖子的窨井里——但我静不下心来。我可以浪费时间，没有问题。我可以在办公室里待上好几个小时，坐在转椅上，注视着窗外，看着对面那个秘书低头对着听写机，有一半时间甚至对她视而不见。我可以摆上一个王翼弃兵局①来打发时间，直到那些棋子越来越模糊，棋盘上的格子在我的脑子里慢慢地转动着。我可以坐在某间散发霉味的酒吧里慢悠悠地喝着啤酒，听酒保诉说着他的老婆有多蠢，孩子对他有多无礼，而我连个哈欠也没有。一个生来就懂得消磨时间的人，那就是我。但碰到某件我必须等待的事情，不到五分钟我就开始烦躁了。

那天，我在拉谢内加大道上的鲁迪烧烤酒吧早早地吃了顿午饭：猪小排，整个油光光的，像深红色的指甲油——尝起来也很像指甲油。我喝了杯墨西哥啤酒；难以下咽，倒是和饭菜很配。墨西哥始终是主旋律，要是我够聪明，早点听出来就好了。接着我回到办公室待了一会儿，希望有客户会进来。我甚至很乐意见到那位说邻居要毒死她猫的老妇人。但一个小时过去了，一个小时感觉有三个小时那么长，而我依然独自一人。我拿起办公室里的酒瓶，偷偷喝了一两口。我又抽了一根烟。对面的雷明顿小姐已经关掉了录音机，正在把打字机的套子套好。接着她会拿出粉盒，往鼻子上拍粉，噘起嘴往小镜子里瞄，随后拿出一把梳子梳头，最后啪的关上手提袋，下班回家。是的，我对她的习惯已经很熟悉了。

我查了查电影排片表。罗克西剧院正在上映一部重拍的《马毛》[②]，听起来正合我意——格劳乔和小伙子们能够愉快地帮我打发一两个小时。于是我溜达过去，买了一张二楼的票子，领位员把我带到座位上。她长着一头红发，留着刘海，嘴巴迷人，眼神亲切。下方的前排座位之间还有另一个好看的女孩，在银幕前姿势优美地端着一盘冰激凌、糖果和香烟。她穿着类似女服务员的制服，一条黑色的短裙，搭配白色的蕾丝衣领，头上戴着一顶白色的小帽，像是一只倒过来的纸船。这里的观众不过十来个，像我一样，都是形单影只，尽量坐得离其他人远一点。

深红色的幕布窸窸窣窣地拉开，灯光暗下来，先放了《巨猿新娘》的预告片，主演有朗·钱尼和芭芭拉·佩顿，而雷蒙德·布尔扮演一个南美丛林深处的种植园经理，他被当地的一个女巫诅咒，每天夜里都变成那怪物，令美丽的女士们尖叫，成年男子心惊胆战。接着放了一些关于菲利普·莫里斯、高乐氏之类的公司的广告，随后幕布再次拉上，聚光灯打在下方前排座位间的那个冰激凌女孩身上。她摆出姿势，弯起一条腿，歪着头，露出牙齿展现动人的微笑，但还是没有人买东西，一分钟后，随着沮丧的咔嗒一声，聚光灯灭了，幕布打开，电影开始了。

我坐在那里，等着那些活泼的兄弟们来逗乐我，但没有用。我笑

---

① 王翼弃兵是最古老的国际象棋开局之一，属于开放性开局。

② 喜剧明星马克斯兄弟最著名的电影之一，讽刺了美国的大学制度和禁酒令，下文中的格劳乔就是四兄弟中的一个。

不出来；其他人也是。搞笑的电影在坐满人的剧院里才有搞笑的效果。如果剧场里没几个人，你会注意到每个笑料出现后演员刻意停顿一下，原本是等着观众一阵哄笑，由于这个晚上没有人在笑，整个场面开始显得有点悲哀。我中途就站起来走了。在弹簧门外，那个红发的领位员正坐在一张椅子上，用一把指甲锉打磨指甲。她问我是不是觉得不舒服，我说没有，我只是想透透气。她露出甜美的微笑，但只是让一切显得更加伤感。

现在暮色将近，空气又热又混浊，仿佛在地铁站里面。我沿着大街慢慢往前走，脑子里什么也没想。我处于一种暂时放空的状态，像是在等着接受手术。该来的总会来，该发生的总会发生。总之，今晚会出现的，在我看来，很像是早已发生的地震带来的余波。我想，对我而言，伤害已经那么深了，还能深到哪里去。自从你到了一定的年龄，尝到了心痛的滋味，生活中不断的打击令你变得越来越坚强，但接着你受到了一次前所未有的重创，这才意识到自己还是那么柔弱，永远都是那么柔弱。

我在一个邮箱前停下，看了看收信时间，发现它刚刚被清空。我从外套的胸前内侧口袋里掏出一个信封，把它送进投信口，听见它掉在底部。

卡汉加大楼几乎空无一人，除了待在电梯旁玻璃亭里的夜间值班员，以及警卫，一个非常高大的、名叫鲁弗斯的黑人。鲁弗斯和我说话总是很客气。我有时候给他小费供他赌马，但不知道他是否下过注。当我走出电梯，他在走廊上，闷闷地拿着一个湿漉漉的拖把来回拖地。他的身高至少有六英尺半，长着一张非洲人的俊美大脸。

“今晚你要工作到很晚吗，马洛先生？”他问道。

“我在等一个电话，”我说，“你还好吧，鲁弗斯？”

他露出灿烂的笑容。“你知道我的，马洛先生。老鲁弗总是好得很。”

“当然，”我说，“当然。”

在办公室里，我一盏灯也没有开。我坐在黑暗中，转动着椅子，这样我就能望向窗外，看着城市里的点点灯火，远远的蓝色山坡上悬着一轮明月。我从抽屉里拿出酒瓶，但又放了起来。今晚我必须保持清醒。

我打电话给伯尼·奥尔兹。他不在办公室，我查了查我那本卷角的通讯录，找到了他的电话。他不喜欢人家打到家里，但我管不了那么多了。他太太接了电话，当我报出名字，我以为她会挂了，但她没有。我听见她在叫伯尼，伯尼嚷嚷着回答她，声音比较远，接着是他噔噔噔地下楼。“是你的朋友马洛。”我听见奥尔兹夫人很不高兴地说，然后伯尼接过电话。

“你要干吗，马洛？”他喝道。

“你好，伯尼。希望我没有打扰到你。”

“废话少说。什么事？”

我告诉他我见了彼德逊。我几乎能听到他竖起了耳朵。

“你看见他了？在哪里？”

“联合车站。他打电话给我叫我过去。他选择车站是因为他带着一个手提箱，不想惹人注意。”

对方犹豫了一下。“什么样的手提箱？”

“就是一个手提箱。英国货，猪皮、金色配件。”

“那么里面是什么？”

“价值连城的海洛因。某位曼宁德兹先生的东西。你还记得我们的老朋友曼迪吗，现在住在国境以南？”

伯尼再次沉默下来。我很清楚拧紧压力锅的盖子是什么感觉。随着时间的推移，伯尼的脾气越来越急躁；我认为他真的应该改一改了。“好吧，马洛。”他说，声音和杰克·本尼[①]的钱包一样紧。“快解释吧。”

我照办了。他默默地听着，只是偶尔哼一声，因为吃惊或厌恶。我说完之后他深吸了一口气。这引起了他的咳嗽。我把听筒拿离耳朵，直到他停下来。“那么让我梳理一下。”他说，有点气喘。“彼德逊把曼宁德兹的毒品从墨西哥偷运进来，准备交给卢·亨德里克斯，但又冒出一个绝妙的主意，私吞货物，卖给某些有意大利血统的绅士。但交易搞砸了，接着死去的人越来越多，彼德逊害怕了，于是委托你——”

“企图委托我——”

“——把箱子交给亨德里克斯。”

“是的，就是这么回事。”对面有一阵摸索的声音，接着又划了根火柴。“伯尼，你在点烟吗？”我问道，“你咳嗽得还不够厉害？”

我听见他吸了口气，然后又吐出。“那么手提箱现在哪里？”

“在火车站的一个柜子里。柜子的钥匙放在一个信封里，现在南百老汇的一个邮箱里。明天第二次派信的时候你就会收到。你不用问，我这么做是因为我答应彼德逊，会给他一点时间逃走。”

“那么他在哪里？”

“他上了一艘开往南美的游船。”

“很有意思。”

“他不值得追，伯尼，”我说，“别浪费你的精力，把自己弄得比现在更加烦躁。”

“亨德里克斯呢？”

“他怎么了？”

---

① 1894—1974，以吝啬著称的喜剧演员。

“我应该带他进来聊一聊。”

“你能拿他怎么样？毒品并没有送到他手里——而是你拿到了，或者说你会拿到，等到明天中午柜子的钥匙掉到你的门垫上。亨德里克斯和这件事一点儿关系也扯不上。”

伯尼又深深地吸了口烟。戒过烟的人往往更能体会吸烟的乐趣。“你明白，”他说，“发生了这么些事情，牵涉到——什么来着——四个人死亡，顺便提一句，包括坎宁的打手——他叫什么名字？”

“巴特莱特。”

“包括他——他今天下午死了。”

“太惨了。”我说，好像这是我的真心话。

“总之，发生了这么些谋杀和暴力事件，我连一项指控都没法提出，连一个嫌疑人都没法送进监狱。”

“你可以抓我，枪击巴特莱特，”我说，“如果这能让你满意的话。虽然这不是什么大案子。”

伯尼叹了口气。他很疲倦。我想着建议他开始考虑退休的问题，但没有说。他顿了一下问道，“你看不看格斗比赛，马洛？”

“你是说在电视上？”

“是啊。”

“有时候会看。”

“今天晚上我在楼上看一场比赛。你打来的时候，舒格·雷把乔伊·马克西姆打得好惨。从这里，放这个电话的地方，我刚刚听见，刚刚，一记铃声，一阵热烈的欢呼。这可能说明乔伊倒在了地上，被彻底打倒，流着血，断了牙齿。我很想看着他最后一次被打败。我不是讨厌大乔伊——他长得很帅，是个勇猛的拳手。我敢肯定，在灭灯之前他表现得非常精彩。我不能看到比赛的结局实在很可惜。你明白我的意思吗？”

“很抱歉，伯尼，”我说，“我不想妨碍你享受个人生活，只是我以为，你也许很想知道彼德逊和剩下的事情。”

“你说得对，马洛，感谢你通知我事情的进展，真的谢谢你。只是你知道自己现在能做什么吗？你想知道自己能做什么吗？”

“不太清楚，但我猜想你终归会告诉我的。”

我说对了。他告诉了我。他大声地、生动地说出了他的建议，大部分都是不可行的。

他说完之后，我有礼貌地向他道了晚安，挂上了电话。他不是个坏人，伯尼。我说过，他是个急性子，而且变得越来越急躁。

我把双腿搁在办公桌上。我依然看得见窗外的风景。为何远远地望去，城市的灯光像是忽明忽暗，闪闪烁烁？当你凑近看，它们的光芒是稳定的。这一定和介于中间的空气有关，也许和其中旋转飞扬的无数尘埃有关。一切貌似都是固定不动的，其实不然；一切都在移动。比如说，我搁着腿的桌子并非纹丝不动，而是由一群动态的颗粒组成，它们是那么渺小，人的肉眼绝对无法看见这样的颗粒。这个世界，如果细看，真是个可怕的地方。而且还没有把人类算进去。

我曾以为克莱尔·卡文迪什会令我心碎。不曾想到我的心早就碎了。你还是太嫩了点，马洛，你还是太嫩了点。

24

她打电话过来的时候已经过了十点。先前我禁不起诱惑，从办公桌抽屉很深的地方再次拿出酒瓶，有节制地倒了两指宽的波旁威士忌。不知为什么，当你用纸杯喝酒的时候，烈酒似乎显得不是那么厉害了。威士忌刺痛了我的嘴巴，因为在这漫长的一天里抽了那么多烟，我的嘴早就破了。当然我不该是那个叫伯尼·奥尔兹戒掉这个嗜好的人。

电话响起的前一秒我就知道它会响。她的声音很低，几乎是耳语。“他来了，”她说，“像往常一样进来，穿过暖房。别忘了关上车头灯。”

我记不得自己是怎么回答的。也许什么也没说。我依然处于怪异的、做梦似的放空状态，灵魂似乎飘出了躯体，看着自己的一举一动，但就是无法参与其中。我猜想这是漫长等待、荒废时间造成的影响。

鲁弗斯已经回家了，他拖过的地板早就已经干了，但我的鞋底摩擦出吱吱嘎嘎的声响，似乎地面还是湿的。此时外面的夜色很凉爽，白天的烟雾终于从空气中散开了。我把车停在瓦恩街的一盏路灯下。它犹如一只黑乎乎的大野兽，趴在人行道上，车头灯似乎正恶狠狠地瞪着我。发动它也花了好一会儿的时间，它咳嗽着、噼噼啪啪地震颤着，最后咣咣当当地活了起来。也许应该换油了，也许该修一修了。

我慢慢地开着，但不管怎么样，我还是很快就看见了海。我沿着公路右转，左边远远的黑暗中，海浪画出了一道幽灵般涌动的白线。我咔嗒一声打开了收音机。我很少开收音机，事实上，我早就忘了它的存在。电台里正好在放一首保罗·怀特曼乐队的老歌，对大众来说，这热门的流行音乐确实很酷。我突发奇想，一个叫“怀特曼”①的人怎么会有勇气演奏爵士乐。

一只长耳大野兔穿过我前面的路，尾巴在车头灯的照射下发出不自然的红光。我本该拿自己和动物作一番比较，但我心思不在这里，懒得多想。

开到大门口的时候，我灭了灯，放开油门，让车子滑行，慢慢地停下。月亮被云层挡住，周围一片黑暗。一棵棵树木隐隐约约的，如同庞大而隐蔽的野兽，小心翼翼地从夜色中现身。我在原地坐了一会儿，听着引擎嗑嗑嗒嗒的声音。我觉得自己像是个旅人经历了一段漫长而疲倦的旅程，终于走到了终点。我想休息，但知道我不能，至少现在还不行。

我下了车，在旁边站了一分钟，做了深呼吸。引擎发出一股烧焦的味道，但远处的夜色散发着香味，弥漫着青草和玫瑰的气息，还夹杂着其他不知名的植物。我出发穿过草坪。房子的前部黑乎乎的，除了一楼的几扇窗子透出灯光。我来到前门下方的碎石地带，转向左边。在这里，玫瑰的香味非常浓烈，甜得发腻，几乎盖过一切。

近旁传来一阵急促的窸窣声，我连忙停下，但黑暗中什么也看不见。接着我看到一抹蓝色一闪而过，一种深沉发亮的蓝色，随后有一阵沙沙声，很快就消失了。一定是那只孔雀。我希望它不会尖叫，我的神经受不了。

---

①“怀特曼”这个名字直译是白人，一般认为爵士乐是源于黑人的音乐。

当绕过房子的转角，靠近暖房，我听见钢琴声，于是停下脚步聆听。肖邦的曲子，我猜，但很可能猜错了——在我看来，所有的钢琴曲都是肖邦的作品。这乐声，在这么远的地方轻轻飘来，听上去有种心碎的美，呃，好吧，只是心碎。想象一下，我对自己说，想象一下，在一个用木头、象牙和绷紧的铁丝做成的大黑盒子上，能够制造出那样的声音，真是奇妙。

通往暖房的法式大门上了锁，但我用钥匙圈上那个值得信赖的小工具，几秒钟就进去了。

我随着乐声往前走。在昏暗中，我穿过记忆中的客厅，走上一段短短的、铺着地毯的走廊，走廊的尽头是一扇关着的门，我听出音乐是从里面传出来的。我蹑手蹑脚地走上去，尽量不发出一点儿声音，然而乐声在一个乐句中间戛然而止，这时我离门口还有五码的距离。我也停了下来，站着仔细聆听，但什么也没听到，除了身边一盏高高的灯上坏掉的灯泡在嘶嘶作响。我还在等什么？难道我期待着门突然打开，一群乐迷蜂拥而出，拉我进去坐在第一排？

我没有敲门，只是转动门把，推开门走进去。

克莱尔坐在钢琴前。我进去的时候，她正在合上琴盖，并坐在琴凳上扭头看着我。她一定是听见我来到走廊上。她面无表情；对于我的突然出现，甚至没有显得很意外。她穿着一件拖到地上的深蓝色长袍，领子很高。她的头发别了起来，戴着一对耳环，和一条镶着白色小钻石的项链。她打扮得像是要去出席音乐会。她的观众又在哪里？

“你好，克莱尔，”我说，“希望我没有打断音乐。”

钢琴后面的墙上两扇高大的窗子都拉起了布帘。房间里唯一的光源是琴盖上摆放的一盏黄铜大台灯。它是一个白色玻璃球，底座被塑成狮爪的形状。克莱尔的母亲会认为这种东西是最新潮的款式。围绕着台灯的，是十来个大小各异的银色相框。在其中一张照片里我认出了小时候的克莱尔，她那金色的短发上戴着一个花环。

此时她站了起来，丝绸的袍子发出又轻又脆的沙沙声；这种女性化的声音总是令男人怦然心动，不管在什么场合。从她的脸上看不出她内心的感受。

“我没听见你的车，”她说，“也许我弹得太响了。”

“我把它停在大门口了。”我说。

“好吧，但一般我都能听见，不管车停在哪里。”

“那么就是音乐的关系。”

“是的。我走神了。”

我们站在那里，彼此间相隔了十五英尺左右，无助地凝视着对方。我没想到会有那么棘手。我手里拿着帽子。

“他在哪里？”我问道。

她挺起肩膀，抬起头，鼻孔微微张开，像是我说了什么冒犯的言语。“你为什么来这里？”她问道。

“你叫我来的。在电话上。”

她皱起眉头。“是吗？”

“是的，是你叫我来的。”

她似乎在想别的；她走神了，好吧。当她再次开口的时候，声音响亮得很不自然，似乎故意要让人听见。“你要拿我们怎么样？”

“你知道吗？”我说，“既然你问了，我倒真的不太确定。我猜我以为我能弄清楚一些事情，但突然间，我似乎想不起来究竟是什么事情，真的。”

“你的口气显得很生气，你打电话的时候。”

“那是因为我真的很生气。现在也是。”

她的嘴抽动着，似乎是想露出微笑。“看不出来。”

“侦探学校就是这么教的。我想这叫做‘不动声色’。你自己也很擅长。”

“你介不介意告诉我，是什么惹你生气？”

我笑了，或者说就是故意发出笑声，并摇摇头。“啊，宝贝儿，”我说，“我该从何说起呢？”

我的左边传来一个声音，一种某个人被勒住时挣扎的声音，当我望向声音的来源，诧异地看到理查德·卡文迪什躺在一张沙发上，睡着了还是昏迷不醒，我看不出是哪种。我一开始走进房间的时候怎么会没有注意到他？沙发上躺着一个人——这种东西我不该看漏的。他呈大字形躺着，穿着牛仔裤和一双光亮的牛仔靴，上身是件格子衬衫。他的脸色灰白，嘴巴张着。

“先前他跌跌撞撞地来到这里，醉得厉害，”克莱尔说，“他会睡上好几个小时，到了早上什么都不记得了。这种事常常发生。他被钢琴声吸引过来，我想，虽然音乐令他很反感，或许他想要告诉我。”她再次露出那种勉强的微笑。“就像飞蛾扑火吧，我想。”

“我可以坐下吗？”我说，“我有点累。”

她指着一张华丽的七弦琴靠背、黄色丝绸坐垫的椅子。它看上去太过精致脆弱了，难以承受我的体重，但我还是坐了上去。克莱尔回到琴凳边坐好，在长袍下把一条腿搁在另一条腿上，一只手臂放在琴盖上。她的后背挺得笔直。我过去竟然没有注意到她的脖子那么纤长。她颈部的钻石闪闪发亮，让我想起先前在等她电话的时候，透过办公室的窗子看到城市的灯火点点。

“我看见了彼德逊。”我说。

那句话引起了她的反应。她猛地往前一倾身，似乎想立刻站起来，我看见她摆在琴盖上的左手指关节绷得很紧。她瞪大眼睛，眼神变得激动起来。她一开口，声音都有点哽咽了。“你为什么不告诉我？”

“我刚刚告诉你了。”我说。

“我是说，怎么不早点说。你什么时候看见他的？”

“今天，差不多中午。”

“在哪里？”

“在哪里并不重要。他打电话给我，说要见我，我们就见面了。”

“但是——”她迅速地眨着眼睛，整个人忍不住微微一颤，从头一直到蓝色长袍下摆露出的鞋尖上。“他怎么说？他有没有——他有没有解释为什么诈死？他不能就这么出现了，打个电话，要求见你。告诉我。快告诉我。”

我伸手取出烟盒。我没有问她是否介意我抽烟；我就是不想显得这么礼貌。“他从来都不是你的情人，对吗，”我说，“这只是你哄骗我的借口，这样你就有理由委托我去寻找他。”她正要说什么，但我抢先说道。“别费心编造了，”我说，“听着，事实上，我不介意。反正对于这种寻找男朋友的苦情戏码，我从来都不买账——单从你对他的描述我就知道，彼德逊那种人，你根本不会搭理。”

“那你为什么假装相信我？”

“我很好奇。再说，如果我实话实说，你就走了，我不希望看到你走出我的办公室，让我再也见不到你。很可悲，对吗？”

她脸红了。这令我心头一颤，让我想到，自从上午和彼德逊谈过之后，我对于她和她的人品草草得出的结论，是不是该修正一下，哪怕只是一点点。也许她是那种容易被男人一手掌控的女人。我是谁，有什么资格去评判她？但接着我想到了她对我撒的谎——如果只是隐瞒也就罢了——还有她从最开始一再欺骗我的种种方式，心中再次燃起了怒火。

此时她坐着，面朝左边，显出完美的侧脸。你可以恨一个女人，知道她只是在色诱你，而你还是会扑到她的脚边，不停地亲吻她的鞋子。

“拜托，”她说，“告诉我你见他的时候是什么情形？”

“他有一个手提箱。他想要我把他交给一个叫卢·亨德里克斯的人。知道这个名字吗？”

她不屑地耸耸肩。“我想我听过。”

“你他妈的一定听过。彼德逊就是要把毒品交给这个家伙。”

“什么毒品？”

我暗自发笑。她依然没有看着我，依然留给我古典美的侧脸，比埃及艳后美多了。“拜托，”我说，“现在你可以不用再假装了——字谜游戏到此结束。实话实说你也没什么损失——还是你已经忘了怎么说实话？”

“没有必要羞辱人。”

“是的，我同意，但这挺有意思的。”

我把烟灰弹在拢起的手心里，此时克莱尔站起来，从琴盖上拿起一只大大的玻璃烟灰缸，走过来递给我，我把手里的烟灰倒进去，接着把它放在我椅子边的地板上。又是一阵丝绸的沙沙声，她转过身，走回去在琴凳上坐下。即使我对她很生气，气得要命，但有一个事实在我心中作痛，那就是，她曾经让我以为我拥有过她，那些短暂的时刻，那些小小的片段，我都已经永远地失去了。

“说点什么，”我说，“这全部都是伪装的？”

我注意到左边窗子的布帘微微掀动了一下，虽然我感觉不到一点点气流。

“你说的全部是什么意思？”

“你知道我是什么意思。”

她低头看着紧握在膝盖上的双手。我想着我床边画有血红色玫瑰的台灯，想着她在我怀里低吟，她的眼睑颤动着，她的指甲陷进我的肩膀。

“不。”她说，声音是那么细柔，我几乎听不清楚。“不是，不是全部。”

她抬起头注视着我的眼睛，带着乞求的表情把一根手指放在嘴唇上，迅速地微微地摇了摇头。我茫然地回望着她。她不需要担心；她无声地恳求我不要说出那些话，其实我不会说。那有什么意义？对于已经造成的伤害何必还要再撒把盐？再说，我不顾一切地想要认定，她和我上床是出于真心，而不是为了她真爱的男人又一次牺牲自己。

帘子再次掀动。“你要求得太多了，卡文迪什夫人。”我说，故意说得很响，让房间里的每个人都听到。克莱尔点点头，又再次低下头。我把香烟摁进地上的烟灰缸，站了起来。

“好了，特里，”我喊道，“你现在不妨出来吧。我们别再玩下去了。”

一开始毫无动静，只是克莱尔·卡文迪什发出了一声滑稽而低沉的尖叫，像是被什么东西刺了一下，并用一只手捂住嘴。接着那些神秘掀动的窗帘分开了，那个我所认识的特里·伦诺克斯走了出来，脸上的笑容我记得那么清楚：孩子气，拘谨，略带哀伤。他穿着一件双排扣的深色西装，系着一个蓝色的领结。他又高又瘦，气度优雅，由于他对自己的优雅似乎毫不在意，因而显得更有风度，更加优雅。他的头发是深色的，留着修剪过的小胡子。

我猛地想到，我从来没有见过他的真面目。我最开始认识他是几年前，当时他的头发是白的，右脸颊和下巴是僵硬的，死板的皮肤上横着几道又细又长的伤疤。在战争中他被一枚炸开的迫击炮波及，后来又被德国人抓住，他们马马虎虎地缝补了他的伤口。至少他是这么说的。接着，后来，当他的妻子被谋杀，看来他就要背上黑锅的时候，他逃到了墨西哥——在我的帮助下，我不妨说一下——在那里他假装自杀，并完成了大面积的整容手术，在这个时代是一项昂贵而专业的工作，于是他把自己变成了一个南美人。他换了身份之后，我曾见过他一次；随后他就从我的生活中消失了。但现在他又回来了。

"你好啊，老伙计，"他说，"我想你可以分我一根烟吧？我闻到了你的烟味，突然瘾就上来了。"

我只能把烟给他——还有谁能在窗帘后面躲上半个小时，然后像加里·格兰特那样泰然自若地走出来，还淡定地自我调侃一下？我走上前，掏出烟盒，用拇指啪的把盖子弹开，向他递过去。"请自便，"我说，"你是戒了，还是什么？"

"是戒了。"他说着从烟盒里抽了一根，欣赏地在手指间搓着。"这对我的健康不好。"他把一只手放在胸口。"那边干燥的空气不赞成我抽烟。"

很奇怪，不是吗，在这样的时候，怎么会有人劈头就聊些无关紧要的话？克莱尔依然坐在琴凳上，用手捂住嘴。她甚至没有转身去看特里。好吧，她用不着。

我递上一根火柴，特里俯身接上火苗。

"坐飞机还顺利吗？"我问道，"你是从亚加布尔科来，对吗？"

"不是，"他说，"克莱尔打电话来的时候我正在巴哈度个短假。很走运我能搭上当地一架喷农药的飞机去蒂华纳，接着在那里坐上墨西哥航空的航班。那飞机是DC－3①。我一直紧紧抓住椅子的扶手，到现在手指还是麻的。"

他玩着那种过去常玩的把戏，深吸一口烟，让它在下嘴唇上停留

---

① 一种小型飞机，因其在二战中的表现被认为是航空史上最具代表性的运输机之一。

一秒钟，然后再吞进去。“啊，”他叹了口气说，“味道很好。”他把头歪到一边，挑剔地打量着我。“你看起来气色很差，菲尔，”他说，“因为尼可这些人的事情，你的日子很不好过，对吗？我很抱歉——真的，我真的很抱歉。”

他是真心的。那就是特里——他会抢走你的钱包，把你打倒在地，踩你两脚，一秒钟之后又把你扶起来，拍掉你身上的灰尘，然后向你致以最深切的歉意。而你会相信他。你甚至会不由自主地问他有没有事，说你希望他没有扭伤手腕或是别的什么，因为他不得不一边端着那把貌似很笨重的枪对准你，一边翻看你的口袋。难道我很偏袒他？也许有一点。在过去的日子里，当时我以为我了解他，他曾经相当的正直。他很容易喝醉，不看重钱，还总是有女人的问题，但我从不知道他这么狡猾。如今他完全变了，一点都不剩。

“曼宁德兹怎么样了？”我问道。

他苦笑着说：“哦，曼迪你是知道的。他总是能化险为夷。”

“你经常和他见面？”

“和他保持联系。我欠他很多，你知道的。”

是的，我知道。正是曼宁德兹，以及特里另一个战争时代的老战友兰迪·斯特尔，帮助他人间蒸发，并且在奥塔托丹所谓的自杀之后，帮他弄了一个新的身份。这三个人曾一起待在法国某地的一个战壕里，那枚迫击炮掉下来时，是特里抱着炮弹跑到外面把它抛向空中，像个四分卫扔出一记万福马利亚传球①。或者说，至少接下去的故事是这么发展的。我从来不知道，对于特里和他的奇遇应该相信多少，现在还是不知道。比如说，也许后来我会发现他并非据他声称的

① 美式足球比赛中到了最后关头，某一方在落后几分的情况下不顾一切而作的传球，希望博得反败为胜的机会。

来自盐湖城的特里·伦诺克斯，而是保罗·马斯顿，加拿大人，出生于蒙特利尔。但在那之前，他还扮演过谁？我不知道下一次再见到他的时候，他又会变成谁，我应不应该再同他见面呢？一个洋葱究竟有几层？

“曼迪定居在亚加布尔科，对吗？”我说，“你也待在那里是吗？”

“是的。那里很舒服，在海边。”

“你叫什么来着？我忘了。”

“迈奥拉诺斯，”他说，“西斯科·迈奥拉诺斯。”

“又是一个别名。不适合你，特里。我会说——”

“看在上帝的分上！”克莱尔突然大喊一声，猛地从琴凳上站起来，转身面对我们，脸气得发白。“你们准备站在那里闲聊一整夜？太可笑了！你们像是两个讨厌的小男孩，闯了祸，逃过了惩罚。”

我们转身瞪着她。我想我们已经忘了她的存在。“冷静一些，好女士。”特里说道，他故作轻松，但不太成功。“我们只是两个老朋友叙叙旧。”他迅速地给我使了个眼色。“对吗，菲尔？”

克莱尔正要说什么，显然她有很多话要说，但就在这个时候传来了轻轻的敲门声，门掀开了一点，一个怪异的人影出现在那里。那是一个脑袋，脸白得像日本能剧演员的面具，头发上面紧紧地罩了一张网。我们睁大眼睛看着这个东西，三个人都是，接着，对方说话了。“我在图书馆里找一本书，听到说话声。你们都不睡觉吗？”

那是克莱尔的母亲。此时她整个人都走进了房间。她穿着一件粉红色的羊毛睡衣，穿着带有粉色小绒球的粉色拖鞋。她脸上的玩意儿是某种美容面膜。露出的眼睛布满血丝，像个酒鬼，她的嘴唇是生牛肉的颜色。

“哦，母亲。”克莱尔绝望地说，一只手放在额头上。“请回去睡吧。”

兰格利什夫人不理会她，而是走进房间把门关上。她看着特里，皱起眉头。她说：“这是谁，我可以问问吗？”

特里毫不犹豫地走上去，微笑着伸出一只纤细的手。“我叫伦诺克斯，兰格利什夫人，”他说，“特里·伦诺克斯。我想我们没有见过面。”

兰格利什夫人盯着他看了一会儿，想要看清楚他，接着突然露出微笑。这些人，无论老少，都无法抗拒特里对她们施展的魅力，如同香水瓶喷出一圈香雾。她用双手握住他的手。“你是理查德的朋友吗？”她问道。

特里吞吞吐吐地说。“呃——是的，我想是的。”

他朝沙发飞快地扫了一眼，而此时兰格利什妈妈也看着那里。“哎呀，他在那儿啊！”她说，笑容变得更加灿烂，眼神变得更加温柔。“啊，天啊，你看看他，睡得像个婴儿。”她转向克莱尔，可怕地抿起了嘴。“那么你穿得这么漂亮是要干什么？”她质问道，“现在可是半夜。”

“请回去睡觉吧，母亲，”克莱尔再次说道，“你知道明天早上我们要和布鲁明戴尔公司的人开会。你会累得吃不消的。”

“啊哈，你别管我！”她母亲吼道。她再次转向特里，俏皮地眨眨眼睛。“你和理查德出去寻欢作乐了，对吗？这可怜的孩子，他不该喝酒——那会直接冲上他的脑袋。”她转过身，再一次宠爱地注视着躺在沙发上的人。“他是个了不起的人，的确是。”卡文迪什似乎听到了她的话，在睡梦中动了一下，发出响亮的鼻息声。那老妇人开心地咯咯直笑。“听听！真是个厉害的淘气鬼。”

她终于注意到了我。她皱起眉头。“我记得你。”她说着伸出一根手指指着我的胸口。“你是那个什么人，做侦探的家伙。”她的嘴角上扬，露出一个狡黠恶毒的微笑，白色的面膜在嘴的两边形成一团细小的裂纹，那一刻她看起来诡异得像个小丑。“你找到这位夫人的珍珠项链了吗？”她问道，声音带有一种温柔地暗示，像是在哼哼。“你来这里是因为这个吗？”

“还没有，我还没有找到它，”我说，“但我在积极地寻找。”

那小丑的微笑顿时消失了，她又伸出那根手指，这一次它带着愤怒的颤抖。“你不是在嘲笑我吧，老兄。”她尖声说道。

“我认为，兰格利什夫人，”特里平静地插了一句，“我认为克莱尔说得没错，我想您应该回去睡觉了。您不想错过您的美容觉吧。”

她看着他，眯起眼睛。我猜想，这么多年来，她接触过太多像特里这样柔声细语的人，因而不会一直被他那种朦胧的魅惑所糊弄。

克莱尔走上前去，伸出一只手放在老妇人的胳膊上。“来吧，母亲，拜托，”她说，“马洛先生和特里是老朋友。所以今晚我才邀请他们过来——算是久别重聚。”

我估摸着这只狡猾的老鸟知道她在哄她，但也许她真的累了，于是很乐意接受这个谎言，也该走了。她再次对特里露出甜美的微笑，对我皱起眉头瞟了一眼，接着被顺从地带到门口。克莱尔一边陪着她，一边回头朝特里和我扫了一眼。我在想她会不会有一天也变成她母亲现在这个样子。

等到两个女人离开之后，特里噘着嘴舒了口气，接着温和地笑了起来。“真是一位贵妇，”他说，“她让我吓了一跳。”

“在我看来你并不害怕。”我说。

“哦，好吧，你是知道我的——很善于掩饰。”他跑去我刚才坐的地方，俯身把烟头按在地上的烟灰缸里，接着双手插进口袋，大步走到沙发边，低头看着卡文迪什，后者摊开四肢躺着，像个漫画里的醉鬼。“可怜的迪克，”他说，“克莱尔的母亲说得对：他不该喝酒。”

“你认识他？”我问道，“我是说以前就认识？”

“哦，是的。他和克莱尔常常南下去墨西哥。我们彼此都认识——尼可，我们的朋友曼迪，还有其他人。海边有个酒吧，我们晚上常常聚会，喝喝鸡尾酒。很不错的地方。”他转过头看着背后的我。“你应该来玩玩，哪一天。你看起来需要一些阳光和消遣。你把自己逼得太紧了，菲尔，你总是这样。”

特里的妻子被杀的那一天，我开车送他前往蒂华纳的机场，他搭了飞机南下。等我回到家里，乔·格林在等着我。他们知道特里溜了，于是把我当同谋抓了进去。乔的上司，一个叫格里戈里厄斯的彪形大汉对我动粗，我在监狱里待了几个晚上，被放走之前听说了特里貌似过于简单的自杀。这是一个秘密，对于我和我所谓的名誉来说。是的，特里欠我一份人情。

这时他走回来，站在我面前，双手依然插在口袋里。他脸上带着那种很有欺骗性的笑容。“你碰巧把箱子带来了对吗？”他问道，“我猜想这就是尼可要见你的原因，把它交给你。尼可是个意志薄弱的人。他太容易害怕了。我必须承认，我一直都有点鄙视他。”

“还不至于让你放弃他为你走私毒品。”

他瞪大了眼睛。“帮我走私毒品？哦，天啊，伙计，你不会认为我在干这种勾当吧，对不对？这对我来说太肮脏了。”

“我已经认同了你一次，”我说，“但你变了，特里。我从你眼睛里看得出来。”

“你错了，菲尔。”他缓缓地摇着头。“当然，我是变了——我不得不这么做。那里的生活可不只是吉他乐队、玛格丽塔鸡尾酒和辣酱烧鸡。我必须做一些在这儿做梦也想不到的事情。”

“你是说挥霍从西尔维亚那里继承的钱？那是哈伦·波特的钱，留给她的。一定有一大笔钱。”

他再次噘起了嘴，我认为他是要忍住笑意。“可以说是我搞了一些错误的投资。”

“跟着曼迪·曼宁德兹？”

他没有作声，但我看得出我猜对了。“所以你欠了曼迪一大笔钱，亏得很厉害。于是你派克莱尔来找我——是为了曼迪。我说对了，是吧？”

特里转过身，脚步僵硬地踱开了，他看着地板，接着又转身走回来，在我面前再次停下。“我说过，你知道曼迪的。他在钱的问题上不怎么留情面，比如债务之类的。”

“我以为你是他的好兄弟，他的英雄，”我说，“因为你救了他和兰迪·斯塔尔，在战场上他妈的捡回一条命。”

特里暗笑道。“过了一段时间，英雄也会褪色，”他说，“接下来，你会和我一样，明白人性是什么——他们厌倦了感恩。他们甚至开始怨恨对你心存感激。”

我把他的话想了一想。他说得没错。我一直很诧异最开始曼迪居然会帮助他。我怀疑他一定有什么把柄落在特里手上。我想着现在问问是不是这么回事，但提不起兴趣。

“当然，”他接着说，“克莱尔会很乐意帮助我。她自己就很有钱，要知道。她想给我一些钱还清曼迪的债务，但——”他露出了那种表示抱歉、自我开脱的微笑，“我还是有那么一点自尊心的。”

“那两个墨西哥人呢？”我说。

“是啊，”特里说着眉头皱了起来，“那是件很糟糕的事情。尼可的姐姐——我从没见过她，但我确定她不该死。”

“她和尼可串通好的，”我说，“她去认尸的。”

“是啊，但不管怎么说，死得那么惨——”他做了一个痛苦的表情。“我发誓我不知道曼迪派了墨西哥人去找尼可。我以为他会等着，直到克莱尔——去找你，直到你有时间找到尼可，因为我深信你会找到，如果曼迪能多等一阵子就好了。但很不幸，曼迪是个急性子，又生性多疑。所以他派了那两个保镖上这儿来，自己去找尼可。一个悲哀的错误。”

“事实是，当然，”我说，“要不是那天克莱尔在旧金山看见他走在街上，没有人知道，你、曼迪和其他人都不会知道尼可使的金蝉脱壳之计。”

“是的，没错。要知道，”他脚跟一转，又开始了不自在的踱步，这一次两手紧握在背后。“我忍不住希望她没有看见他就好了。一切都会好办得多。”

“也许是的。但那是她的错吗？她没有告诉曼迪她看见了他，对吗。我猜她告诉了你，是你告诉了曼迪。于是事情有了新的发展。我说得对吗？”

“我不能对你撒谎。”这句话让我觉得好笑，当我笑出声来，特里显得很伤心——他是真的伤心。“总之，我现在说的是实话。”他说，口气像是生气了。“是的，我告诉了曼迪。我不该说的，我知道。但我说过，我有理由感谢他——”

“同时你要尽力讨好他，显得和他关系不错，于是告诉他这条重要的讯息，彼德逊只是诈死，依然在逃亡，带着曼迪的满满一箱毒品，占为己有。”

“啊，是的，”特里说，“那个手提箱。”

“你曾经交给我，让我替你保管。”

“没错，我是给过你。是不是可怜的西尔维亚死后，你开车送我去蒂华纳的那天晚上？我记不得了。你看见彼德逊拿着它，你就认出来了，当然。”

“它一定有年头了。”

“英国制造的，你看。英国人造的东西经久耐用。”

他不再踱步，而是在琴凳上坐下，跷起二郎腿，一只手托着下巴，像是罗丹的《思想者》。特里是我见过的腿最细长的人。他就像是一只鹳。

他正要说什么，就在这时，理查德·卡文迪什从沙发上坐起来，看着我们，舔着嘴唇，眨着眼睛。“怎么回事？”他声音沙哑地说。

特里几乎没有看他。“没事，迪克，”他说，“你继续睡觉吧。”

“哦，好吧。”卡文迪什咕哝着猛地倒下，睡得像刚才一样，四肢摊开。过了几秒钟，他开始轻声地打呼了。

特里拍着他的口袋。我不知道他指望能找出什么。“我想再问你讨根烟，”他说，“只是我不想重新变成烟鬼。”他扭头看着我。“你准备告诉我箱子在哪里吗？”他问道。

“当然。在联合车站的柜子里，而柜子的钥匙在一个信封里，正在路上，去往我一个朋友那儿——呃，算是朋友吧——他叫伯尼·奥尔兹。他是凶案组的助理警长，在司法长官办公室工作。”

房间突然陷入死寂，空气凝固了。特里坐在那里，弯着腰，跷着二郎腿，一只手托着下巴，另一手托着肘部。我走向窗子，走进帘子之间的空隙，向外张望。外面什么也看不见，只有黑暗和我自己映在玻璃上的倒影。

“我认为，”特里在我身后说，“我认为这么做并不明智，老朋友。我认为这一点也不明智。”他的语气不是恼怒，不是威胁，也没有什么特别的意味，确实，只是有那么点惆怅——是的，就是这个词：惆怅。

接着他又开口了，声音完全变了。“啊，”他说，“是你啊，你在那里做什么？”

我从窗口转过身。特里依然坐在琴凳上，背对着我。他的另一边是克莱尔的弟弟埃弗瑞特，他正站在开着的门口，一缕蓬松柔软的头发垂在额头上。他看起来比我上次见到的模样好不了多少，但至少是清醒的。他穿着睡衣和一件丝绸的袍子，上面绣着龙。他的脚上穿着一双乐福鞋——搭配睡衣显得很奇怪——手里握着一把枪。那是个精致的小玩意儿，像是柯尔特，我想。我看得出它装有一个珠贝的把手。它貌似一点儿也不厉害，但所有的枪，即便是最精巧的小手枪，也能射穿最强悍的心脏。

随着我往前走，走出窗帘的阴影，他看着我，眼神开始变得疑惑。他没有料到我会出现。

“你好，埃弗瑞特，”我说，“我们是不是把你吵醒了？你母亲刚刚来过。”他瞪着我。他看起来比实际年龄要小，因为脸很瘦弱。而我想，那是因为他母亲纵容他，溺爱他，保护他，不让他接触外面广阔而残酷的世界。至少，她以为她是怎么做的。

“你是谁？”他说。他的眼睛凹陷下去，周围是发青的黑眼圈。

“我叫马洛，”我说，“我们曾经见过面，有几次。第一次你醒着，我们在草坪上聊了一会儿——你还记得吗？你以为我是新来的司机。第二次，你不知道我的存在。”

“你在说什么？”

“你问我我是谁，”我说，“我在解释给你听。”

我刻意露出微笑。我在拖延时间。埃弗瑞特 · 爱德华兹三世或许是个软蛋，威尔伯 · 坎宁会这么说，但他也是个吸海洛因的毒虫，而且手里还握着一把枪。

“哦，是的，”他厌恶地说，“现在我想起来了：你是那天来找克莱尔的那个家伙。侦探什么的，对吗？”他突然咯咯直笑。“一个侦探！真带劲。我拿着把枪，而你是个侦探。真是带劲。”

他注意到特里。“你，”他说，此时不再笑了，“你怎么在这里？”

特里想了想。“好吧，我算是你们家的朋友，瑞德。你认识我的。”我依然只能看到特里的背影，他的后脑勺，但他显得相当冷静。我很庆幸。在接下去的几分钟里，每一个人都必须非常、非常的冷静。

特里接着说：“还记得我们在亚加布尔科开心的日子吗？还记得那天我教你滑水吗？那天玩得很开心，对吗？接着我们都在海滩上吃晚饭，那个餐厅叫佩德罗。那个地方还在。我常去，每次去都会想到你，想到我们度过的快乐时光。”

“你这个混蛋，”埃弗瑞特轻声说道，“就是你害我吸毒。就是你第一次给我的那东西。”他的手颤抖着，手里的枪也在抖动。事情不妙，枪一抖动很容易走火；我见过这种事。埃弗瑞特几乎要哭了，就算流泪也是愤怒的泪水。“就是你。”

“哦，别这么大惊小怪的，瑞德，”特里微微笑出了声，“那些天你是个非常拘谨的孩子，我想偶尔来一撮快乐粉对你有好处。如果我做得不对，那么我很抱歉。”

“你怎么敢来这里，来这座房子。”埃弗瑞特说，他的手抖得更加厉害，枪管开始往上偏，让我不禁咬紧牙关。

“听着，”我说，“听着，瑞德，不如你把枪交给我吧？”

那年轻人瞪了我一会儿，接着爆发出一阵尖笑。“侦探说话都这种腔调吗，”他说，“真的吗？我以为这种事只会出现在电影里。”他板起脸，故作严肃，压低嗓音，以便模仿我的声音：“你不如把枪交给我吧，埃弗瑞特，免得有人受伤。”他对着天花板扫了一眼。“你还不明白吗，你这个傻帽？这才是重点——有人会受伤。有人会伤得非常严重。是不是这样，特里？是不是这样，在亚加布尔科陪我玩乐的老伙计？”

就在这个时候特里犯了一个错误。在这种情形下，人们总是这样；人们总是会做出错误、愚蠢的举动，结果就惨了。他突然从琴凳上跳起来往前一扑，像是一个游泳的人平缓地跃入一道涌过来的海浪中，腹部着地，并且一把抓起那个烟灰缸，它就放在我刚才坐的椅子脚边。他想要将它掷向埃弗瑞特，像扔铁饼一样，给他来一下子。他没有意识到，当一个人这样趴着，扔东西根本使不上力。此外，埃弗瑞特动作太快了，特里还在甩手，埃弗瑞特已经一个箭步上前，绷直手臂，举起枪，对着特里的脑袋扣下了扳机。

子弹打在特里的额头上，紧挨着发际线。他在原地愣了一会儿，整个人平躺着，一手拿着烟灰缸，一手撑在地上，想要站起来。但他站不起来了，再也站不起来了。他的头上有两个洞，一个在额头上，另一个更大，在后面颅骨的底部。第二个洞里血流如注，还流出了一些貌似黏稠的灰色东西。他垂下头，脸砰地撞在地毯上。

埃弗瑞特似乎想再开一枪，但还没来得及开第二枪，我就按住了他。我没有费多少力气就把他的枪夺了下来。事实上，他几乎是乖乖交给我的。他变得柔弱无力，像个女孩似的呆站着，下嘴唇直哆嗦，低头怔怔地看着躺在地上流血不止的特里。特里的一条腿，右腿，抽动了几次，然后一动不动了。我发现，我过去也曾注意到，火药的气味和油煎的培根是那么相似。

埃弗瑞特身后的门再次打开了，这一次克莱尔走了进来。她停在门口，看着眼前的一幕，脸上写着惊恐和难以置信。接着她大步上前，把她弟弟推到一边，跪倒在地。她抱起特里的头部，搁在膝盖上。她一言不发。她甚至没有哭。她确实爱过他；现在我明白了。我怎么会没有发现这一点？

她抬头看着我，看着我手里的枪。“是你——？”

我摇摇头。

她转头看着她弟弟。“是你？”他不敢看她。“我绝对不会原谅你。”她对他说，用一种冷静，甚至是严酷的声音。“我绝对不会原谅你，我希望你去死。我希望你嗑药过度，马上，然后陷入昏迷，再也醒不过来。我一直恨你，现在我知道为什么了。我知道总有一天你会毁了我的人生。”

埃弗瑞特依然没有看她，也没有回答，一个字也没说。毕竟，没什么好说的了。

在我们身后，理查德·卡文迪什站了起来，摇摇晃晃地走上前。看见特里，看见鲜红的血渗进他妻子蓝色长袍的前襟，他愣住了。有那么几秒钟，一切都停滞了；接着卡文迪什突然大笑起来。“好吧，好吧，”他说，“有人倒下了，呃？”说着又大笑起来。我猜想他以为自己在做梦，眼前的一切都不是真的。他继续往前走，跨过特里的尸体，伸出一只手拍了拍克莱尔的头，随后摇摇摆摆地穿过房门，嘴里哼哼着走了。

终于，克莱尔开始哭了。我想走近她，但我能做什么？做什么都太迟了。

25

我没有打电话给伯尼。我想这段时间他受够了我，而我确实也受够了他——我不想再听到他在电话那头对我嚷嚷，咒骂我，叫我去做世上最厉害的柔术演员也做不到的事情。于是我打给了乔·格林，好心的老乔，他会和你喝杯啤酒，对你讲个笑话，闲扯一番有关球赛的话题，天热的时候，他的内裤会卷成一团卡在裆部。

像往常一样，乔在值班，他接到我的电话二十分钟后，就带着几辆巡逻警车鸣着警笛一路呼啸而来，赶到了兰格利什小屋。在此之前，埃弗瑞特·爱德华兹像只刺猬一样，蜷缩在他醉醺醺的姐夫腾出的沙发上。他哭泣着，流下痛苦（似乎不是悔恨）的眼泪，其中还带有一点挫败感，他为何会觉得自己很失败，我也说不上来。也许他认为特里死得太快了，不够痛苦。或者刚才发生的一切还不够刺激，令他失望了；也许他希望看到某个壮烈的场面，包含着刀光剑影、慷慨陈词、尸横遍野，像是另外一个马洛，那个见过基督的血流淌在某处的诗人，会为他写下的诗篇。

乔站在房间中央，忧心忡忡地皱着眉头环顾四周。这里的事情他处理不了。他习惯于噔噔噔地跑上小公寓的楼梯，一脚踢开门，把汗衫上满是汗水的小混混按在墙上，把他的三八式手枪塞到他们嘴里，令他们停止嚎叫。那是乔的世界。在这里他所面对的，像是乡村俱乐部里的室内游戏意外出了差错。

他蹲在地上，眯眼看着特里头上的弹孔，又看看另一边在沙发上瑟瑟发抖的埃弗瑞特·爱德华兹，接着看看我。"上帝啊，菲尔，"他低声说，"这到底是怎么搞的？"

我摊开双手耸耸肩。从何说起呢？

乔咕哝着站起来，转向克莱尔·卡文迪什。克莱尔苦着一张脸，沾血的手垂在两边，蓝色的长袍湿透了，泛着淤血的光泽，她像是一个戏剧人物，出自很久以前某个古希腊人写的一种比较古老的剧本。乔一开始称她为兰格利什夫人，我插了一句嘴纠正他。"她叫卡文迪什，乔，"我说，"克莱尔·卡文迪什夫人。"

克莱尔似乎毫不在意，只是像尊塑像般地站在那里。她惊魂未定。她弟弟抽抽搭搭，泪流不止。乔又看着我，摇摇头。他不知所措。

最后他把克莱尔交给一名巡逻警察，一个爱尔兰大块头，长着红发和雀斑，对她露出巴里·菲茨杰拉德[1]式的微笑，说她完全不用担心，完全不用。他不知从哪里找了块毯子，裹在她的肩膀上，关切地把她带出了房间。她顺从地走了，穿着沾血的裙子轻盈地走向门口，像往常一样优雅，挺直后背，面无表情，对我们所有人展示了美丽的侧影。

他们给埃弗瑞特戴上手铐，也把他带走了，他还穿着睡衣和乐福鞋。他谁也不看。他的眼睛哭得通红，脸颊上还沾着鼻涕。我不知道他是否明白，在未来的几个星期、几个月等待他的是什么，更别提以后的岁月他将会在圣昆丁州立监狱中度过，除非他母亲请的律师非常厉害聪明，能够钻过法律上的某个漏洞，恰好没人想到要堵上。富家子弟因谋杀而逃过制裁也不是第一次了。

---

① 1888—1961，好莱坞著名的性格演员，生于爱尔兰都柏林。

接着，等到儿子女儿都走了以后，再次过来转悠的只有兰格利什妈妈，戴着发网，涂着白泥面膜。她看着地上的尸体，由于有人在上面盖了块毯子，她似乎不知道那是什么东西。她看着我，接着又看看乔，完全不明白这是怎么回事。她只是一个悲哀的老妇人，困惑而茫然。

等到一切都结束了，巡逻车走了，我和乔站在他车边的碎石地上，一起抽了根烟。

“天啊，菲尔，”乔说，“你有没有考虑过转行？”

“一直在考虑，”我说，“一直。”

“你知道吗，你必须来市中心一趟，提交一份供述。”

“是啊，”我说，“我知道。但听着，乔，行个方便，现在让我回家睡一觉，明天我一起床就过来。”

“我不知道行不行，菲尔。”他说着摸了摸下巴，显得有点担心。

“一起床就来，乔——我保证。”

“哦，那么去吧。”

“你真够意思。”

“我这人耳根子软，就是这样。”

“不，乔，”我说着把烟头扔在碎石地上用脚跟碾了一下，“我才是耳根子软。”

我回到家里冲了把澡，不管夜晚还剩多久直接睡到天亮。七点我的闹钟响了。我努力起身，喝了一杯滚烫的咖啡，开车前往车站，因为我答应过乔我会去。我对当班的人提交了供述。

我没有多说什么，只是保证让乔满意，并且保证在加利福尼亚州对埃弗瑞特·爱德华兹三世一案开庭的时候，法庭会满意。当然，我会以证人的身份被传唤，但我并不在意这个。我在意的是我将会在证人席上作证，看见克莱尔·卡文迪什坐在法庭的前排，注视着她的弟弟，现在他被称为被告，也是谋杀她爱人的凶手。不，那样的情景我不喜欢。我回想起她母亲，那天在丽兹贝弗利曾说，在这段关系中有人会受到伤害。我本以为她指的是我会伤害她女儿，其实她根本不是这个意思。她指的是我；最终伤痕累累的人是我，不知为什么当时她已经料到了。我应该听她的话的。

当我走出车站，奥兹停在阳光下，热浪在引擎盖上升腾起来。方向盘会被晒得非常烫手。

你以为我会说，那天晚些时候，我去维克托喝了一杯琴蕾，纪念我死去的朋友。但我没有去。我认识的特里很久以前就死了，在埃弗瑞特·爱德华兹把子弹打进他脑袋的很久以前。这一点我不会对他说，但特里·伦诺克斯曾是我理想中的绅士形象。是的，尽管他喜欢喝酒，喜欢和女人以及一些乱七八糟的人混在一起，诸如曼迪·曼宁德兹之流，尽管事实证明他真正关心的没有别人，只有自己，但不管怎么说，特里是个有尊严的人。

总之，那是我所认识的特里，或者说，我以为我所认识的特里。他身上究竟发生了什么？是什么让他放弃了正派、正直和忠诚的品格？他曾经怪罪于战争，曾经拍着自己的胸口，说自从他从战场回来，内在的生命力已经荡然无存。我不信那种鬼话；其中充满了消极认命而不切实际的调调。也许墨西哥阳光下的生活，滑水、海边的鸡尾酒、硬着头皮帮曼迪·曼宁德兹跑腿和救火，这一切摧毁了他内在的一部分，于是表面的风度，也就是精致光鲜的漆面还在，但里面的金属全都被酸、锈和毒给腐蚀了。我所认识的特里，绝对不会诱骗一个像埃弗瑞特·爱德华兹这样的孩子吸食海洛因。他绝不会依附于一个像曼迪·曼宁德兹这样的恶棍。最重要的是，他绝不会为了自己的利益，让一个爱着他的女人去勾引另一个男人。

最后那些关于勾引和不忠的想法我决定去掉。我准备相信克莱尔·卡文迪什和我上床是她自己的选择——我想到那天晚上，当特里依然躲在窗帘后面，她压低声音，在嘴唇上竖起一根手指，阻止我说出我们上床的事情。即便她要的不是我，即便她和我睡觉只是促使我去寻找尼可·彼德逊，我还是准备相信那全是她自己的决定，特里没有唆使她这么做。有些东西你必须强迫自己去相信。她是怎么说的？下一个巴斯葛的赌注。好吧，这正是我所做的。我还是不太确定巴斯葛赌的是什么，但我想那东西一定意义非凡。

刚才我拉开书桌的抽屉，翻找了一遍，找到一份旧的航班时刻表，于是开始查看前往巴黎的航班。我不大可能上那儿去，但想象一下还是很美好的。此外我一直记得卡维拉俱乐部泳池底部的结婚戒指，不知道这是不是某种预兆。

我做了一个象征性的举动，把绘有玫瑰花的台灯从床头桌上撤下，拿到后院扔进垃圾桶，随后走回屋里，填满烟斗。对我来说，那是克莱尔·卡文迪什的最后一点痕迹。她走进我的生活，诱使我爱上了她——好吧，也许她没有引诱我，但总之她知道自己在做什么——现在她走了。

我不能说我不曾想她，不会想她。她的那种美从你指间滑过，必然会留下灼伤的痕迹。我知道没有她我会过得比较好。我一直这么告诫自己。我知道这一点，总有一天我也会深信这一点。

那天晚上我来到她家的时候，她正在为特里弹奏钢琴。我想，为所爱之人演奏音乐并不是一件俗气的事情。

至于委托我做的工作，她最终一分钱也没有付给我。

后　记

雷蒙德·钱德勒在他的文件中保留了一份清单，列出了未来要创作的小说作品。其中包括《亮色格子西装的日记》、《残耳的男人》，以及《别叫了——是我》。清单上还有《黑眼睛的金发女郎》。

在所有以马洛为主人公的小说里，作者娴熟地玩弄着南加州的地理环境，我允许自己同样的放纵。然而有很多细节必须准确无误，对此我并不确定。于是我非常倚重五位顾问提供的意见，他们对这个地区非常熟悉。他们是坎迪斯·伯尔根、布莱恩·西伯瑞尔、罗伯特·布克曼以及我的经纪人埃德·维克多和杰弗里·桑福德。对于他们的专业意见、慷慨、耐心和幽默感，我想表达我最深切的谢意。我特别要感谢坎迪斯·伯尔根对文本贡献出了她的关注、想法和创意，带我躲过了无数陷阱。我很抱歉，那只孔雀仅仅匆匆露了个脸。

其他我需要感谢的人是：玛利亚·法斯·费里、罗德里戈·弗莱森、格雷姆·C·格林，以及雷蒙德·钱德勒地产、格里高利·佩吉博士、玛利亚·雷吉特、菲奥娜·鲁安、约翰·斯特林，还有我的文稿编辑，追求尽善尽美的伯尼·汤普森。

最后，还要衷心感谢我的兄弟文森特·班维尔，是他介绍我认识了马洛，而他本人的犯罪小说教给了我写作的方法。

关 于 作 者

本杰明·布莱克是布克奖得主、小说家约翰·班维尔的笔名。他创作了畅销且备受好评的《怪探奎克》系列小说——包括《克里斯汀惊魂记》、《复仇》和《晋铎》。他现居都柏林。

图书在版编目(CIP)数据

黑眼睛的金发女郎/(爱尔兰) 布莱克(Black, B.)
著;沈亦文译. —上海: 上海译文出版社,2016.11
书名原文: The Black-Eyed Blonde
ISBN 978-7-5327-7261-2

Ⅰ.①黑… Ⅱ.①布… ②沈… Ⅲ.①长篇小说—爱
尔兰—现代 Ⅳ.①I562.45

中国版本图书馆 CIP 数据核字(2016)第 080910 号

图字: 09-2014-822 号

黑眼睛的金发女郎
[爱尔兰] 本杰明·布莱克 著 沈亦文 译
责任编辑/杨懿晶 装帧设计/胡枫

上海世纪出版股份有限公司
译文出版社出版
网址: www.yiwen.com.cn
上海世纪出版股份有限公司发行中心发行
200001 上海福建中路 193 号 www.ewen.co
上海信老印刷厂印刷

开本 890×1240 1/32 印张 8.75 插页 2 字数 158,000
2016 年 11 月第 1 版 2016 年 11 月第 1 次印刷
印数: 0,001—5,000 册

ISBN 978-7-5327-7261-2/I·4420
定价: 38.00 元